ANGÚSTIA

ANGÚSTIA

GRACILIANO RAMOS

Levantei-me há cerca de trinta dias, mas julgo que ainda não me restabeleci completamente. Das visões que me perseguiam naquelas noites compridas umas sombras permanecem, sombras que se misturam à realidade e me produzem calafrios.

Há criaturas que não suporto. Os vagabundos, por exemplo. Parece-me que eles cresceram muito, e, aproximando-se de mim, não vão gemer peditórios: vão gritar, exigir, tomar-me qualquer coisa.

Certos lugares que me davam prazer tornaram-se odiosos. Passo diante de uma livraria, olho com desgosto as vitrinas, tenho a impressão de que se acham ali pessoas exibindo títulos e preços nos rostos, vendendo-se. É uma espécie de prostituição. Um sujeito chega, atenta, encolhendo os ombros ou estirando o beiço, naqueles desconhecidos que se amontoam por detrás do vidro. Outro larga uma opinião à toa. Basbaques escutam, saem. E os autores, resignados, mostram as letras e os algarismos, oferecendo-se como as mulheres da rua da Lama.

Vivo agitado, cheio de terrores, uma tremura nas mãos, que emagreceram. As mãos já não são minhas: são mãos de velho, fracas e inúteis. As escoriações das palmas cicatrizaram.

Impossível trabalhar. Dão-me um ofício, um relatório, para datilografar, na repartição. Até dez linhas vou bem. Daí em diante a cara balofa de Julião Tavares aparece em cima do original, e os meus dedos encontram no teclado uma resistência mole de carne gorda. E lá vem o erro. Tento vencer a obsessão, capricho em não usar a borracha. Concluo o trabalho, mas a resma de papel fica muito reduzida.

À noite fecho as portas, sento-me à mesa da sala de jantar, a munheca emperrada, o pensamento vadio longe do artigo que me pediram para o jornal.

Vitória resmunga na cozinha, ratos famintos remexem latas e embrulhos no guarda-comidas, automóveis roncam na rua.

Em duas horas escrevo uma palavra: Marina. Depois, aproveitando letras deste nome, arranjo coisas absurdas: *ar, mar, rima, arma, ira, amar*. Uns vinte nomes. Quando não consigo formar combinações novas, traço rabiscos que representam uma espada, uma lira, uma cabeça de mulher e outros disparates. Penso em indivíduos e em objetos que não têm relação com os desenhos: processos, orçamentos, o diretor, o secretário, políticos, sujeitos remediados que me desprezam porque sou um pobre-diabo.

Tipos bestas. Ficam dias inteiros fuxicando nos cafés e preguiçando, indecentes. Quando avisto essa cambada, encolho-me, colo-me às paredes como um rato assustado. Como um rato, exatamente. Fujo dos negociantes que soltam gargalhadas enormes, discutem política e putaria.

Não posso pagar o aluguel da casa. Dr. Gouveia aperta-me com bilhetes de cobrança. Bilhetes inúteis, mas dr. Gouveia não compreende isto. Há também o homem da luz, o Moisés das prestações, uma promissória de quinhentos mil-réis, já reformada. E coisas piores, muito piores.

O artigo que me pediram afasta-se do papel. É verdade que tenho o cigarro e tenho o álcool, mas quando bebo demais ou fumo demais, a minha tristeza cresce. Tristeza e raiva. *Ar, mar, ria, arma, ira*. Passatempo estúpido.

Dr. Gouveia é um monstro. Compôs, no quinto ano, duas colunas que publicou por dinheiro na seção livre de um jornal ordinário. Meteu esse trabalhinho num caixilho dourado e pregou-o na parede, por cima do bureau. Está cheio de erros e pastéis. Mas dr. Gouveia não os sente. O espírito dele não tem ambições. Dr. Gouveia só se ocupa com o temporal: a renda das propriedades e o cobre que o tesouro lhe pinga.

Não consigo escrever. Dinheiro e propriedades, que me dão sempre desejos violentos de mortandade e outras destruições, as duas colunas mal impressas, caixilho, dr. Gouveia, Moisés, homem da luz, negociantes, políticos, diretor e secretário, tudo se move na minha cabeça, como um bando de vermes, em cima de uma coisa amarela, gorda e mole que é, reparando-se bem, a cara balofa de Julião Tavares muito aumentada. Essas sombras se arrastam com lentidão viscosa, misturando-se, formando um novelo confuso.

Afinal tudo desaparece. E, inteiramente vazio, fico tempo sem fim ocupado em riscar as palavras e os desenhos. Engrosso as linhas, suprimo as curvas, até que deixo no papel alguns borrões compridos, umas tarjas muito pretas.

* * *

Se pudesse, abandonaria tudo e recomeçaria as minhas viagens. Esta vida monótona, agarrada à banca das nove horas ao meio-dia e das duas às cinco, é estúpida. Vida de sururu. Estúpida. Quando a repartição se fecha, arrasto-me até o relógio oficial, meto-me no primeiro bonde de Ponta-da-Terra.

Que estará fazendo Marina? Procuro afastar de mim essa criatura. Uma viagem, embriaguez, suicídio...

Penso no meu cadáver, magríssimo, com os dentes arreganhados, os olhos como duas jabuticabas sem casca, os dedos pretos do cigarro cruzados no peito fundo.

Os conhecidos dirão que eu era um bom tipo e conduzirão para o cemitério, num caixão barato, a minha carcaça meio bichada.

Enquanto pegarem e soltarem as alças, revezando-se no mister piedoso e cacete de carregar defunto pobre, procurarão saber quem será o meu substituto na diretoria da fazenda.

Enxoto as imagens lúgubres. Vão e voltam, sem vergonha, e com elas a lembrança de Julião Tavares. Intolerável. Esforço-me por desviar o pensamento dessas coisas. Não sou um rato, não quero ser um rato. Tento distrair-me olhando a rua.

À medida que o carro se afasta do centro sinto que me vou desanuviando. Tenho a sensação de que viajo para muito longe e não voltarei nunca. Do lado esquerdo são as casas da gente rica, dos homens que me amedrontam, das mulheres que usam peles de contos de réis. Diante delas, Marina é uma ratuína. Do lado direito, navios. Às vezes há diversos ancorados. Rolam bondes para a cidade, que está invisível, lá em cima, distante. Vida de sururu.

Há quinze anos era diferente. O barulho dos bondes não deixava a gente ouvir o sino da igreja. O meu quarto, no primeiro andar, era um inferno de calor. Por isso, à hora em que os outros hóspedes iam para a escola, estudar medicina, eu dava um salto ao Passeio Público e lia, debaixo das árvores, o noticiário da polícia. Naturalmente a pensão se fechou e d. Aurora, que naquele tempo era velha, morreu.

O calor aqui também é grande demais. E faltam plantas. Apenas, um pouco afastados, coqueiros macambúzios, perfilados, como se esperassem ordens.

Cidade grande, falta de trabalho. O meu quarto ficava junto à escada, e à noite o cheiro do gás era insuportável. Quando escurecia, Dagoberto, estudante e repórter, vinha despejar sobre a minha cama um compêndio de anatomia e uma cesta de ossos.

O bonde chega ao fim da linha, volta. Bairro miserável, casas de palha, crianças doentes. Barcos de pescadores, as chaminés dos navios, longe.

D. Aurora, que tinha sobrenome inglês, às seis horas encostava-se ao guarda-louça e rosnava, agitava os caracóis brancos, pregava os óculos nos hóspedes que comiam demais e nos que estavam em atraso. Havia um rapaz de Minas, dispéptico, que ela adorava e queria casar com a neta. Enquanto os outros mastigavam, Dagoberto esquecia o prato e falava sobre os discursos da câmara.

Retorno à cidade. Os globos opalinos do Aterro iluminam o gramado murcho e a praia branca. Os coqueiros empertigados ficam para trás. Penso numa ditadura militar, em paradas, em disciplina. Os navios também ficam para trás. A pensão, o meu quarto abafado, o focinho de d. Aurora e a cesta de ossos de Dagoberto somem-se.

O carro passa pelos fundos do tesouro. É ali que trabalho. Ocupação estúpida e quinhentos mil-réis de ordenado.

Rua do Comércio. Lá estão os grupos que me desgostam. Conto as pessoas conhecidas: quase sempre até os Martírios encontro umas vinte. Distraio-me, esqueço Marina, que algumas ruas apenas separam de mim. Afasto-me outra vez da realidade, mas agora não vejo os navios, a recordação da cidade grande desapareceu completamente. O bonde roda para oeste, dirige-se ao interior. Tenho a impressão de que ele me vai levar ao meu município sertanejo. E nem percebo os casebres miseráveis que trepam o morro, à direita, os palacetes que têm os pés na lama, junto ao mangue, à esquerda. Quanto mais me aproximo de Bebedouro mais remoço. Marina, Julião Tavares, as apoquentações que tenho experimentado estes últimos tempos, nunca existiram.

Volto a ser criança, revejo a figura de meu avô, Trajano Pereira de Aquino Cavalcante e Silva, que alcancei velhíssimo. Os negócios na fazenda andavam mal. E meu pai, reduzido a Camilo Pereira da Silva, ficava dias inteiros manzanzando numa rede armada nos esteios do copiar, cortando palha de milho para cigarros, lendo o *Carlos Magno*, sonhando com a vitória do partido que padre Inácio chefiava. Dez ou doze reses, arrepiadas no carrapato e na varejeira, envergavam o espinhaço e comiam o mandacaru que Amaro vaqueiro cortava nos cestos. O cupim devorava os mourões do curral e as linhas da casa. No chiqueiro alguns bichos bodejavam. Um carro de bois apodrecia debaixo das catingueiras sem folhas. Tinham amarrado no pescoço da cachorra Moqueca um rosário de sabugos de milho queimados. Quitéria, na cozinha, mexia em cumbucos cheios de miudezas, escondia peles de fumo no caritó.

Eu andava no pátio, arrastando um chocalho, brincando de boi. Minha avó, sinha Germana, passava os dias falando só, xingando as escravas, que não existiam. Trajano Pereira de Aquino Cavalcante e Silva tomava pileques tremendos. Às vezes subia à vila, descomposto, um camisão vermelho por cima da ceroula de algodão encaroçado, chapéu de ouricuri, alpercatas e varapau. Nos dias santos, de volta da igreja, mestre Domingos, que havia sido escravo dele e agora possuía venda sortida, encontrava o antigo senhor escorado no balcão de Teotoninho Sabiá, bebendo cachaça e jogando três-setes com os soldados. O preto era um sujeito perfeitamente respeitável. Em horas de solenidade usava sobrecasaca de chita, correntão de ouro atravessado de um bolso a outro do colete, chinelos de trança, por causa dos calos, que não aguentavam sapatos. Por baixo do chapéu duro, a testa retinta, úmida de suor, brilhava como um espelho. Pois, apesar de tantas vantagens, mestre Domingos, quando via meu avô naquela desordem, dava-lhe o braço, levava-o para casa, curava-lhe a bebedeira com amoníaco. Trajano Pereira de Aquino Cavalcante e Silva vomitava na sobrecasaca de mestre Domingos e gritava:

— Negro, tu não respeitas teu senhor não, negro!

Quando o carro para, essas sombras antigas desaparecem de supetão — e vejo coisas que não me excitam nenhum interesse: os focos da iluminação pública, espaçados, cochilando, piongos, tão piongos como luzes de cemitério; um palácio transformado em albergue de vagabundos; escuridões, capoeiras, barreiras cortadas a pique no monte; a frontaria de uma fábrica de tecidos; e, de longe em longe, através de ramagens, pedaços de mangue, cinzentos. À medida que nos aproximamos do fim da linha as paradas são menos frequentes. Os postes cintados de branco passam correndo, o carro está quase vazio, as recordações da minha infância precipitam-se.

E a decadência de Trajano Pereira de Aquino Cavalcante e Silva precipita-se também.

Estava pegando um século quando entrou a caducar. Encolhido na cama de couro cru, mijava-se todo, contava os dedos dos pés e caía na madorna. De repente acordava sobressaltado:

— Sinha Germana!

Meu pai largava o *Carlos Magno*, abria o tabaqueiro, deixava a rede, impaciente:

— Que é que há?

— Homem, você não me dirá onde está sua mãe? Aqui mais de uma hora chamando essa mulher!

— Morreu.

— Que está me dizendo? estranhava o velho arregalando os olhos quase cegos. Quando foi isso?

Camilo Pereira da Silva amolava-se:

— Deixe de arrelia. Morreu o ano passado.

— Tanto tempo! dizia Trajano. E vocês calados...

Punha-se a folgar com os dedos e pegava no sono. Quinze minutos depois estava berrando:

— Sinha Germana!

Acabou-se numa agonia leve que não queria ter fim. E enterrou-se na catacumba desmantelada que nossa família tinha no cemitério da vila. Mestre Domingos pegou na alça do caixão e declarou a meu pai que a morte é um mundéu. Fomos morar na vila. Meteram-me na escola de seu Antônio Justino, para desasnar, pois, como disse Camilo quando me apresentou ao mestre, eu era um cavalo de dez anos e não conhecia a mão direita. Aprendi leitura, o catecismo, a conjugação dos verbos. O professor dormia durante as lições. E a gente bocejava olhando as paredes, esperando que uma réstia chegasse ao risco de lápis que marcava duas horas. Saíamos em algazarra. Eu ia jogar pião, sozinho, ou empinar papagaio. Sempre brinquei só.

* * *

Uma chuvinha renitente açoita as folhas da mangueira que ensombra o fundo do meu quintal, a água empapa o chão, mole como terra de cemitério, qualquer coisa desagradável persegue-me sem se fixar claramente no meu espírito. Sinto-me aborrecido, aperreado.

Debaixo da chuva azucrinante, espécie de neblina pegajosa, a mangueira do quintal e as roseiras da casa vizinha estão quase invisíveis.

Emendo um artigo que Pimentel me pediu, artigo feito contra vontade, só para não descontentar Pimentel. Felizmente a ideia do livro que me persegue às vezes dias e dias desapareceu.

Penso em mestre Domingos, no velho Trajano, em meu pai. Não sei por que mexi com eles, tão remotos, diluídos em tantos anos de separação. Não têm nenhuma relação com as pessoas e as coisas que me cercam.

Releio com desgosto o artigo que vou dar a Pimentel.

Os defuntos antigos me importunam. Deve ser por causa da chuva. Nos meses compridos daqueles invernos de serra muitas vezes fiquei tardes inteiras sentado à porta da nossa casa na vila, olhando a rua que desaparecia debaixo de um lençol branco de água em pó. Os chuviscos entravam pela sala, os móveis e a roupa da gente pareciam cobrir-se de pontinhas de alfinetes. De tempos a tempos um vulto embuçado passava na calçada. O velho Acrísio, de cachimbo na boca, chegava à janela para conversar com meu pai. Não entrava: dava umas notícias, esfregando as mãos, aguentando aqueles pinguinhos que não molhavam, apenas lhe umedeciam o capote e o cachenê de lã vermelha.

Agora a chuva é um pouco diferente, o nevoeiro menos denso. De longe em longe a água bate no telhado com força, depois continua a peneira que oculta o jardim da casa vizinha.

Se Marina tivesse a ideia de se banhar ali àquela hora da tarde, eu não lhe veria o corpo. Talvez visse apenas uma sombra, como acontece no cinema quando se apresentam mulheres nuas. Este pensamento esquisito — Marina despida, arrepiada, coberta de carocinhos — bole comigo durante alguns minutos.

Gostava de me lavar assim quando era menino. A trovoada ainda roncava no céu, e já me preparava. Às vezes a preparação durava três dias. O trovão rolava por este mundo, os relâmpagos sucediam-se com fúria. Quitéria encafuava-se, oferecia peles de fumo a Santa Clara, escondia a cabeça debaixo das cobertas e gritava: — "Misericórdia!"; meu pai largava o romance, nervoso; Trajano Pereira de Aquino Cavalcante e Silva chamava sinha Germana, que tinha morrido. Quando o aguaceiro chegava, o couro cru da cama do velho Trajano virava mingau, tanta goteira havia; a rede suja de Camilo fedia a bode; os bichos da fazenda vinham abrigar-se no copiar; o chão de terra batida ficava todo coberto de excremento.

Eu tirava as alpercatas, arrancava do corpo a camisinha de algodão encardida, agarrava um cabo de vassoura, fazia dele um cavalo e saía pinoteando, pererê, pererê, pererê, até o fim do pátio, onde havia três pés de juá. Repetia o exercício, cheio de alegria doida, e gritava para os animais do curral, que se lavavam como eu. Fatigado, saltava no lombo do cavalo de fábrica, velho e lazarento, galopava até o Ipanema e caía no poço da Pedra. As cobras tomavam banho com a gente, mas dentro da água não mordiam.

O poço da Pedra era uma piscina enorme. Antes de entrar nela, o Ipanema tinha dois metros de largura e arrastava-se debaixo dos garranchos de algumas quixabeiras sem folhas.

Quando eu ainda não sabia nadar, meu pai me levava para ali, segurava-me um braço e atirava-me num lugar fundo. Puxava-me para cima e deixava-me respirar um instante. Em seguida repetia a tortura. Com o correr do tempo aprendi natação com os bichos e livrei-me disso. Mais tarde, na escola de mestre Antônio Justino, li a história de um pintor e de um cachorro que morria afogado. Pois para mim era no poço da Pedra que se dava o desastre. Sempre imaginei o pintor com a cara de Camilo Pereira da Silva, e o cachorro parecia-se comigo.

Se eu pudesse fazer o mesmo com Marina, afogá-la devagar, trazendo-a para a superfície quando ela estivesse perdendo o fôlego, prolongar o suplício um dia inteiro...

Debaixo da chuva, a mangueira do quintal está toda branca. O papagaio na cozinha bate as asas, sacudindo os salpicos que vêm da biqueira. Afago o pelo macio do meu gato mourisco, que dorme enroscado numa cadeira. As ideias ruins desaparecem. Marina desaparece.

Ponho-me a vagabundear em pensamento pela vila distante, entro na igreja, escuto os sermões e os desaforos que padre Inácio pregava aos matutos: — "Arreda, povo, raça de cachorro com porco." Sento-me no paredão do açude, ouço a cantilena dos sapos. Vejo a figura sinistra de seu Evaristo enforcado e os homens que iam para a cadeia amarrados de cordas. Lembro-me de um fato, de outro fato anterior ou posterior ao primeiro, mas os dois vêm juntos. E os tipos que evoco não têm relevo. Tudo empastado, confuso. Em seguida os dois acontecimentos se distanciam e entre eles nascem outros acontecimentos que vão crescendo até me darem sofrível noção de realidade. As feições das pessoas ganham nitidez. De toda aquela vida havia no meu espírito vagos indícios. Saíram do entorpecimento recordações que a imaginação completou.

A escola era triste. Mas, durante as lições, em pé, de braços cruzados, escutando as emboanças de mestre Antônio Justino, eu via, no outro lado da rua, uma casa que tinha sempre a porta escancarada mostrando a sala, o corredor e o quintal cheio de roseiras. Moravam ali três mulheres velhas que pareciam formigas. Havia rosas em todo o canto. Os trastes cobriam-se de grandes manchas vermelhas. Enquanto uma das formigas, de mangas arregaçadas, remexia a terra do jardim, podava, regava, as outras andavam atarefadas, carregando braçadas de rosas.

Daqui também se veem algumas roseiras maltratadas no quintal da casa vizinha. Foi entre essas plantas que, no começo do ano passado, avistei Marina pela primeira vez, suada, os cabelos pegando fogo.

Lá estão novamente gritando os meus desejos. Calam-se acovardados, tornam-se inofensivos, transformam-se, correm para a vila recomposta. Um arrepio atravessa-me a espinha, inteiriça-me os dedos sobre o papel. Naturalmente são os desejos que fazem isto, mas atribuo a coisa à chuva que bate no telhado e à recordação daquela peneira ranzinza que descia do céu dias e dias.

Meu pai cochilava, encostado ao balcão. Na saleta da nossa casa, por detrás da bodega, eu recordava as lições, entorpecido. Enfiando os olhos pela janela, via na rua o meu vizinho Joaquim Sabiá, de cócoras, fazendo construções com areia molhada. Havia um grande silêncio, um silêncio incômodo. Às vezes punha-me a tossir, para me convencer de que não tinha ficado surdo. Era como se a gente houvesse deixado a terra. De repente surgiam vozes estranhas. Que eram? Ainda hoje não sei. Vozes que iam crescendo, monótonas, e me causavam medo. Um alarido, um queixume, clamor sempre no mesmo tom. As ruas enchiam-se, a saleta enchia-se — e eu tinha a impressão de que o brado lastimoso saía das paredes, saía dos móveis. Fechava os ouvidos para não perceber aquilo: as vozes continuavam, cada vez mais fortes. Que seriam? Tentava descobrir a causa do extraordinário lamento. Supunha que eram patos gritando, embora nunca tivesse ouvido a voz dos patos. Também me inclinava a admitir que fossem sapos. Mas os sapos do açude da Penha cantavam de outra forma. Não podiam ser sapos. A verdade é que muitas vezes perguntei a mim mesmo se realmente ouvia aquele barulho grande, diferente dos outros barulhos. Perguntei naquele tempo ou perguntei depois? Não sei. Tenho-me esforçado por tornar-me criança — e em consequência misturo coisas atuais a coisas antigas.

* * *

Penso na morte de meu pai. Quando voltei da escola, ele estava estirado num marquesão, coberto com um lençol branco que lhe escondia o corpo todo até a cabeça. Só ficavam expostos os pés, que iam além de uma das pontas do marquesão, pequeno para o defunto enorme. Muitas pessoas se tinham tornado donas da casa: Rosenda lavadeira, padre Inácio, cabo José da Luz, o velho Acrísio.

Fui sentar-me numa prensa de farinha que havia no fundo do nosso quintal. Tentei chorar, mas não tinha vontade de chorar. Estava espantado, imaginando a vida que ia suportar, sozinho neste mundo. Sentia frio e pena de mim mesmo. A casa era dos outros, o defunto era dos outros. Eu estava ali como um bichinho abandonado, encolhido na prensa que apodrecia. Ouvia o barulho de um descaroçador de algodão, próximo, no Cavalo-Morto. E via o corredor da nossa casa, por onde passavam a batina de padre Inácio, a farda de cabo José da Luz, o vestido vermelho de Rosenda e o capote do velho Acrísio.

Que ia ser de mim, solto no mundo? Pensava nos pés de Camilo Pereira da Silva, sujos, com tendões da grossura de um dedo, cheios de nós, as unhas roxas. Eram magros, ossudos, enormes. O resto do corpo estava debaixo do lençol branco, que fazia um vinco entre as pernas compridas. Eu não podia ter saudade daqueles pés horríveis, cheios de calos e joanetes. Procurava chorar — lembrava-me dos mergulhos no poço da Pedra, das primeiras lições do alfabeto, que me rendiam cocorotes e bolos. Desejava em vão sentir a morte de meu pai. Tudo aquilo era desagradável. — "Isto é um cavalo de dez anos e não conhece a mão direita."

Agora eu tinha catorze, conhecia a mão direita e os verbos.

Voltei à sala, nas pontas dos pés. Ninguém me viu. Camilo Pereira da Silva continuava escondido debaixo do pano branco, que apresentava no lugar da cara uma nódoa vermelha coberta de moscas. Rosenda queimava alfazema num caco de telha. Seu Acrísio não servia para nada. Era impossível saber onde se fixava o olho de padre Inácio, duro, de vidro, imóvel na órbita escura. Ninguém me viu. Fiquei num canto, roendo as unhas, olhando os pés do finado, compridos, chatos, amarelos.

Sempre abafando os passos, dirigi-me novamente ao fundo do quintal, com medo daquela gente que nem me havia mandado buscar à escola para assistir à morte de meu pai. Até a preta Quitéria se esquecera de mim. Ao passar pela cozinha, encontrei-a mexendo nas panelas e lastimando-se. Sentei-me na prensa, cansado, o estômago doendo. Que iria fazer por aí à toa, miúdo, tão miúdo que ninguém me via? Encostei-me ao muro, escorreguei por cima da madeira bichada, adormeci pensando nos mergulhos do poço da Pedra, nos bolos e nos pés de Camilo Pereira da Silva. E, enquanto dormia, ouvia a cantiga dos sapos no açude da Penha, o burburinho dos intrusos que se acavalavam no corredor, o barulho do descaroçador de algodão no Cavalo-Morto. Vozes chegavam-me, confusas, e eu não conseguia apreender o sentido delas. Visões também. Via a casa da fazenda, arruinada, os bichos definhando na morrinha, o chiqueiro bodejando, relâmpagos cortando o céu. A chuva caía, eu andava pelo pátio, nu, montado num cabo de vassoura. Quem me acordou foi Rosenda, que me trazia uma xícara de café.

— Muito obrigado, Rosenda.

E comecei a soluçar como um desgraçado.

Desde esse dia tenho recebido muito coice. Também me apareceram alguns sujeitos que me fizeram favores. Mas até hoje, que me lembre, nada me sensibilizou tanto como aquele braço estirado, aquela fala mansa que me despertava.

— Obrigado, Rosenda.

Iam levando o cadáver de Camilo Pereira da Silva. Corri para a sala, chorando. Na verdade chorava por causa da xícara de café de Rosenda, mas consegui enganar-me e evitei remorsos.

Na casa escura, cheia das lamentações de Quitéria, não encontrei sossego. Adormeci pela madrugada.

No dia seguinte os credores passaram os gadanhos no que acharam. Tipos desconhecidos entravam na loja, mediam peças de pano. Chegavam de chapéu na cabeça, cigarro no bico, invadiam os quartos, praguejavam. Enterrar os mortos, obra de misericórdia. O morto estava enterrado. Padre Inácio e os outros sumiram-se. E os homens batiam os pés com força, levavam as mercadorias, levavam os móveis, nem me olhavam, nem olhavam Quitéria, que se encolhia gemendo "Misericórdia!", como quando o trovão rolava no céu e os bichos iam abrigar-se no copiar da fazenda.

Passei a noite a um canto da sala de jantar, numa rede encardida, a cabeça debaixo do cobertor, com medo da alma de Camilo Pereira da Silva. Pensava na rede armada no copiar, no poço da Pedra, no pátio branco onde se arrastavam cascavéis e jararacas. Aquilo agora tinha outro dono. O cupim continuava a roer os mourões do curral e os caibros da casa, o carro de bois apodrecia sob as catingueiras, os bichos bodejavam no chiqueiro. Mas a sombra do velho Trajano não brincava com os dedos dos pés, Amaro vaqueiro não cortava mandacaru para o gado, a cachorra Moqueca tinha morrido, Camilo Pereira da Silva não folheava o romance.

Que estaria fazendo a alma de Camilo Pereira da Silva? Provavelmente rondava a casa, entrava pelas portas fechadas, olhava as prateleiras vazias. As outras almas mais antigas, Trajano, seu Evaristo, sinha Germana, não me atemorizavam; mas aquela, tão próxima, ainda agarrada ao corpo, dava-me tremuras. O suor corria-me pelo rosto. Como estariam os pés de Camilo Pereira da Silva? Certamente estavam inchados, verdes, com pedaços ficando pretos.

* * *

Seu Ivo, silencioso e faminto, vem visitar-me. Faz agrados ao gato e ao papagaio, entende-se com Vitória e arranja um osso na cozinha. Não quero vê-lo, baixo os olhos para não vê-lo.

Fico de pé, encostado à mesa da sala de jantar, olhando a janela, a porta aberta, os degraus de cimento que dão para o quintal. Água estagnada, lixo, o canteiro de alfaces amarelas, a sombra da mangueira. Por cima do muro baixo ao fundo veem-se pipas, montes de cisco e cacos de vidro, um homem triste que enche dornas sob um telheiro, uma mulher magra que lava garrafas.

Seu Ivo está invisível. Ouço a voz áspera de Vitória e isto me desagrada. Entro no quarto, procuro um refúgio no passado. Mas não me posso esconder inteiramente nele. Não sou o que era naquele tempo. Falta-me tranquilidade, falta-me inocência, estou feito um molambo que a cidade puiu demais e sujou.

Fumo. Assisto a uma discussão do barbeiro André Laerte com o negociante Filipe Benigno. As palavras me chegam quase apagadas, destituídas de senso. É provável que não digam nada. Filipe Benigno é um pouco nebuloso: só percebo dele claramente as barbas brancas e os olhos miúdos. Mas a figura de André Laerte tem bastante nitidez. Parece um gato: anda em redor do outro como se estivesse preparando um salto para agarrá-lo. Tem um avental manchado de sangue, um bigodinho ralo e faz "Pfu!" Seu Batista, vestido em robe de chambre, passeia na calçada, com as mãos atrás das costas. D. Conceição, mulher de Teotoninho Sabiá, prepara milho para o xerém. Carcará solta gargalhadas que se ouvem na outra extremidade da rua. O doutor juiz de direito conta ao vigário histórias de onças e jacarés do Amazonas. Cabo José da Luz, à porta do quartel, espalha tristezas:

Assentei praça. Na polícia eu vivo
Por ser amigo da distinta farda...

O sino da igrejinha bate a primeira pancada das ave-marias.

Não, não é o sino da igreja, é o relógio da sala de jantar. Oito e meia. Preciso vestir-me depressa, chegar à repartição às nove horas. Apronto-me, calço as meias pelo avesso e saio correndo. Paro sobressaltado, tenho a impressão de que me faltam peças do vestuário. Assaltam-me dúvidas idiotas. Estarei à porta de casa ou já terei chegado à repartição? Em que ponto do trajeto me acho? Não tenho consciência dos movimentos, sinto-me leve. Ignoro quanto tempo fico assim. Provavelmente um segundo, mas um segundo que parece eternidade. Está claro que todo o desarranjo é interior. Por fora devo ser um cidadão como os outros, um diminuto cidadão que vai para o trabalho maçador, um Luís da Silva qualquer. Mexo-me, atravesso a rua a grandes pernadas.

Tenho contudo a impressão de que os transeuntes me olham espantados por eu estar imóvel.

Imóvel. Camilo Pereira da Silva também estava imóvel, debaixo da terra. D. Conceição vinha oferecer-me comida. As meninas dela, d. Maria e Teresa, tentavam consolar-me. Retraía-me como um animal acuado, fechava os ouvidos às consolações, cerrava os olhos, apalpava a cabeça e sentia a dureza de ossos, dava estalos com os dedos e ouvia o som de ossos.

— Obrigado, muito obrigado.

Não precisava de nada. Os ossos de Camilo Pereira da Silva desconjuntavam-se na podridão da cova, e a alma já não me fazia medo. Era uma alma que envelhecia e estava fora da terra, provavelmente no purgatório. Quitéria rezava alto na cozinha:

— Ofereço este padre-nosso e esta ave-maria às almas do purgatório.

Era lá que devia estacionar uma parte de meu pai, curando uns restos de pecados. Leves pecados. Apenas muita preguiça. Por isso eu aguentava fome e ouvia as lamentações de Quitéria.

Para que banda ficaria o purgatório? Seu Antônio Justino não sabia. Nem eu. Sabia onde ficavam o Rio de Janeiro, São Paulo, Minas, lugares que me atraíam, que atraem a minha raça vagabunda e queimada pela seca. Resolvi desertar para uma dessas terras distantes. Abandonei a vila, com uma trouxa debaixo do braço e os livros da escola. — "Adeus, d. Conceição. Muito obrigado pela comida com que me matou a fome. Adeus, Joaquim Sabiá, d. Maria, Teresa. Adeus, Quitéria, Rosenda, cabo José da Luz." E comecei a andar lentamente pelo caminho estreito, afastando-me da vila adormecida.

Começo a andar depressa, receando encontrar o ponto encerrado. Tolice. Provavelmente tudo aquilo se passou num segundo. Tenho a impressão de que uma objetiva me pegou, num instantâneo. Ficarei assim, com a perna erguida, a pasta debaixo do braço, o chapéu embicado.

Luís da Silva, a caminho da repartição, lesando, pensando em defuntos.

* * *

Este mês fiz um sacrifício: dei uns dinheiros ao Moisés das prestações para amortizar a minha conta. Dr. Gouveia há de ter paciência: espera mais uns dias. Deixarei de andar pela rua do Sol para não encontrá-lo. O que não posso é continuar a esconder-me de Moisés. Escondo-me, estive algumas semanas sem ir ao café, com receio de ver o judeu. E gosto do café, passo lá uma hora por dia, olhando as caras.

Há o grupo dos médicos, o dos advogados, o dos comerciantes, o dos funcionários públicos, o dos literatos. Certos indivíduos pertencem a mais de um grupo, outros circulam, procurando familiaridades proveitosas. Naquele espaço de dez metros formam-se várias sociedades com caracteres perfeitamente definidos, muito distanciadas. A mesa a que me sento fica ao pé da vitrina dos cigarros. É um lugar incômodo: as pessoas que entram e as que saem empurram-me as pernas. Contudo não poderia sentar-me dois passos adiante, porque às seis horas da tarde estão lá os desembargadores. É agradável observar aquela gente. Com uma despesa de dois tostões, passo ali uma hora, encolhido junto à porta, distraindo-me.

Pois ultimamente precisei renunciar ao café, por causa de Moisés. Ele também se esquivava. Há dias deu de cara comigo ao dobrar uma esquina e empalideceu, balbuciou na sua língua avariada:

— Olá! Como vai? Estou com muita pressa.

É um péssimo cobrador. Dei-lhe este mês cem mil-réis para pôr termo a esses vexames. Mas ainda devo muito, nem sei quanto. A culpa é minha. Quando me vendeu as fazendas, Moisés foi franco:

— Isto é caro como o diabo. Você faz melhor negócio comprando a dinheiro noutra loja.

Mas eu estava na pindaíba e precisava adquirir os trapos para Marina. Desde então venho suando para reduzir o débito. Quando me atraso, Moisés foge de mim. Agora, depois de receber o cobre, declarou-me que as mercadorias já tinham sido pagas. Infelizmente não me podia dar quitação, porque os troços que vende são do tio, judeu verdadeiro.

— Está muito bem.

E o constrangimento desapareceu. Às seis horas estamos de novo sentados junto à vitrina dos cigarros. Moisés fala com abundância, desforrando-se do silêncio em que estivemos ultimamente. Procura a expressão, coça a testa, franze os beiços numa careta que lhe mostra os dentes largos e diz:

— Está percebendo?

Sim, percebo, embora ele tenha sintaxe medonha e pronúncia incrível. Faz rodeios fatigantes, deturpa o sentido das palavras e usa esdrúxulas de maneira insensata. Escuto-o. Os ouvidos são para ele, os olhos para as figuras habituais do café. Os olhos estão quase invisíveis por baixo da aba do chapéu, e uma folha da porta oculta-me o corpo. Uma criaturinha insignificante, um percevejo social, acanhado, encolhido para não ser empurrado pelos que entram e pelos que saem.

Perto um capitalista fala muito alto, e os cotovelos sobre o mármore dão-lhe na sala estreita espaço excessivo. No grupo da justiça as palavras tombam medidas, pesadas, e os gestos são lentos. Além dois políticos cochicham e olham para os lados.

Moisés comenta o jornal. Nunca vi ninguém ler com tanta rapidez. Percorre as colunas com o dedo e para no ponto que lhe interessa. Engrola, saltando linhas, aquela prosa em língua estranha, relaciona o conteúdo com leituras anteriores e passa adiante. É um dedo inteligente o do Moisés. O resto do corpo tem pouca importância: os ombros estreitos, a corcunda, os dentes que se mostram num sorriso parado. O que a gente nota é o dedo. O dedo e a voz sibilada, descontente, sempre a anunciar desgraças. Moisés é uma coruja. Acha que tudo vai acabar, tudo, a começar pelo tio, que esfola os fregueses. E eu acredito em Moisés, que não escora as suas opiniões com a palavra do Senhor, como os antigos: cita livros, argumenta. Prega a revolução, baixinho, e tem os bolsos cheios de folhetos incendiários.

De repente cala-se: foi o doutor chefe de polícia que apareceu e começou a cochichar com os políticos. O dedo de Moisés some-se entre as folhas do jornal, o revolucionário esconde-se por detrás do sorriso inexpressivo. Covardia. Mas afasto este pensamento severo. Moisés não tem jeito de herói: é apenas um sujeito bom e inteligente. Por isso fiz o sacrifício de lhe dar cem mil-réis, que me vão transtornar o orçamento.

Estava tão abandonado neste deserto... Só se dirigiam a mim para dar ordens:

— Seu Luís, é bom modificar esta informação. Corrija isto, seu Luís.

Fora daí, o silêncio, a indiferença. Agradavam-me os passageiros que me pisavam os pés, nos bondes, e se voltavam, atenciosos:

— Perdão, perdão. Faz favor de desculpar.

— Sem dúvida. Ora essa.

Ou então:

— Tem a bondade de me dizer onde fica a rua do Apolo?

— Perfeitamente, minha senhora. Vamos para lá. É o meu caminho.

Agora estou defronte de um amigo, amigo que me liga pouca importância, é verdade, amigo todo entregue aos telegramas estrangeiros, mas que me custou cem mil-réis. Parece-me que até certo ponto Moisés é propriedade minha. Os cem mil-réis me vão fazer muita falta.

Estremeço: dr. Gouveia entra na sala, marcha para a vitrina dos cigarros.

— Vamos dar o fora, Moisés?

Dois minutos depois estamos sentados num banco da praça Montepio. Aqui há sossego, não vêm cá certos indivíduos impertinentes. O que me desgosta é ver de relance, nos bancos do centro, que a folhagem disfarça mal, pessoas atracadas. Sinto furores de moralista. Cães! Amando-se em público, descaradamente! Cães!

Tremo de indignação. Depois esmoreço: julguei distinguir entre as folhas dos crótons o vulto de Marina. Foi ilusão, mas a imagem permanece. Cachorrada!

Moisés fala em políticos reacionários. Encho-me de ferocidade:

— Malandros! ladrões!

Agora Moisés está contando as perseguições aos judeus, na Europa. Lembro-me do tio dele e digo comigo que provavelmente a narração é exagerada. Se Moisés não fosse inteligente, com certeza muitos daqueles fatos não existiriam. Sofrimentos. Iniquidades.

— Aqui há tanto disso! Mas somos fatalistas, estamos habituados e não temos imaginação como vocês.

Entro a falar sobre a minha vida de cigano, de fazenda em fazenda, transformado em mestre de meninos. Quando ensinava tudo que seu Antônio Justino me ensinara, passava a outra escola. Tinha o sustento. Depois era a caserna. Todas as manhãs nos exercícios. — "Meia-volta! Ordinário!" As peças do fuzil, marchas na lama, a bandeira nacional, o hino, as tarimbas sujas, os desaforos do sargento. Em seguida vinha a banca de revisão: seis horas de trabalho por noite, os olhos queimando junto a um foco de cem velas, cinco mil-réis de salário, multas, suspensões.

E coisas piores, que me envergonham e não conto a Moisés. Empregos vasqueiros, a bainha das calças roída, o estômago roído, noites passadas num banco, importunado pelo guarda. Farejava o provinciano de longe, conhecia o nordestino pela roupa, pela cor desbotada, pela pronúncia. E assaltava-o:

— Um filho do Nordeste, perseguido pela adversidade, apela para a generosidade de v. exª.

Valorizava a esmola:

— Trago um romance entre os meus papéis. Compus um livro de versos, um livro de contos. Sou obrigado a recorrer aos meus conterrâneos. Até que me arranje, até que possa editar as minhas obras.

Recebia, com um sorriso, o níquel e o gesto de desprezo. O frege-moscas fedia a vinho podre, e o galego, de tamancos, coberto de nódoas, era asqueroso. Mais tarde, já aqui em Maceió, gastando sola pelas repartições, indignidades, curvaturas, mentiras, na caça ao pistolão.

— Escrevi muito atacando a república velha, doutor; sacrifiquei-me, endividei-me, estive preso por causa da ideologia, doutor.

Afinal, para se livrarem de mim, atiraram-me este osso que vou roendo com ódio.

— Chegue mais cedo amanhã, seu Luís.

E eu chego.

— Informe lá, seu Luís.

E eu informo. Como sou diferente de meu avô!

Um dia um cabra de Cabo Preto apareceu na fazenda com uma carta do chefe. Deixou o clavinote encostado a um dos juazeiros do fim do pátio, e de longe ia varrendo o chão com a aba do chapéu de couro. Trajano Pereira de Aquino Cavalcante e Silva soletrou o papel que o homem lhe deu e mandou Amaro laçar uma novilha. O cabra jantou, recebeu uma nota de vinte mil-réis, que naquele tempo era muito dinheiro, e atravessou o Ipanema, tangendo o bicho. Dia de Natal meu avô foi à vila, com a mulher, e encontrou no caminho o grupo de Cabo Preto, que se meteu na capoeira para não assustar a dona. Sinha Germana, de saias arregaçadas, escanchada na sela, um mosquetão na maçaneta, não viu nada, mas meu avô fez um gesto de agradecimento aos angicos e aos mandacarus que marginavam a estrada. Quando a política de padre Inácio caiu, o delegado prendeu um cangaceiro de Cabo Preto. O velho Trajano subiu à vila e pediu ao doutor juiz de direito a soltura do criminoso. Impossível. Andou, virou, mexeu, gastou dinheiro com *habeas corpus* — e o doutor duro como chifre.

— Está direito, exclamou Trajano plantando o sapatão de couro cru na palha da cadeira do juiz. Eu vou soltar o rapaz.

No sábado reuniu o povo da feira, homens e mulheres, moços e velhos, mandou desmanchar o cercado do vigário, armou todos com estacas e foi derrubar a cadeia.

Está aí uma história que narro com satisfação a Moisés. Ouve-me desatento. O que lhe interessa na minha terra é o sofrimento da multidão, a tragédia periódica das secas. Procuro recordar-me dos verões sertanejos, que duram anos. A lembrança chega misturada com episódios agarrados aqui e ali, em romances. Dificilmente poderia distinguir a realidade da ficção. De resto a dor dos flagelados naquele tempo não me fazia mossa. Penso em coisas percebidas vagamente: o gado, escuro de carrapatos, roendo a madeira do curral; o cavalo de fábrica, lazarento e com esparavões; bodes definhando na morrinha; o carro de bois apodrecendo; na catinga parda, manchas brancas de ossadas e o voo negro dos urubus. Tento lembrar-me de uma dor humana. As leituras auxiliam-me, atiçam-me o sentimento. Mas a verdade é que o pessoal da nossa casa sofria pouco. Trajano Pereira de Aquino Cavalcante e Silva caducava; meu pai vivia preocupado com os doze pares de França; Quitéria, coitada, era bruta demais e por isso insensível. Os outros moradores da fazenda, as criaturas que viviam em ranchos de palha construídos nas ribanceiras do Ipanema, não se queixavam. José Baía falava baixo e ria sempre. Sinha Terta rezava novenas e fazia partos pela vizinhança. Amaro vaqueiro alimentava-se, nas secas, com sementes de mucunã lavadas em sete águas, raiz de imbu, miolo de xiquexique, e de tempos a tempos furtava uma cabra no chiqueiro e atirava a culpa à suçuarana. Dores só as minhas, mas estas vieram depois.

* * *

A minha criada Vitória anda em cinquenta anos, é meio surda e possui um papagaio inteiramente mudo, que pretende educar assim:

Currupaco, papaco,
A mulher do macaco
Ela fia, ela cose,
Ela toma tabaco
Torrado no caco.

O papagaio prega na velha o olho redondo. Em seguida cerra as pálpebras e baixa a cabeça. Às vezes se aborrece da gaiola e bate as asas. A dona corre para o quintal e espia a folhagem da mangueira:

— Meu louro, meu louro! Currupaco, papaco. Meu louro! Onde andará o sem-vergonha desse papagaio?

Só se acomoda depois de percorrer a vizinhança e encontrar o fugitivo. Pega então a parolar com ele, que não diz nada. Quando se cansa, agarra o jornal e lê com atenção os nomes dos navios que chegam e dos que saem. Nunca embarcou, sempre viveu em Maceió, mas tem o espírito cheio de barcos. Dá-me frequentemente notícias deste gênero:

— O Pedro II chega amanhã. O Aratimbó vem com atraso. Terá havido desastre?

Não sei como se pode capacitar de que a comunicação me interessa. Há três anos, quando a conheci, a mania dela me espantava. Agora estou habituado. Leio o jornal e deixo-o em cima da mesa, dobrado na página em que se publica o movimento do porto. Vitória toma a folha e vai para a cozinha ler ao papagaio a lista dos viajantes.

No princípio do mês, quando se aproxima o recebimento do ordenado, excita-se e não larga o Diário Oficial.

— Faltam dois dias, falta um dia, é hoje.

E faz cálculos que não acabam, cálculos inúteis, porque não gasta nada: usa os meus sapatos velhos e traz um xale preto amarelento que deve ter dez anos. Recolhe a mensalidade e mete-se no fundo do quintal, põe-se a esgaravatar a terra como se plantasse qualquer coisa. Esquece os navios e as lições ao papagaio.

Volta a tratar das ocupações domésticas, mas de quando em quando lá vai rondar a mangueira e acocorar-se junto ao canteiro das alfaces. Dá um salto à cozinha, fala com o louro, tempera a boia. Minutos depois está novamente remexendo a terra.

Observo esses manejos. Sentindo-se observada, levanta-se, deita água no caco das galinhas, vai ao banheiro, sai com uma braçada de roupa, que estende no arame esticado entre a cerca e um dos ramos da mangueira. Entra em casa, abre o jornal e anuncia:

— O delegado fiscal viajou ontem.

Nota, pela minha cara, que o delegado fiscal não me interessa e dá uma notícia importante:

— O arcebispo chegou do Rio.

Escapole-se, vai consertar a cerca, tapar os buracos por onde passam bichos que estragam a horta. Da minha cadeira vejo-lhe o cocó grisalho, a cabeça curva, atenta sobre a terra que escava, fingindo tratar dos canteiros ou fincar as estacas da cerca. No outro dia tirará as estacas, que, de tanto removidas, fizeram ali uma espécie de porteira.

Nem à noite a pobre descansa: levanta-se pela madrugada e abre a porta do fundo, cautelosamente. Cautela inútil. Como é meio surda, pensa que não faz barulho, mas arrasta os sapatões com força, e as pernas reumáticas atiram-na contra os móveis, às escuras, tropeçam nos degraus de cimento quebrado. Ausenta-se uma hora. Depois a porta range de novo e as pisadas reaparecem. Daí a pouco está a criatura resmungando, fazendo contas intermináveis. Erra os números e recomeça. Esta agitação dura quatro, cinco dias por mês. Sossega, volta às listas dos passageiros, à tagarelice com o papagaio:

Currupaco, papaco,
A mulher do macaco...

A voz é áspera e desdentada. E, acompanhando a cadência, tremem as pelancas do pescoço engelhado como um pescoço de peru, tremem os pelos do buço e as duas verrugas escuras. É terrivelmente feia.

Logo que me entrou em casa, descobri nela uma particularidade alarmante. Sou um desleixado. Quando mudo a roupa, esqueço papéis nos bolsos. Deixo frequentemente níqueis e pratas sobre os móveis. Essas frações de pecúnia somem-se, e certa vez desapareceu-me da carteira uma cédula de cinquenta mil-réis. As faltas coincidem com uma grande excitação da velha. Recomeçam as fugas para o quintal. Vendo-lhe o cocó bambeante entre as folhas de alface, sei perfeitamente que ela está enterrando o dinheiro. Descubro ao pé da cerca, junto à raiz da mangueira, covas frescas.

Assustei-me a princípio, depois me tranquilizei. A nota de cinquenta mil-réis foi achada entre as páginas de um livro. E as moedas voltam para os lugares donde saíram. Finjo não prestar atenção a elas, para a mulher não se ofender, meto algumas no bolso, com indiferença. Só quando estou necessitado, digo por alto, escolhendo as palavras:

— Vitória, hoje pela manhã deixei cair umas pratas no chão. Apanhei duas ou três, mas parece que as outras rolaram para trás da cama. Você, varrendo o quarto, não terá encontrado algumas?

Vitória estica-se, o pescoço encarquilhado incha, os olhos miúdos fuzilam, as verrugas tremem indignadas:

— O senhor tem cada uma! Se não está satisfeito comigo, é dizer. Já vivi em muita casa de gente rica, seu Luís. Criei-me vendo dinheiro, seu Luís. Se não está achando bom, é arriar a trouxa. Desconfiança comigo, não.

— Deixe disso, criatura. Quem falou em desconfiança? É que derrubei as moedas. Que você não viu está claro, não se discute. Dê uma busca.

— Ah! exclama Vitória. Eu não tinha compreendido bem.

Torna-se amável, coça o queixo cabeludo, puxa conversa fora de propósito, a voz sumida, uns risinhos encabulados. Julgando-me distraído, afasta-se nas pontas dos pés, olhando-me com o rabo do olho, e vai apanhar alfaces. Daí a pouco volta, entra no quarto, arrasta a cama, examina os cantos da parede:

— Só vejo teia de aranha.

De repente aparece chocalhando as moedas:

— Estão aqui. Não sei quando o senhor quer tomar jeito. A vida inteira perdendo dinheiro!

Guardo algumas pratas e deixo o resto em cima da mesa. Não há perigo. Receio é que Vitória se engane nas contas e me traga mais que o que tirou.

* * *

Em janeiro do ano passado estava eu uma tarde no quintal, deitado numa espreguiçadeira, fumando e lendo um romance. O romance não prestava, mas os meus negócios iam equilibrados, os chefes me toleravam, as dívidas eram pequenas — e eu rosnava com um bocejo tranquilo:

— Tem coisas boas este livro.

Lia desatento, e as letras esmoreciam na sombra que a mangueira estirava sobre o quintal.

Moisés e Pimentel apareciam-me às vezes, e alguns rapazes acanhados vinham pedir-me em segredo artigos e composições poéticas, que eu vendia a dez, a quinze mil-réis. Isto chegava para o aluguel da casa — e dr. Gouveia não me importunava. Distraía-me com leituras inúteis. Quando me caía nas mãos uma obra ordinária, ficava contentíssimo:

— Ora, muito bem. Isto é tão ruim que eu, com trabalho, poderia fazer coisa igual.

Os livros idiotas animam a gente. Se não fossem eles, nem sei quem se atreveria a começar.

Esse que eu lia debaixo da mangueira, saltando páginas, era bem safado. Por isso interrompia a leitura, acendia o cigarro.

Foi numa dessas suspensões que percebi um vulto mexendo-se no quintal da casa vizinha. Como já disse, existe apenas uma cerca separando os dois quintais. Do lado esquerdo há um muro, e ignoro completamente o que se passa além dele. Mas daquela banda o que temos é a cerca baixa, que Vitória conserta sempre por causa das galinhas e para guardar dinheiro nos pés das estacas podres. Para lá dessa linha de demarcação tudo me era familiar: o banheiro, paredes-meias com o meu, algumas roseiras, um monte de lixo que a inquilina, senhora idosa, às vezes queimava.

O vulto que se mexia não era a senhora idosa: era uma sujeitinha vermelhaça, de olhos azuis e cabelos tão amarelos que pareciam oxigenados. Foi só o que vi, de supetão, porque não sou indiscreto, era inconveniente olhar aquela desconhecida como um basbaque. Demais não havia nada interessante nela.

Onde andaria a senhora idosa, que todas as manhãs ia regar as plantas, com um pano branco amarrado à cabeça? Mudara-se, provavelmente, e aquela que ali estava devia ser moradora nova.

— Sim senhor, disse comigo, muito poética, aí entre as roseiras, com os cabelos pegando fogo e a cara pintada.

Sentia a ausência da senhora idosa, cheia de rugas, tranquila, um pano amarrado à cabeça e o regador na mão, movendo-se tão devagar que era como se estivesse parada. Essa outra estava em todos os lugares ao mesmo tempo, ocupava o quintal inteiro. Um azougue.

— Que diabo tem ela?

E mergulhei na leitura, desatento, está claro, porque o livro não valia nada. Virava a página muitas vezes, e quando isto acontecia, olhava, fingindo desinteresse, a mulher dos cabelos de fogo. Tinha as unhas pintadas.

— Lambisgoia!

Fiquei lendo o romance, péssimo romance, enquanto a tipinha se mexeu entre as roseiras. Notei, notei positivamente que ela me observava. Encabulei. Sou tímido: quando me vejo diante de senhoras, emburro, digo besteiras. Trinta e cinco anos, funcionário público, homem de ocupações marcadas pelo regulamento. O Estado não me paga para eu olhar as pernas das garotas. E aquilo era uma garota. Além de tudo sei que sou feio. Perfeitamente, tenho espelho em casa. Os olhos baços, a boca muito grande, o nariz grosso. Como se chamava a senhora idosa que vinha regar as plantas? A verdade é que nunca me empatou a leitura. Fiquei ali até que escureceu e a mulherinha deu o fora. Mais tarde informei-me:

— Ó Vitória, a vizinha aqui da direita mudou-se?

— Morreu, disse Vitória depois de me fazer repetir a pergunta quatro vezes, porque era lua nova e ela estava inteiramente surda. O senhor não viu o enterro? Pois é. Agora há outros moradores.

Pobre da velha. Morta e enterrada, e eu nem havia percebido alteração na casa.

Moisés e Pimentel apareceram à noite e conversaram muito, mas ouvi-os distraído.

Além das plantas mencionadas, havia também um mamoeiro no quintal vizinho. Era engraçada o diabo da pequena. Para o inferno. Um homem lido e corrido, pegando trinta e cinco anos, amolecendo, preocupando-se com aquela guenza!

— Vamos deixar de tolice.

E contrariei Pimentel e Moisés, arranjei umas opiniões descabidas, porque realmente não sabia o que eles estavam dizendo.

No dia seguinte (era sábado e não havia expediente à tarde) sentei-me de novo à sombra da mangueira, com o romance. A coisinha loura tornou a aparecer, em companhia de uma mulherona sardenta, e começaram ambas a cortar os ramos secos das roseiras. A pequena estouvada não me prestava atenção: descontentara-a provavelmente o exame da véspera. Um sujeito feio: os olhos baços, o nariz grosso, um sorriso besta e a atrapalhação, o encolhimento que é mesmo uma desgraça.

Apesar destas desvantagens, os negócios não iam mal. E foi exatamente por me correr a vida quase bem que a mulherinha me inspirou interesse — novidade, pois sempre fui alheio aos casos de sentimento. Trabalhos, compreendem? Trabalhos e pobreza. Às vezes o coração se apertava como corda de relógio bem enrolada. Um rato roía-me as entranhas.

Nestes últimos tempos nem por isso. Antigamente era uma existência de cachorro. As mulheres tinham cheiros excessivos, e eu me sentia impelido violentamente para elas. Mas a voz do chefe da revisão estava colada aos meus ouvidos:

— Suspenso por cinco dias, seu Silva.

A unha suja de tinta riscava na prova o corpo de delito. Vida de cachorro. Como iria pagar a pensão?

— D. Aurora, tenha paciência. Veja se me arranja um quarto mais barato. Os tempos andam safados, d. Aurora.

As ruas estavam cheias de mulheres. E o rato roía-me por dentro.

Ora, um dia, sem motivo, convidei d. Aurora para o cinema. Tenho desses rompantes idiotas. Faço uma tolice sabendo perfeitamente que estou fazendo tolice. Quando tento corrigir o disparate, caio noutro e cada vez mais me complico. Foi o que se deu. Convidei d. Aurora e a neta para o cinema. Arrependi-me e ofereci-lhes refrescos. Aceitaram tudo — e começou a minha tortura. Lá fui com elas, capiongo, pagar bonde, sorvetes e três cadeiras. Tipo besta.

— Aguenta, maluco, trouxa, filho de uma puta.

E contava mentalmente o dinheiro suado e mesquinho. Na sala de projeção a neta de d. Aurora abriu um leque enorme em cima das coxas e meteu a minha perna entre as dela. Subitamente o rato deixou de roer-me. O que eu estava era indignado. E calculava. Três passagens de bonde — mil e duzentos. Três sorvetes — três vezes cinco, quinze. E entradas no cinema. As coxas da moça eram frias. Com certeza fazia aquilo por hábito. Naquele tempo eu andava como um bode. Mas esfriei também. Cinco mil-réis por seis horas de trabalho à noite, suspensões, multas, o jornal indo para cima e para baixo. Era um sofrimento a ideia de que no fim da quinzena ficaríamos sem o cobre que estava enganchado.

— Hoje ninguém recebe.

Lá ia, de cabeça baixa, beber um copo de caldo de cana e comer um pastel. Os níqueis amarrados como dinheiro de matuto. Pois, numa quebradeira assim, bonde, sorvete, cinema. E ainda faltavam as passagens de volta. A fita era tão comprida! A moça tinha as pernas frias.

Aquela que estava ali a meia dúzia de passos, cortando os ramos secos das roseiras, vermelha como pimenta, os braços levantados mostrando os sovacos, devia ser quente demais.

— Carga de risco!

A mulher sardenta e sarará tinha traços dela.

Com o livro esquecido nos joelhos, o cigarro apagado, o olho meio cerrado, lembrei-me com preguiça de coisas vagas, sem importância. Havia no Cavalo-Morto uma rapariga desbragadíssima. Não tinha decoro, amava aos gritos, como os gatos e os ciganos. Em horas de recolhimento natural berrava danadamente:

— Rasga, diabo! Vai fazer isso com tua mãe, peste!

Eu era muito moço, e aquela fúria me espantava. Amores selvagens.

Da janela de seu Antônio Justino via-se um jardim bem-tratado, onde três mulheres velhas que pareciam formigas cavavam, podavam, regavam.

Berta, uma alemãzinha bonita que antigamente conheci, também tinha as unhas pintadas e pontiagudas. Aquilo arranhava docemente. A primeira mulher de jeito com quem me atraquei. Eu levava no bolso uns dinheiros curtos ganhos no jogo e a carta de recomendação que um deputado, depois de muitos salamaleques e muitas viagens, me havia dado na Câmara para o diretor de um jornal. Cada solecismo horrível. Metia a mão no bolso e certificava-me de que as pelegas machucadas e os solecismos existiam. Ia de cabeça baixa, ruminando projetos. De repente uma voz estrangeirada, cheia de *rr*, gargarejou perto de mim:

— Senhor não quer entrar?

E duas mãos miúdas agarraram-me um braço, arrastaram-me por uma porta até a escada. Escorei-me ao corrimão, acuado, pigarreei com um nó na garganta:

— Madame, eu sou um bicho do mato, nunca me encostei a uma pessoa como a senhora. Seja franca, madame. Quanto é que lhe devo dar?

Berta era engraçada: lourinha, gordinha, uma voz suave, apesar dos *rr*.

— Deixa disso. Não faz feio.

E eu, a mão no bolso, apertando os cobres:

— Não brinque, madame. Sou um sertanejo, um bruto, um selvagem. Quanto é que a senhora costuma receber?

Bonitinha, Berta. E mais decente que a neta de d. Aurora. Bonde, cinema, refrescos. Menina viciada. Dagoberto fugia dela. Uma piranha. Ser roído por aquilo! Ah! não. Lembrava-me dos bancos do passeio, das botinas de elástico bambo.

— Senhor, um nordestino perseguido pela adversidade apela para v. exª.

E o frege-moscas fedorento, as toalhas cobertas de nódoas de vinho, boia nauseabunda, o galego, de tamancos, sujo, cantando. Com semelhantes recordações, quem pensa em mulheres?

A mocinha, no lado de lá da cerca, não me dava atenção. Perua. Cabelos de milho, unhas pintadas, beiços vermelhos e o pernão aparecendo.

— Às vezes aquilo é só a casca. Por baixo — marcas de feridas e molambos. Sirigaita. Sou um homem prático, passado pelos corrimboques do diabo, lido e corrido. Para o inferno.

Levantei-me, aprumei-me e recolhi-me, com o livro debaixo do braço, a cara enferrujada, importante. Na véspera o diretor me tinha dito:

— Necessitamos um governo forte, seu Luís, um governo que estique a corda. Esse povo anda de rédea solta. Um governo duro.

E eu havia concordado, naturalmente:

— É o que eu digo, doutor. Um governo duro. E que reconheça os valores.

Considerava-me um valor, valor miúdo, uma espécie de níquel social, mas enfim valor. O aluguel da casa estava pago. Andava em todas as ruas sem precisar dobrar esquinas. Por uma diferença de dois votos, tinha deixado de ser eleito Secretário da Associação Alagoana de Imprensa. Quinhentos mil-réis de ordenado. Com alguns ganchos, embirava uns setecentos. Podia até casar. Casar ou amigar-me com uma criatura sensata, amante da ordem. Nada de melindrosas pintadas. Mulher direita, sisuda. Passar a vida naquela insipidez, aguentando uma criada surda, reumática, cheia de manias!

— Ó Vitória, gritei ao ouvido da velha, quem é essa gente que chegou aí ao lado?

Vitória não sabia. Tentei ler um artigo político de Pimentel, mas estava distraído, pensava em Berta, na neta de d. Aurora e na rapariga do Cavalo-Morto. Deitei-me cedo. Não pude dormir: os cabelos de fogo, os olhos e especialmente as pernas da vizinha começaram a bulir comigo. Aquilo devia ser uma pimenta. Passei a noite imaginando cenas terríveis com ela. No outro dia levantei-me aperreado. Quando me aparecem esses acessos, fico assim uma semana, calado, murcho, pensando em safadezas.

* * *

Ainda não disse que moro na rua do Macena, perto da usina elétrica. Ocupado em várias coisas, frequentemente esqueço o essencial. Que, para mim, a casa onde moramos não tem importância grande demais. Tenho vivido em numerosos chiqueiros. Provavelmente esses imóveis influíram no meu caráter, mas sou incapaz de recordar-me das divisões de qualquer deles. Não esperem a descrição destas paredes velhas que dr. Gouveia me aluga, sem remorso, por cento e vinte mil-réis mensais, fora a pena de água.

Afinal, para a minha história, o quintal vale mais que a casa. Era ali, debaixo da mangueira, que, de volta da repartição, me sentava todas as tardes, com um livro. Foi lá que vi Marina pela primeira vez, em janeiro do ano passado. E lá nos tornamos amigos.

Se ela morasse no prédio à esquerda, talvez não nos conhecêssemos. Quando saio para o serviço, passo em frente da casa à direita e cumprimento as pessoas que estão à janela. Transito raramente pelo outro lado. Reside ali uma d. Rosália, que tem o marido sempre ausente. Mulher antipática, amarela, muito faladora. Quase nunca a encontro. Felizmente há o muro que nos afasta. Vejo às vezes por cima dele cabecinhas de crianças que esperam momento favorável para furtar as mangas dos galhos que lhes chegam ao alcance das garras. Fujo para não importuná-las, mas são assustadiças e escondem-se.

O meu horizonte ali era o quintal da casa à direita: as roseiras, o monte de lixo, o mamoeiro. Tudo feio, pobre, sujo. Até as roseiras eram mesquinhas: algumas rosas apenas, miúdas. Monturos próximos, águas estagnadas, mandavam para cá emanações desagradáveis. Mas havia silêncio, havia sombra. O vozeirão de Vitória era um murmúrio abafado. Talvez o mamoeiro, as roseiras, o monte de lixo me passassem despercebidos, e se os menciono, é que, escrevendo estas notas, revejo-os daqui.

Tornei-me, pois, amigo de Marina. Com certeza começamos por olhares, movimentos de cabeça, sorrisos, como sempre acontece. Depois, palavra aqui, palavra ali, em pouco tempo estávamos camaradas, tratando-nos por você. Procurando reproduzir os nossos diálogos, compreendo que não dizíamos nada. Frívola, incapaz de agarrar uma ideia, a mocinha pulava como uma cabra em redor dos canteiros e pulava de um assunto para outro. O que me aborrecia nela eram certas inclinações imbecis ou safadas.

— Por que é que você não manda fazer um smoking, Luís? Um rapaz que ganha dinheiro andar com essas roupas mal-amanhadas! Eu, se fosse você, brilhava, vivia no trinque.

Eu pilheriava com ela:

— Marina, nem só de smoking vive o homem.

Outras vezes:

— D. Mercedes estava hoje chamando a atenção de todo o mundo na igreja do Rosário. Vestido cor de cinza com vivos encarnados, luvas cor de cinza, bolsa encarnada, chapéu encarnado e sapatos encarnados. Você gosta do encarnado?

D. Mercedes é uma espanhola madura da vizinhança, amigada em segredo com uma personagem oficial que lhe entra em casa alta noite. Possui mobília complicadíssima, passa os dias olhando-se ao espelho e polindo as unhas, metida num peignoir de seda, e quando mergulha na banheira, sente-se de longe o cheiro da água-de-colônia. Marina admirava-a com exagero, arregalando os olhos:

— D. Mercedes é linda. Parece uma artista de cinema.

Eu me aperreava:

— Que tolice! Você elogiando uma tipa ordinária, uma galega de arribação que ninguém sabe donde saiu! Não está direito. Uma bicha feia e velha, um couro, um canhão!

Marina excitava-se:

— Que couro, que nada! D. Mercedes é uma senhora vistosa, bem-conservada, muito distinta. E rica. Tem filha no colégio e manda dinheiro ao marido.

Vejam que miolo. E que tendências. Eu, se não fosse um idiota com fumaças de homem prático, lido e corrido, teria cortado relações com aquela criatura. Admirar uma estrangeira que vive só, tem filha no colégio e sustenta marido ausente!

Estirava-me na espreguiçadeira, abria o livro, carrancudo. A leitura não me atraía, mas atirava-me a ela. Marina ficava por ali, rondando, machucando pétalas de rosas, acanhada, o nariz comprido, procurando conversa. Dava um giro entre os canteiros, temperava a goela e, de repente:

— Que livro é esse que você está lendo?

Fingia-me distraído, encostava a cara ao volume.

— Deve ser uma obra interessante.

— Nem por isso.

— Eu também estou lendo um livro interessante, da biblioteca das moças. Muito penoso.

Olhava-a com ódio:

— Passe bem, Marina.

Aproximando-me da cozinha, percebia a voz de Vitória, que resmungava junto à gaiola do Currupaco:

— Franguinha assanhada. Cochichando com um homem no escuro! Cabrita enxerida.

Realmente estava escuro. Às vezes a gente se esquecia do tempo e entrava pela noite na prosa. Um foco da iluminação da rua embranquecia um pedaço do muro.

Currupaco pregava-me o olho redondo, encolhia a perna e escondia a cabeça com tédio.

— Safadinha, enxerida, insistia Vitória quando me via as costas.

Punha-me a passear pela casa. Chegava à porta da rua, voltava, marchava até a sala de jantar, fazia meia-volta, e assim por diante, pisando com força. Um smoking, imaginem. Para que diabo queria eu um smoking? Teria graça estar ali contando os passos ou ir ao café, vestido num smoking. Estúpida.

— Um romance comovente. Esqueci o nome do autor. Enredo bonito.

Estúpida. Lia as notas sociais, casamentos, batizados, aniversários, coisas deste gênero. Estúpida.

Fatigado, sentava-me um instante na sala de jantar. A parada justificava outra, instantes depois, à janela da rua. Debruçava-me, olhava os paralelepípedos, a sarjeta, o poste de ferro, os arames, a calçada da casa à esquerda. Virava-me para a esquerda. O outro lado não me interessava. Uma pancada no postigo, e recomeçava o passeio. Nova demora na sala de jantar. Coçava a barriga do gato, que se espreguiçava, estirava as pernas. Sem- vergonha, parecia mulher. O quintal estava escuro. Por cima das árvores havia claridade, até se enxergava, a distância, um anúncio que se podia ler; mas perto do chão era aquele pretume. Fastidiosa música de grilos, certamente no canteiro das hortaliças.

A quanto subiria a fortuna que Vitória tinha ali enterrada? A minha situação não era das piores. Uns três contos de economias depositados no banco. Há gente que se casa com menos e vive.

Pela porta da cozinha via-se na parede a sombra da cabeça de Vitória, enorme, por cima da sombra do jornal.

— Ó Vitória, prepare o café.

Precisava ir sacudi-la:

— O café, Vitória.

— An!

Afastava-me. A chaleira chiava no fogão. A sombra desaparecia. Arrastar de pés e sons resmungados:

— Peruinha, cabritinha descarada.

Punha-me também a arrastar os pés na sala de jantar, fumava, bebia um trago de aguardente.

— Mulheres há muitas.

E o diabo da música dos grilos. As letras do anúncio eram enormes.

Daí a pouco lá ia de novo para o corredor, chegava à janela da frente, abria o postigo, olhava a rua. Mas não me voltava para a direita. Os paralelepípedos, os arames, a sarjeta. A bichinha sem-vergonha devia andar ali perto, saracoteando na calçada, indo espiar a sala de d. Mercedes e os móveis de d. Mercedes. Não me voltava.

— Para o diabo. Aqui me preocupando com aquela burra! Unhas pintadas, beiços pintados, biblioteca das moças, preguiça, admiração a d. Mercedes — total: rua da Lama. Acaba na rua da Lama, sangrando na pedra-lipes. Vamos deixar de besteira, seu Luís. Um homem é um homem.

* * *

Foi por aquele tempo que Julião Tavares deu para aparecer aqui em casa. Lembram-se dele. Os jornais andaram a elogiá-lo, mas disseram mentira. Julião Tavares não tinha nenhuma das qualidades que lhe atribuíram. Era um sujeito gordo, vermelho, risonho, patriota, falador e escrevedor. No relógio oficial, nos cafés e noutros lugares frequentados cumprimentava-me de longe, fingindo superioridade:

— Como vai, Silva?

À noite chegava-me a casa, empurrava a porta e, quando eu menos esperava, desembocava na sala de jantar, que, não sei se já disse, é o meu gabinete de trabalho. E lá vinham intimidades que me aborreciam. Linguagem arrevesada, muitos adjetivos, pensamento nenhum.

Conheci esse monstro numa festa de arte no Instituto Histórico. De quando em quando um cidadão se levantava e lia uma composição literária. Em seguida uma senhora abancava ao piano e tocava. Depois outra declamava. Aí chegava de novo a vez do homem, e assim por diante. Pelo meio da função um sujeito gordo assaltou a tribuna e gritou um discurso furioso e patriótico. Citou os coqueiros, as praias, o céu azul, os canais e outras preciosidades alagoanas, desceu e começou a bater palmas terríveis aos oradores, aos poetas e às cantoras que vieram depois dele. À saída deu-me um encontrão, segurou-me um braço e impediu que me despencasse pela escada abaixo. Desculpou-se por me haver empurrado, agradeci ter-me agarrado o braço e saímos juntos pela rua do Sol. Repetiu pouco mais ou menos o que tinha dito no discurso e afirmou que adorava o Brasil.

— Ah! Eu vi perfeitamente que o senhor é patriota.

Foi a conta.

— Quem o não é, meu amigo? Nesta hora trágica em que a sorte da nacionalidade está em jogo...

— Efetivamente, murmurei, as coisas andam pretas.

Conversa vai, conversa vem, fiquei sabendo por alto a vida, o nome e as intenções do homem. Família rica. Tavares & Cia., negociantes de secos e molhados, donos de prédios, membros influentes da Associação Comercial, eram uns ratos. Quando eu passava pela rua do Comércio, via-os por detrás do balcão, dois sujeitos papudos, carrancudos, vestidos de linho pardo e absolutamente iguais. Esse Julião, literato e bacharel, filho de um deles, tinha os dentes miúdos, afiados, e devia ser um rato, como o pai. Reacionário e católico.

— Por disciplina, entende? Considero a religião um sustentáculo da ordem, uma necessidade social.

— Se o senhor permite...

E divergi dele, porque o achei horrivelmente antipático. Ouviu-me atento e mostrou desejo de saber o que eu era. Encolhi os ombros, olhei os quatro cantos, fiz um gesto vago, procurando no ar fragmentos da minha existência espalhada.

— Luís da Silva. Rua do Macena, número tanto. Prazer em conhecê-lo.

E meti-me no primeiro bonde que passou. Mas não consegui desembaraçar-me do homem. Dias depois fez-me uma visita. Em seguida familiarizou-se. E era Luís para aqui, Luís para ali, elogios na tábua da venta, só com o fim de receber outros. Não tenho jeito para isso. Duas, três horas de chateação, que me deixavam enervado, besta, roendo as unhas.

Habituei-me a escrever, como já disse. Nunca estudei, sou um ignorante, e julgo que os meus escritos não prestam. Mas adquiri cedo o vício de ler romances e posso, com facilidade, arranjar um artigo, talvez um conto. Compus, no tempo da métrica e da rima, um livro de versos. Eram duzentos sonetos, aproximadamente. Não me foi possível publicá-los, e com a idade compreendi que não valiam nada. Em todo o caso acompanharam-me por onde andei. Um dia, na pensão de d. Aurora, o meu vizinho Macedo começou a elogiar um desses sonetos, que por sinal era dos piores, e acabou oferecendo-me por ele cinquenta mil-réis. Nem foi preciso copiar: arranquei a folha do livro e recebi o dinheiro, depois de jurar que a coisa estava inédita. Macedo transigiu comigo umas vinte vezes. Infelizmente voltou para São Paulo sem concluir o curso. Desde então procuro avistar-me com moços ingênuos que me compram esses produtos. Antigamente eram estampados em revistas, mas agora figuram em semanários da roça, e vendo-os a dez mil-réis. O volume está reduzido a um caderno de cinquenta folhas amarelas e roídas pelos ratos.

Trabalho num jornal. À noite dou um salto por lá, escrevo umas linhas. Os chefes políticos do interior brigam demais. Procuram-me, explicam os acontecimentos locais, e faço diatribes medonhas que, assinadas por eles, vão para a matéria paga. Ganho pela redação e ganho uns tantos por cento pela publicação. Arrumo desaforos em quantidade, e para redigi-los necessito longas explicações, porque os matutos são confusos, e acontece-me defender sujeitos que deviam ser atacados. Além disso recebo de casas editoras de segunda ordem traduções feitas à pressa, livros idiotas, desses que Marina aprecia. Passo uma vista nisso, alinhavo notas ligeiras e vendo os volumes no sebo. Alguns rapazes vêm consultar-me:

— Fulano é bom escritor, Luís?

Quando não conheço Fulano, respondo sempre:

— É uma besta.

E os rapazes acreditam.

Ora, foi uma vida assim cheia de ocupações cacetes que Julião Tavares veio perturbar. Atravancou-me o caminho, obrigou-me a paradas constantes, buliu-me com os nervos.

Às vezes eu estava espremendo o miolo para obter uma coluna de amabilidades ou descomposturas. É o que sei fazer, alinhar adjetivos, doces ou amargos, em conformidade com a encomenda. Moisés entrava, puxava uma cadeira, sentava-se, abria o jornal. Vinha Pimentel, amarelo, triste, silencioso. Seu Ivo, bêbedo, acocorava-se a um canto e punha-se a babar, cochilando. Nenhuma dessas pessoas me incomodava. Trabalhava diante delas como se estivesse só, e ninguém me interrompia.

— Revolução na China, dizia Moisés.

Pimentel estirava o pescoço e enrugava a testa, farejando assunto. E lá vinham confusamente os chineses do telegrama. Seu Ivo queixava-se da carestia dos gêneros. Apertava o cinturão, bocejava, pedia comida. Eu dava respostas sem perceber direito as perguntas e sem interromper o trabalho. As frases iam pingando no papel, umas traziam as outras, e no fim lá estava aquela prosa medida, certinha, que me enjoava. Quando a expressão fugia ou as ideias se misturavam, acendia um cigarro. E, enquanto desanuviava a cabeça, punha os olhos distraídos na figura aniquilada de seu Ivo, que ali estava no canto da parede, babando-se, as pálpebras cerradas. As mãos eram dois calos escuros, os pés descalços eram patas achatadas.

Seu Ivo não mora em parte nenhuma. Conhece o Estado inteiro, julgo que viaja por todo o Nordeste. Entra nas casas sem se anunciar, como um cachorro, dirige-se às pessoas familiarmente, sempre a pedir comida. Passa alguns meses numa cidade, some-se de repente; aboleta-se nas povoações, nas fazendas, na capital. Frequenta as salas de jantar e as cozinhas. Quase não fala: balbucia frases ambíguas, aperreado, sempre na carraspana. Faz o que lhe mandam, recebe o que lhe dão, mas não agradece e não faz nada com jeito.

— Seu Luisinho, sinha Vitória, cadê a boia?

Se não lhe damos atenção, conversa com o gato, conversa com o papagaio, acaba mexendo nas panelas, furtando objetos miúdos que não utiliza.

Depois de um ano de ausência, pergunto-lhe:

— Como vai, seu Ivo?

Mas estou pensando noutra coisa.

— Ruim, tudo safado, seu Luisinho. A barriga tinindo.

E põe-se a chorar como um desgraçado. Continuo a construir mentalmente o período interrompido.

— Vá comer, seu Ivo. Vitória, um prato para seu Ivo.

O homem do Instituto atrapalhou-me a vida e separou-me dos meus amigos.

* * *

— Que diabo vem fazer este sujeito? murmurei com raiva no dia em que Julião Tavares atravessou o corredor sem pedir licença e entrou na sala de jantar, vermelho e com modos de camarada.

Soltei a pena, Moisés dobrou o jornal, Pimentel roeu as unhas. E assim ficamos seis meses, roendo as unhas, o jornal dobrado, a pena suspensa, ouvindo opiniões muito diferentes das nossas. As de Moisés são francamente revolucionárias; as minhas são fragmentadas, instáveis e numerosas; Pimentel às vezes está comigo, outras vezes inclina-se para Moisés.

Raramente discutíamos. O judeu cansava-se em dissertações longas, que eu aprovava ou desaprovava com a cabeça. Acontecia aprovar agora e reprovar depois. Quando bebia, tornava-me loquaz e discordava de tudo, só por espírito de contradição:

— História! Esta porcaria não endireita. Revolução no Brasil! Conversa! Quem vai fazer revolução? Os operários? Espere por isso. Estão encolhidos, homem. E os camponeses votam com o governo, gostam do vigário.

O que eu queria era convencer-me de que não tinha razão. Desejava que Moisés estirasse argumentos e seu Ivo se revoltasse.

— Números. Nada de tapeação. Estatística.

O judeu falava em milhões de desempregados, em consciência de classe, voltava-se para seu Ivo, que não compreendia a língua dele:

— Não entendo. Vossemecês são brancos, lá se arrumem.

Eu gritava ao ouvido da criada:

— Ele diz que a gente não precisa de Deus. Nem de Deus nem de padres. Vai acabar tudo.

— Credo em cruz! opinava a mulher.

E ia para a cozinha. Julgo que nunca se ocupou com assuntos referentes à alma. Rezava em voz alta. À noite sapecava o padre-nosso e a ave-maria, antes das somas. Agora dizia "Credo em cruz!" e ia preparar o café, ler os embarques e os desembarques, junto à gaiola do Currupaco. Seu Ivo metia os olhos gulosos pelos vidros do guarda-comidas:

— Seu Luisinho vai bem. Tanto pão! tanta carne!

Escancarava a boca, mostrava os dentes brancos, estirava os braços musculosos.

— Uma força perdida, dizia Moisés.

Talvez houvesse também alguma inteligência perdida por detrás daqueles olhos mortos pela cachaça. Um sujeito inútil, sujo, descontente, remendado, faminto.

O outro sujeito inútil que nos apareceu era muito diferente. Gordo, bem-vestido, perfumado e falador, tão falador que ficávamos enjoados com as lorotas dele. Não podíamos ser amigos. Em primeiro lugar o homem era bacharel, o que nos distanciava. Pimentel, forte na palavra escrita, anulava-se diante de Julião Tavares. Moisés, apesar de falar cinco línguas, emudecia. Eu que viajei muito e sei que há doutores quartaus, metia também a viola no saco.

Além disso Julião Tavares tinha educação diferente da nossa. Vestia casaca, frequentava os bailes da Associação Comercial e era amável em demasia. Amabilidade toda na casca. Ouvi-o, na festa de aniversário de um figurão, conversar com uma sirigaita. Eu estava bebendo cerveja no jardim, e eles num caramanchão diziam besteiras horríveis. Como falavam alto, percebi claramente as palavras de Julião Tavares. Não tinham sentido. Como o discurso do Instituto Histórico.

Pois foram tolices assim que aquele tipo nos veio impingir. Horrível. Diante dele eu me sentia estúpido. Sorria, esfregava as mãos com esta covardia que a vida áspera me deu e não encontrava uma palavra para dizer. A minha linguagem é baixa, acanalhada. Às vezes sapeco palavrões obscenos. Não os adoto escrevendo por falta de hábito e porque os jornais não os publicariam, mas é a minha maneira ordinária de falar quando não estou na presença dos chefes. Com Moisés dá-se coisa semelhante. Apenas, se lhe acontece engasgar-se, recorre a locuções estrangeiras. As nossas conversas são naturais, não temos papas na língua. Abro um livro, fico alguns minutos fazendo cacoetes, de repente dou um grito:

— Que sujeito burro! Puta que o pariu! Isto é um cavalo.

Moisés toma o volume, lê uma página com atenção, fungando:

— Tem coisas boas, tem ideias.

— Que ideia! Isto é um sendeiro, não sabe escrever.

Julião Tavares veio tornar impossíveis expansões assim. Dizia, referindo-se a um poeta morto:

— Era um grande espírito, um nobre espírito. Quanta emoção! Além disso conhecimento perfeito da língua. Artista privilegiado.

Filho de uma puta. Esse artista privilegiado aperreou-me durante semanas, tirou-me o apetite. Na repartição, no cinema, no jornal, no café, perseguia-me a lembrança da voz antipática:

— Um grande espírito, um nobre espírito. Emoção e conhecimento perfeito da língua.

Filho de uma puta. Não podia ser nosso amigo. Encontrava-me na rua:

— Como vai, Silva?

E ali, no outro lado da mesa, as pernas cruzadas, com a intenção de se demorar — sorrisos, patriotismo, a grandeza do poeta morto.

Comecei a odiar Julião Tavares. Farejava-o, percebia-o de longe, só pelo modo de empurrar a porta e atravessar o corredor.

— Canalha!

E rangia os dentes, arrumava os papéis tremendo de raiva. Tudo nele era postiço, tudo dos outros.

Se aquele patife tivesse chegado aqui naturalmente, eu não me zangaria. Se me tivesse encomendado e pago um artigo de elogio à firma Tavares & Cia., eu teria escrito o artigo. É isto. Pratiquei neste mundo muita safadeza. Para que dizer que não pratiquei safadezas? Se eu as pratiquei! É melhor botar a trouxa abaixo e contar a história direito. Teria escrito o artigo e recebido o dinheiro. O que não achava certo era ouvir Julião Tavares todos os dias afirmar, em linguagem pulha, que o Brasil é um mundo, os poetas alagoanos uns poetas enormes e Tavares pai, chefe da firma Tavares & Cia., um talento notável, porque juntou dinheiro. Essas coisas a gente diz no jornal, e nenhuma pessoa medianamente sensata liga importância a elas. Mas na sala de jantar, fumando, de perna traçada, é falta de vergonha. Francamente, é falta de vergonha.

* * *

— Boa-tarde, d. Adélia. Como vai a senhora?

— Assim, assim, respondeu a mãe de Marina encostando-se à janela para esconder a saia encardida. Hoje em dia quem é que vai bem?

Agora eu conhecia mais ou menos d. Adélia, falava com ela, parava na calçada às vezes: — "Bom-dia, boa-tarde, sim senhora, como tem passado?" Conhecia também o marido, seu Ramalho, sujeito calado, sério, asmático, eletricista da Nordeste. Não gostava de mim, provavelmente por causa das minhas palestras com a filha. Perturbava-nos:

— Marina, venha lavar os pratos. Marina, venha cuidar das panelas. Lugar de moça é a cozinha.

Ora, se Marina lidava com pratos e panelas!

— Velho pau!

E continuava na prosa.

— Cuidado com o sereno, Marina.

— Se isto é coisa que se suporte!

Entrava dando muxoxos, arreliada.

Seu Ramalho era uma criatura seca por natureza e humilde por ofício. Tinha um sorriso franzido, um ombro alto e outro baixo. D. Adélia, bamba, a voz sumida, os olhos assustados, parecia viver escondendo-se. Agora estava resolvida a conversar. Seria a respeito do meu namoro com Marina? Suspirou, mexeu os beiços, tornou a suspirar:

— Tudo pela hora da morte, seu Luís.

— É verdade, tudo pela hora da morte, d. Adélia. A senhora já reparou nos preços dos remédios? A farmácia tem uma goela!

D. Adélia fez um gesto de desalento:

— Nem me fale. A gente não pode adoecer mais não, seu Luís.

Ficamos um instante calados, olhando a rua, constrangidos.

— Sim senhora, murmurei esfregando as mãos e sorrindo para o mulherão sardento.

— É isso mesmo, respondeu d. Adélia.

E, depois de um silêncio comprido, enrolando as mãos no babado da roupa:

— Para sustentar uma casa a gente torce a orelha.

Concordei com alvoroço:

— Torce, d. Adélia. Que dúvida! Depois do dia vinte é preciso que uma pessoa se tranque para encurtar a despesa. Porque na rua é o café, o bilhete de teatro, a subscrição. Um horror.

— E o mercado, seu Luís! Quer chova, quer faça sol, é ali no duro. Ninguém pode passar sem comer.

— Perfeitamente, d. Adélia. Ninguém pode passar sem comer. O pior é o aluguel da casa. O aluguel da casa, d. Adélia! Quanto paga a senhora pelo aluguel da casa?

— Cento e trinta mil-réis. Um roubo.

— Eu pago cento e vinte. Um roubo maior, que aquilo não é casa. Uns quartinhos escuros, sujos. E tanto buraco de rato como nunca se viu. Uns ratinhos miúdos, deste tamanho, não sei se a senhora conhece, danados para roer pano. Não tenho um lenço inteiro, tudo furado.

— Aqui é o mesmo, declarou d. Adélia.

Deu um suspiro que elevou o peito volumoso, curvou-se mais para fora:

— Ó seu Luís, eu queria pedir-lhe um favor. Faz uma semana que estou matutando e sem coragem. Hoje botei a vergonha de banda.

— Que é que há, d. Adélia?

D. Adélia reeditou o suspiro:

— Estive pensando... Se o senhor puder, ouviu? Pedir não é desonra. A gente faz das tripas coração. Necessidade tem cara de herege.

— Diga, d. Adélia.

A vizinha baixou mais a voz, que tremia, e o carão sardento ficou encarnado como o vestido de chita:

— É por causa da Marina. Assim desocupada, com as mãos abanando... Ela não é preguiçosa. Cose, borda, mas trabalho de mulher em casa não adianta. Gasta-se tempo sem fim num bordado e recebe-se uma ninharia. Se fosse possível arranjar um emprego para Marina...

Acendi um cigarro, pus-me a contar os paralelepípedos, sem me animar a desiludir a vizinha.

— Dê uma penada por ela.

Coitado de mim.

— Difícil. É preciso pistolão.

— Eu sei, disse d. Adélia. Foi por isso que me lembrei do senhor, que é bem relacionado. Só conhecemos o senhor.

— Mas, d. Adélia, respondi aflito, a senhora está enganada. Eu sou um infeliz, não tenho onde cair morto. Uma recomendação minha não serve. Mas vou tentar, ouviu?

Seu Ramalho dobrou o beco da usina elétrica e veio vindo, lento, negro de azeite e carvão.

— Boa-tarde.

— Boa-tarde, seu Ramalho. Como vai essa gordura? Estávamos falando sobre a carestia.

Seu Ramalho estirou o beiço:

— Cada dia vai ficando pior. É de fazer um cristão endoidecer. Ora, eu lhe conto.

Mas não contou nada. Costuma deixar as frases em meio.

— Pois é como lhe disse, murmurei. Vamos ver. Que, para ser franco, nem sei se a Marina se ajeita. Ela sabe datilografia?

— Não sabe nada, atalhou seu Ramalho. Você foi amolar o rapaz com peditórios, mulher? Eu não lhe tinha dito que não tocasse nisso?

— Que é que tem, seu Ramalho? Ela quer que a moça trabalhe. É natural.

— Trabalhar em quê, meu amigo? Só se for em pintar a cara, que é o que ela sabe fazer.

D. Adélia, vexada, continuava a enrolar os dedos trêmulos no vestido.

— Eu falei por falar. Se fosse possível. Um ordenadozinho que desse para a roupa. Não há tantas moças empregadas? Nos telefones, nos correios...

— São pessoas que sabem onde têm as ventas, criatura, interrompeu seu Ramalho. Ou que arranjaram proteção. E sua filha entrou na escola e saiu como entrou. Ou as escolas não prestam ou ela é bruta demais. Emprego para roupa. Tem graça. Cinquenta mil-réis de sapatos todos os meses. Não há dinheiro que chegue.

— O senhor é duro, seu Ramalho, arrisquei.

— Pois sim, respondeu o homem arquejando por causa da asma. É que vivo no toco, roendo um chifre.

Falava de cabeça baixa, os olhos no chão, os músculos da cara imóveis, a boca entreaberta, a voz branda, provavelmente pelo hábito de obedecer.

Eu falei por falar, gaguejou d. Adélia caindo para uma banda, as banhas derramadas no parapeito da janela, onde fincava o cotovelo. Foi, a menina com as mãos abanando...

Seu Ramalho acendeu o cachimbo e pôs-se a esgaravatar as unhas com o fósforo queimado:

— É isso. Eu aqui não sei nada. Todo o mundo de rédea no pescoço. Casa de Gonçalo. As mulheres mandam, e o corno velho é o último que tem conhecimento das coisas.

Antônia, a criada de d. Rosália, passou bamboleando-se, foi até a esquina da rua Augusta e esteve algum tempo conversando com um soldado de polícia. Voltou, sempre se rebolando e com as pernas abertas.

É uma criatura ingênua, meio selvagem. Acredita em tudo quanto lhe dizem e tem grande necessidade de machos. Quando pega um, entrega-se inteiramente. Não escolhe, é uma rede.

Todas as tardes, findo o serviço, arruma a louça, veste os trapos melhores, calça os sapatos de verniz e sai. Se arranja algum dinheiro, deixa o emprego e amiga-se. Erra sempre. Gasta as economias, volta ao trabalho, vai acumular novo pecúlio para sustentar novos amantes, novas decepções. É doida pelas crianças: passa o dia gritando, brincando com elas. Mas à noite esquece tudo e corre para a crápula. D. Rosália atura-a por causa dos filhos. Quando lhe faz as contas, diz numa voz áspera que ouço perfeitamente na sala de jantar:

— Pegue o seu ordenado, Antônia, e suma-se, não torne a aparecer aqui.

Antônia recebe o salário, entrouxa os cacarecos, beija as crianças e sai cantando, certa de que encontrou um homem. Volta faminta, com marcas novas de feridas.

— Tu acabas no hospital, Antônia.

Mas as crianças fazem um berreiro feio — e Antônia fica.

A presença dessa criatura vagabunda e galicada traz-me sentimentos bons.

— Como vai, Antônia?

A cabocla respondeu descerrando os beiços grossos e mostrando os dentes largos num sorriso infantil. Seu Ramalho não a viu: estava de cabeça baixa, monologando, remexendo a cinza do cachimbo com o fósforo. D. Adélia continuava encalistrada, bicuda, machucando o vestido. Senti-me leve, quase alegre, e espantei-me de ver aquelas caras fúnebres.

— Isso não tem importância. Procurando bem... Há muitas por aí cavando a vida. Vamos ver se arranjamos alguma coisa, d. Adélia. Vamos ver. Depois lhe digo.

— História, murmurou seu Ramalho com desânimo. Aquela não dá para nada. O homem que casar com ela faz negócio ruim.

* * *

Como era grande o calor, abri a janela do quintal. Uma baforada de ar quente bateu-me no rosto. Debrucei-me e distraí-me acompanhando com a vista os movimentos da mulher que lava garrafas. O gato pulou de um galho da mangueira, saltou o muro, trepou num monte de lixo e cacos de vidro. O homem triste andava entre as pipas, debaixo do telheiro, a encher dornas.

Que estaria fazendo Marina? Pensei em d. Mercedes. Vida bem sossegada a dessa galega. Um sem-vergonha o figurão que a sustentava, um caloteiro: devia os cabelos da cabeça e dava festas, punha automóveis à disposição da amásia. Como diabo podia um macho gostar daquela tipa de carnes bambas?

— Ladrões, velhacos, porcos!

Bati a janela com força. Depois voltei a abri-la. A mulher magra, de cócoras, a saia entalada entre as pernas, continuava a lavar garrafas. O homem triste passeava entre as pipas.

Com certeza a minha vizinha àquela hora pintava as unhas. Indignei-me:

— Ó Vitória, por que não varre esta casa direito? Cisco por toda a parte, montes de cisco. Tudo cheio de poeira.

Vitória não percebeu a repreensão. Agarrei uma toalha e esfreguei com ela o guarda-louça:

— Porcaria!

Peguei um livro, abri a porta e desci os degraus do quintal, furioso com o amante de d. Mercedes. Velhaco. Devia nas lojas, devia nas mercearias, devia ao alfaiate. Atracado aos usineiros, aos banqueiros, aos homens da Associação Comercial, numa adulação torpe. Os credores miúdos deixavam-se esfolar com medo; os grandes sangravam por conveniência: tinham interesses, arranjavam o que queriam. E um safado como aquele era troço no Estado. Que desgraça!

Deitei-me na espreguiçadeira, acendi um cigarro, abri o livro e comecei a ler maquinalmente. De quando em quando bocejava, suspendia a leitura incompreensível.

O jardim, que a antiga inquilina vinha regar todas as manhãs, estava sujo, maltratado, coberto de garranchos e folhas secas.

Soltei o livro e fechei os olhos, aborrecido. Mas os olhos não ficaram bem fechados: através das pálpebras meio cerradas distinguiam-se as coisas que estavam perto do chão, dez ou quinze metros em redor — o tronco do mamoeiro, o monte de lixo, as florinhas desbotadas. D. Adélia, no banheiro, lavava roupa, e a água espumosa corria de lá, vinha estagnar-se numa poça junto à cerca.

Se aquela tonta prestasse, estaria ajudando a mãe, ensaboando panos. Preguiça. Estava era lendo besteiras, arrancando cabelos das sobrancelhas com a pinça ou raspando os sovacos. A princípio ainda tratara dos canteiros. Habituara-se depois a levar para ali um romance, que não abria. Conversava. E eu me zangava com as conversas dela, que, como já disse, eram malucas. Zangava-me de verdade. Mas estava ali com os olhos meio fechados, espiando os canteiros e esperando que a mulherinha chegasse.

Fazia uma semana que eu andava cavando uma colocação para ela. Arranjar emprego, como não ignoram, é dificuldade. As pessoas a que a gente se dirige sorriem. Tudo fácil, às ordens, perfeitamente. Escutam as choradeiras com paciência e escrevem cartões a outras pessoas. Estas escrevem outros cartões, e assim por diante. Cada um se desaperta. Eu falara ao diretor da minha repartição:

— Doutor, tenho uma vizinha que faz pena, moça prendada. Mata-se para ajudar a família, mas, como sabe, trabalho de mulher em casa não rende. Se o senhor pudesse, com a sua influência...

O diretor respondera distraído:

— Está bem. Vamos ver.

Noutras repartições, a mesma história com pequenas variantes:

— Moça decente, instruída, matando-se para auxiliar a família. Um modelo. A mãe doente...

Enfim uma cambada de mentiras inúteis. Nos bancos:

— Moça digna, alguns conhecimentos de escrituração mercantil e de aritmética.

Nos armazéns:

— Muito preparo, muita leitura, excelente calculista. Podia encarregar-se da correspondência.

Nas redações:

— Ó Fulano, você não me arranja aí na expedição qualquer coisa para uma moça que eu conheço? Um osso, uma sinecura que justifique dois ou três vales por mês.

Afinal fora encontrar para Marina um emprego de cem mil-réis numa loja de fazendas. E ali estava espiando o quintal com o rabo do olho.

Chap, chap, chap. Era o vascolejar da água nas garrafas. Líquido se derramava: o homem triste enchia dornas. D. Adélia tossia no banheiro, espremendo roupa. E Vitória, na cozinha, cantava: — "Currupaco, papaco. A mulher do macaco..." Um galo no galinheiro pôs-se a arrastar a asa a uma franga. Eu estava fazendo ali a mesma coisa, apenas com mais habilidade e mais demora. A franga não aparecia. Quem se ligasse a ela faria negócio mau, seu Ramalho tinha razão. Se ele, que era pai, sustentava opinião assim, imaginem. Sovaco raspado, unhas cor de sangue e sobrancelhas que eram dois traços. Mulher pelada. Para que diabo uma pessoa arrancar as sobrancelhas?

De repente a franguinha surgiu dentro do meu reduzido campo de observação. Como disse, eu apenas enxergava uns dez ou quinze metros do jardim. Primeiramente distingui as biqueiras vermelhas de uns sapatos, aqueles sapatos que, segundo a declaração de seu Ramalho, custavam cinquenta mil-réis e duravam um mês. Para ir ao quintal, sapato de sair e meia de seda esticada no pernão bem-feito. Ótimas pernas. As coxas e as nádegas, apertadas na saia estreita, estavam com vontade de rebentar as costuras.

Talvez a franguinha tivesse percebido que eu fingia dormir: pôs-se a ciscar por ali, rindo baixinho, avançando, recuando, mostrando-se pela frente e pela retaguarda. Eu respirava com dificuldade e pensava nas lições de geografia de seu Antônio Justino: — "Primeiro desaparece o casco, depois os mastros." Era o contrário que se dava agora: quando Marina se afastava, desaparecia em primeiro lugar a parte superior do corpo, isto é, a cintura, pois a cabeça e o tronco estavam fora do meu campo de observação.

Voltava-me as costas:

— Chi, chi, chi.

Um riso semelhante a um cochicho. Curvava-se para a frente: a cintura fina sumia-se, os quadris aumentavam. O pano marcava-lhe a separação das nádegas. Um passo, outro passo. As ancas morriam, agora eram as coxas grossas. Outro passo: uma ruga na meia cor de creme mostrava a articulação da coxa com a perna. E a perna cheia ia adelgaçando até findar num jarrete fino encastoado no tacão vermelho do sapato.

— Chi, chi, chi.

O cochicho risonho afastava-se, chegava-me aos ouvidos como o chiar de um rato. Chiar de rato, exatamente. Chiar de rato ou carne assada na grelha. Parecia-me que aquilo estava chiando dentro de mim, que a minha carne se assava e chiava. Os tacões vermelhos viravam-se para o outro lado. As biqueiras surgiam e avançavam. Lá vinham pedaços de canelas. As mãos puxavam a saia para trás, distinguiam-se os joelhos e as coxas. Como vinha curvada para a frente, a barriga desaparecia.

— Chi, chi, chi.

O rato roía-me por dentro. Senti cheiro de carne assada. Não, cheiro de fêmea, o mesmo cheiro que antigamente me perseguia, em meses de quebradeira. — "D. Aurora, veja se me arranja um quarto mais barato. Os tempos andam safados, d. Aurora."

As pernas de Berta eram assim bem torneadas. Apenas as de Berta eram nuas, tudo em Berta era nu.

— Chi, chi, chi.

Lá estavam novamente os quadris expostos. Para que aqueles panos? gritei interiormente. Não era melhor que se descobrisse tudo? Coxas descobertas, rabo descoberto.

Foi assim que vi Marina entre as pestanas meio cerradas, como Berta me aparecia. As nádegas cresciam monstruosamente — e eu mal podia respirar. Se d. Adélia e Vitória viessem ali, veriam aquela armada: Marina despida, curvada para a frente, mostrando um traseiro enorme.

Tolice. D. Adélia, fria, com o pensamento distante de coisas assim, espremia camisas molhadas no banheiro. E Vitória conversava com o Currupaco, o vivente que ela estima e não lhe provoca imagens indecentes.

Chap, chap, chap. A mulher magra não acabava de lavar garrafas. A torneira derramava líquido na dorna. Ouvia-se perfeitamente. A princípio chegava-me um som confuso. Agora, porém, os sentidos irritados percebiam tudo. O chap-chap da mulher, o rumor do líquido, pregões de vendedores ambulantes, rolar de automóveis, a correria dos filhos de d. Rosália no quintal próximo, o cheiro das flores, dos monturos, da água estagnada, da carne de Marina, entravam-me no corpo violentamente. Apertei as pálpebras. A poça de água, os canteiros mofinos, o monte de lixo, sumiram-se. O que eu via bem eram os quartos brancos de Marina curvada, as coxas brancas.

— Chi, chi, chi.

Devia estar um pouco afastada, mostrando apenas os tacões ou as biqueiras dos sapatos. Mais perto, mais perto, o cheiro mais vivo, o chi-chi-chi mais perceptível — e eu sentia uma espécie de desmaio com aquela aproximação. O livro caiu, cruzei as pernas, sentei-me, vi Marina em pé junto da cerca, rindo como uma doida:

— Puxa! Que olhos abotoados! Parece que vai ter uma congestão.

Eu devia estar ridículo. Baixei a cara, com vergonha, e pus-me a esfregar as pálpebras, a agitar a cabeça para espalhar as ruindades que havia dentro dela. Quando terminei a esfregação, Marina continuava no mesmo lugar, exibindo os dentinhos, com tanta malícia no rosto que fiquei besta, acuado. Felizmente podia vê-la da barriga para cima.

— Cara de mal-assombrado, pilheriou Marina. Sonhou com alma do outro mundo?

A visão obscena e os desejos lúbricos esmoreceram.

— Sonhei nada!

Estava num entorpecimento estúpido. Tive a impressão extravagante de que o ar havia tomado de repente a consistência mole e pegajosa de goma-arábica. Nesse ambiente gelatinoso Marina se movia, nadava, desesperadamente bonita, o peitinho redondo subindo e descendo, a querer saltar pelo decote baixo, pimenta nos olhos azuis, os cabelos de fogo desmanchando-se ao vento morno e empestado que soprava dos quintais. Veio-me o pensamento maluco de que tinham dividido Marina. Serrada viva, como se fazia antigamente. Esta ideia absurda e sanguinária deu-me grande satisfação. Nádegas e pernas para um lado, cabeça e tronco para outro. A parte inferior mexia-se como um rabo de lagartixa cortado. Mas eu não reparava na parte inferior, que tanto me perturbara: recebia as faíscas dos olhos azuis e desejava enxugar com beijos a saliva que umedecia os beiços um pouco grossos da minha amiga. Estava linda. Tinha corrido por ali alguns minutos como um rato, chiando. Eu era um gato ordinário. Podia saltar em cima dela e abocanhá-la: ao pé das estacas podres que Vitória remove todos os meses, desafiava-me com os olhos e com os dentes miúdos. Não saltei. O que fiz foi arranjar uma carranca séria, que devia ser burlesca, porque Marina soltou uma gargalhada.

— Marina, grunhi, sua mãe não lhe falou?

— Sobre quê?

— Sobre uma colocação. Uma colocação para você. Sim, é bom uma pessoa pensar no futuro. Vocês não conversaram?

— Não.

— Ah! Pensei que tivessem conversado. Pois é. Sua mãe me falou e eu andei por aí martelando. Fiz o que pude.

Marina tinha agora o rosto comprido e uma ruga entre as sobrancelhas:

— Parece que minha mãe está com pena do bocado que me dá.

— Não diga isso, criatura. É para o seu bem.

D. Adélia saiu do banheiro com uma bacia de roupa molhada, que ia enxugar lá dentro, a ferro.

— Boa-noite, gritou de longe.

E entrou logo. Ia escurecendo, e aquele *boa-noite* era uma espécie de censura, que ela não fazia claramente porque tinha medo da filha.

— Está aí, Marina. A pobre a esta hora lavando roupa!

Marina, em silêncio, quebrava torrões com o salto do sapato.

— Você me desculpa a franqueza. Eu não devia estar dando opinião sobre sua casa. É porque lhe tenho muita amizade. Por isso andei pedindo por aí.

— Encontrou alguma coisa? perguntou Marina sem entusiasmo.

— Encontrei. Para bem dizer, não encontrei coisa boa não. Emprego público não há. Tudo fechado, tudo escuro. Enfim sempre achei um gancho.

— Onde é?

— Numa loja. Cem mil-réis por mês. Um princípio. Depois a gente cava serviço mais fácil e mais rendoso. O que é preciso é começar.

— Numa loja? disse Marina com um risinho mau. Obrigação de aturar pilhérias e até descomposturas dos fregueses. E beliscões dos empregados. Muito bom.

— Oh! Marina!

— Julgo que minha mãe está com intenção de me ver na rua. E você também está.

— Oh! Marina! Que horror! Se você não quer, acabou-se. Meti-me nisso porque sua mãe me pediu, compreende? E porque lhe quero muito bem.

Marina sensibilizou-se. Os olhos aguaram-se, o beicinho tremeu:

— Obrigada, Luís.

E estirou a mão. Levantei-me, tomei-lhe os dedos. O contato da pele quente deu-me tremuras, acendeu os desejos brutais que tinham esmorecido. Olhando-a de cima para baixo, via-lhe os seios, que subiam e desciam, as coxas, a curva dos quadris. Veio-me a tentação de rasgar-lhe a saia. E repetia como um demente:

— É porque lhe quero muito bem, Marina.

Apertei-lhe a mão, mordi-a, mordi o pulso e o braço. Marina, pálida, só fazia perguntar:

— Que é isso, Luís? Que doidice é essa?

Mas não se afastava. Desloquei as estacas podres, puxei Marina para junto de mim, abracei-a, beijei-lhe a boca, o colo. Enquanto fazia isto, as minhas mãos percorriam-lhe o corpo. Quando nos separamos, ficamos comendo-nos com os olhos, tremendo. Tudo em redor girava. E Marina estava tão perturbada que se esqueceu de recolher um peito que havia escapado da roupa. Eu queria mordê-lo e receava ao mesmo tempo que d. Adélia nos surpreendesse, encontrasse a filha descomposta.

— Meu Deus! exclamou Marina sobressaltada.

E virou-se rapidamente. Quando tornou a mostrar o rosto, o peito havia desaparecido.

— Que foi que nós fizemos, Luís?

E começou a choramigar. A comoção dela me trouxe alguma vaidade, um pouco de arrependimento e quase a certeza de que nunca ninguém lhe havia tocado nos peitos. Apesar da admiração idiota que Marina tinha a d. Mercedes, tomei aqueles soluços como prova de inocência.

— Que foi que nós fizemos, Luís?

A cantilena chorosa arrasava-me os nervos. Cocei a testa, agoniado:

— É o diabo, Marina. Ninguém tem culpa. Foi uma topada. E agora é continuar. Qualquer dia a gente casa. É verdade, precisamos tratar disso. Você que acha?

Concordou passivamente, numa sílaba:

— É.

Esta anuência chocha me desorientou. Várias vezes tinha pensado em amarrar-me a ela, e nunca me passara pela cabeça a ideia de que a minha amiga hesitasse. Mordi os beiços, despeitado:

— Falei nisto porque pensei... Compreende. Sim, perfeitamente. Enfim você é quem sabe.

— Marina! gritou lá de dentro seu Ramalho. Cuidado com o sereno.

— Está certo, disse Marina rapidamente. Velho pau. Se você acha que deve ser... Adeus.

— Adeus, Marina. Outra coisa. Vamos deixar de besteira. Por que é que a gente não se encontra aqui no escuro, meia-noite, quando estiverem dormindo? Valeu? Dá cá um beijo.

— Venha lavar os pratos, Marina.

— Já vou.

E escapuliu-se correndo. Sentei-me na espreguiçadeira, apanhei o livro:

— É uma dos diabos. Eu queria dar a ela alguma independência. Acabou-se. Gosto da pequena, amarro uma pedra no pescoço e mergulho.

* * *

Defronte da minha casa veio morar uma família esquisita, que não se relacionou com a vizinhança: um velho barbudo, encolhido, e três moças amarelas, sujas, malvestidas, ruivas e arrepiadas. O homem, de nome ignorado, andava olhando os pés, carrancudo, e não cumprimentava ninguém. Às vezes surgia a figura de uma das moças à janela; mas se alguém aparecia na rua, o postigo se fechava silenciosamente.

— Eu queria saber que espécie de gente é aquela, resmungava d. Adélia. Só bicho.

— É mesmo, d. Adélia, concordava Antônia. Tudo entocado. Só bicho.

Seu Ivo procurou entrar na toca, bateu, pediu comida: não teve resposta. Um dia d. Mercedes atracou-me na passagem:

— O senhor não me dirá que mistério é esse?

— E eu sei? minha senhora.

— De que viverão eles? perguntava d. Adélia.

Seu Ramalho explicava:

— Cada qual tem os seus ganchos.

— É exato, confirmava d. Adélia.

Enquanto a criada andava em busca de machos, d. Rosália esquecia os meninos e ficava horas ganhando calos nos cotovelos, o olho pregado na casa da família esquisita:

— Que vida! Uma pessoa assim cria mofo. Nem vão à igreja.

— Talvez sejam protestantes, comentava seu Ramalho.

— Com certeza. Devem ser bodes.

Até Marina fervia de curiosidade:

— Luís, descubra isso, meu filho.

De repente começaram a circular boatos feios: as moças eram filhas e amantes do velho.

— Que horror! Logo três!

— É por isso que ele anda capiongo. São remorsos.

— Provavelmente.

— Eu queria que me dissessem como se soube.

— Ora como se soube! Sabe-se tudo.

— Mas quem viu?

O carvoeiro tinha visto o homem abotoado a uma das sujeitas, no quarto. Porcaria. Nem fechavam a porta. D. Mercedes resumiu o caso:

— É verdade.

— O carvoeiro lhe contou, d. Mercedes?

— Não, foi outra pessoa. Na cidade onde eles moravam todo o mundo falava. Foi o que me disseram. Sei de fonte limpa.

Quem teria dito? Com certeza a personagem graúda que vivia com ela.

— Estão ouvindo? D. Mercedes garantiu.

— Até dá engulhos, exclamou Antônia cuspindo. Comer três filhas! Que lobisomem!

Daí em diante o velho se chamou Lobisomem.

— Parece que Lobisomem amanheceu doente. Não saiu hoje.

— São pecados.

As crianças de d. Rosália contavam histórias de lobisomens, e o herói delas era o vizinho. A notícia chegou aos ouvidos de Julião Tavares:

— Diz que um velho por aqui destambocou as filhas? Como é?

— Calúnias, respondeu Moisés.

— Em todo o caso é bom verificar isso. Talvez a gente pudesse agarrar uma.

Cachorro! Lobisomem continuava como tinha chegado, indiferente, a cara enferrujada, tão distraído que esbarrava com as pessoas, e os chauffeurs paravam os autos violentamente para não atropelá-lo. E as filhas, coitadas, amarelas, feias, nem se penteavam. Saberiam alguma coisa? Talvez não soubessem. Ao mudar-se para ali, certamente já traziam uma carga de infelicidades. E era possível que houvessem percebido fragmentos de horrores, gestos de desprezo, pilhérias ladradas na rua. Pobre do Lobisomem! Não tinha hora para sair, hora para chegar. Sempre só. Nem um guarda-chuva, nem uma bengala, trastes necessários a homem tão curvado. Ora para um lado, ora para outro, sem destino. Que vida! Nem um hábito. Esta ideia de uma pessoa viver sem hábitos era para mim extremamente dolorosa. Apesar de haver atravessado uma existência horrível, sempre encontrara nela, mesmo nos tempos mais duros, ocupações que me entretinham. Comparava-me a Lobisomem. Eu era quase feliz, e a comparação me atenazava.

Marina tinha deixado de ver-me à tarde, mas todas as noites a gente se reunia no fundo do quintal. Ela passava pelo buraco da cerca, encostava-se ao tronco da mangueira, e eram beijos, amolegações que nos enervavam.

— Vamos entrar, descansar um bocado, Marina. Já que chegou aqui, dê mais uns passos.

— Você está maluco? Eu vou dar o fora. Qualquer dia a gente mete o rabo na ratoeira. Os velhos descobrem tudo, estrilam, e é um fuzuê da desgraça.

— Deixa disso, Marina, vamos lá para dentro.

— Good-bye.

— Vem cá, Marina.

— Vai-te embora, lobisomem.

Até ali, àquela hora, surgia o nome do vizinho. O que mais me aborrecia era não saber se as pessoas que falavam dele acreditavam na história suja. Enchia-me de raiva por não conseguir livrar-me dos fuxicos. Desprezava involuntariamente o desgraçado Lobisomem. Se aquilo fosse verdade? Não tinha verossimilhança, era aleive, disparate. Mas tanta gente repetindo as mesmas palavras... E casos iguais já se tinham visto.

— Besteira. Perdendo tempo com bobagens. Para o inferno.

Realmente a cara de Lobisomem não inspirava simpatia. E as filhas, de boca aberta, brancas, enroscadas, moles... Gente suspeita. Estas dúvidas eram terríveis. Agarrava-me ao judeu para libertar-me delas:

— Isto é o diabo. Uma criatura inofensiva, uma criatura parada!

— Safadeza, dizia Moisés tranquilamente.

— Infâmia. Esta canalha precisa chicote.

— Pois não fale nisso, homem. Para que mexer em porcaria?

— Não é tanto assim, intervinha Julião Tavares. O incesto é natural, explica-se.

— Lá vem pedantismo.

E não prestava atenção à conversa de Julião Tavares. Lembrava-me de outro indivíduo infeliz, um sertanejo que vi há muitos anos, quando ele saía da prisão depois de cumprir sentença. Era um cearense esfomeado que tinha aparecido na vila em tempo de seca. Esmolambado, cheio de feridas, trazia escanchada no pescoço uma filhinha de quatro anos. Tinham ido morar na rua das putas e viviam de esmolas. Um dia as vizinhas ouviram gritos na casinha de palha e taipa que eles ocupavam. Juntaram-se curiosos, olharam por um buraco da parede e viram o homem na esteira, nu, abrindo à força as pernas da filha nua, ensanguentada. Arrombaram a porta, passaram o homem na embira, deram-lhe pancada de criar bicho — e ele confessou, debaixo do zinco, meio morto, que tinha estuprado a menina. Processo, condenação no júri. Anos depois os médicos examinaram a pequena: estava inteirinha. O que havia era sujidade e um corrimento. Tratando a doença da filha com remédios brutos da medicina sertaneja, o homem tinha sido preso, espancado, julgado e condenado.

— Está ouvindo, seu Moisés? Cipó de boi, facão e pé no tronco.

Moisés indignava-se. Julião Tavares bocejava:

— Natural. A justiça não é infalível.

* * *

— Marina, a gente deve acabar com isto, minha filha. Vamos para dentro.

— Vou nada!

Torcia o corpo, defendia a virgindade com unhas e dentes.

— Está direito. Então é melhor apressar o casório.

— Com que roupa? disse Marina.

— Que é que falta?

— Tudo. Eu sou uma noiva pelada, meu filho.

Impacientei-me:

— Ora! ora! ora! Entre nós não há cerimônia. Arranja-se. Eu tenho umas economias, pouco, mas tenho. Também você não precisa de muita coisa. Umas fronhas, umas camisas...

Como veem, eu tinha boa vontade. O que receava era transformar as nossas relações, miúdas, num acontecimento social importante.

Aquilo viera pouco a pouco, sem a gente sentir. Naturalmente gastei meses construindo esta Marina que vive dentro de mim, que é diferente da outra, mas se confunde com ela. Antes de eu conhecer a mocinha dos cabelos de fogo, ela me aparecia dividida numa grande quantidade de pedaços de mulher, e às vezes os pedaços não se combinavam bem, davam-me a impressão de que a vizinha estava desconjuntada. Agora mesmo temo deixar aqui uma sucessão de peças e de qualidades: nádegas, coxas, olhos, braços, inquietação, vivacidade, amor ao luxo, quentura, admiração a d. Mercedes. Foi difícil reunir essas coisas e muitas outras, formar com elas a máquina que ia encontrar-me à noite, ao pé da mangueira. Preguiçosa, ingrata, leviana. Os defeitos, porém, só me pareceram censuráveis no começo das nossas relações. Logo que se juntaram para formar com o resto uma criatura completa, achei-os naturais, e não poderia imaginar Marina sem eles, como não a poderia imaginar sem corpo. Além disso ela era meiga, muito limpa. Asseio, cuidado excessivo com as mãos. Passava uma hora no banheiro, e a roupa branca que vestia cheirava. Nos nossos momentos de intimidade eu sentia às vezes uma tentação maluca: baixava-me, agarrava-lhe a orla da camisa, beijava-a, mordia-a. Isto me dava um prazer muito vivo.

— O pior é que você ainda não me pediu, gemeu Marina.

E fingiu-se amuada. Liguei pouca importância ao amuo, mas fiquei remoendo aquela ideia desagradável de explicar-me aos outros sobre coisas que só eram interessantes para nós. Explicações horríveis. Necessário entender-me com seu Ramalho, pedir o consentimento dele, dizer besteiras. Ia escrever-lhe uma carta com laços sagrados, felicidade conjugal, himeneu. Infâmia. Só a ideia de escrever isto me dava náuseas. Intenções puras. E era preciso comprar móveis, trastes de cozinha, cortinas para janelas, almofadas. Intenções puras. Domingo, na missa, o padre leria: — "Querem casar-se Luís Pereira da Silva, com trinta e cinco anos, etc., etc., e Marina Ramalho, etc., etc." Luís Pereira da Silva, com trinta e cinco anos, estava longe da igreja e dos banhos. Que necessidade tinha Luís Pereira da Silva daquela verbiagem? Depois os cartões de comunicação, grandes, com letras douradas, aos colegas da repartição, aos conhecidos, às amigas de Marina, ao padrinho, oficial do exército. Indispensável um cartão ao padrinho, que era oficial do exército e servia em Mato Grosso. Alguém me mandaria um telegrama. Intenções puras. Marina dá grande valor aos telegramas.

— Peço amanhã, murmurei compondo mentalmente as frases bestas da carta. Falo amanhã. Ou escrevo.

Mão de esposo, união conjugal, intenções puras — Marina gosta disto. Provavelmente iria recortar e guardar com cuidado a notícia que o jornal publicaria na sétima página, junto aos versos. Em pé, diante do livro aberto, o juiz me perguntaria: — "O senhor Luís da Silva quer casar com d. Marina Ramalho?" Eu, encabulado, mastigaria uma sílaba, esfregando as mãos. Marina, de roupa branca e flores de laranjeira, afirmaria com a cabeça, pálida e comovida. O diretor me diria: — "Entrou no rol dos homens sérios, seu Luís." D. Adélia choraria abraçada à filha, como é de costume. Os sapatos me apertariam os calos, e o telegrama seria pouco mais ou menos assim: "Felicitações ao prezado amigo." Automóveis da casa para a igreja e da igreja para a casa. Haveria na minha sala alguns troços novos e inúteis. À noite, quando eu fosse procurar em minha mulher as últimas novidades, ela me falaria com entusiasmo naquela glória toda. No dia seguinte d. Rosália se penduraria à janela para gritar: — "Estava muito bonita a sua grinalda, minha negra." Quanto iriam custar tantas maçadas? Talvez os três contos de réis voassem.

— É o diabo, Marina. Vamos ver se arranjamos isto com simplicidade.

* * *

No outro dia retirei quinhentos mil-réis do banco e fui à casa vizinha:

— Ó d. Adélia, faça o favor de chamar a Marina.

E, enquanto esperava:

— Ela contou à senhora, não contou? Pois é. Parece que o mês vindouro a gente se engancha. Tenha a bondade de explicar isto a seu Ramalho. Ele já sabe, não?

D. Adélia embrenhou-se em circunlóquios para dizer que o marido sabia e não sabia. Sabia que eu gostava da menina. Isto se via perfeitamente. Agora ir para a igreja assim tão depressa era surpresa.

Marina se vestia num quarto próximo, topando nos móveis, derrubando as coisas.

— É isto, d. Adélia. Quem tem de se empenhar que se venda logo. A senhora não acha? Explique a seu Ramalho. Esse negócio de pedido de casamento é muito pau, não tenho jeito. Apareça, Marina.

— Um minuto, respondeu a minha amiga mostrando um pedaço da cara pela porta entreaberta. Estou acabando de me calçar.

— Está nada! Está pintando os beiços. Essa sua filha é uma pintura, d. Adélia.

Sem saber se aquilo era elogio ou censura, d. Adélia sorriu vexada e justificou Marina:

— É a mocidade.

Meti a mão no bolso para tirar os quinhentos mil-réis, acanhei-me. Tirei um cigarro, que machuquei olhando as figuras das paredes:

— A senhora tem um Coração de Jesus muito bonito.

Marina apareceu, enroscando-se como uma cobra de cipó e tão bem-vestida como se fosse para uma festa. Ao pegar-me a mão, ficou agarrada, os dedos contraídos, o braço estirado, mostrando-se, na faixa de luz que entrava pela janela. Isto me dava a impressão de que o meu braço havia crescido enormemente. Na extremidade dele um formigueiro em rebuliço tinha tomado subitamente a conformação de um corpo de mulher. As formigas iam e vinham, entravam-me pelos dedos, pela palma e pelas costas da mão, corriam-me por baixo da pele, e eram ferroadas medonhas, eu estava cheio de calombos envenenados. Não distinguia os movimentos desses bichinhos insignificantes que formavam o peito, a cara, as coxas e as nádegas de Marina, mas sentia as picadas — e tinha provavelmente os olhos acesos e esbugalhados. Com uma sacudidela, desembaracei-me da garra que me prendia e tornei-me um sujeito razoável:

— Estávamos combinando, Marina. Quanto mais depressa melhor, foi o que eu disse a d. Adélia. Gente pobre não tem luxo.

— É preciso fazer as coisas com decência, opinou Marina.

— Claro. Mas com modéstia. Não é, d. Adélia? Dispensa-se o véu. Para que véu? Eu por mim casava hoje.

Marina escandalizou-se, trombuda. E d. Adélia, mexendo-se aflita na cadeira, que rangia sob as banhas excessivas, baixava os olhos, escondia as mãos papudas debaixo do avental, dava razão a mim, dava razão à filha, num desconchavo:

— É mesmo, seu Luís, gente pobre não tem luxo. Com decência, e então? Antigamente um noivado era serviço. Preparar a roupa branca, bordar a colcha, que trabalhão! Tarefa para meses. Hoje em dia, na máquina, vuco, vuco, vuco, num instante se borda uma colcha.

— A gente podia passar sem a colcha bordada.

— Isso é casamento de cambembe, disse Marina.

D. Adélia, com os olhos suplicantes, pedia silêncio.

— A propósito de roupa branca, d. Adélia...

Calei-me, com vergonha de oferecer os quinhentos mil-réis. O mulherão suspirou:

— No meu tempo de moça um pedido de casamento era coisa muito séria.

Agora eu estava ali conversando sobre lençóis.

— A propósito de roupa branca, d. Adélia, estive pensando... Até falei com a Marina, provavelmente ela disse à senhora. Para abreviar, compreende?

Compreendia.

— Cedo ou tarde eu havia de comprar esses panos. Para que etiqueta? Por isso me lembrei de propor a Marina... A senhora não leva a mal, suponho.

Não levava:

— Quando duas pessoas se entendem...

— Pois é. Uma espécie de adiantamento. É tirar de uma mão e botar na outra. Fica tudo em casa.

Entreguei a Marina a pelega de quinhentos:

— Está aqui, minha filha. Comece os arranjos. E adeus, que não quero perder o ponto.

Marina recebeu o dinheiro sem constrangimento, e eu me sensibilizei julgando que ela procedia assim por estar identificada comigo. Fiz-lhe algumas recomendações miúdas e retirei-me.

A primeira pessoa conhecida que encontrei na rua foi Julião Tavares. Senti um estremecimento desagradável, a repugnância que sempre me vinha quando dava de cara com aquele sujeito, e fingi não vê-lo, entrei numa loja para não falar com ele. Na repartição as horas correram doces e rápidas. O café estava cheio de caras amáveis. Guardei na memória pedaços de conversas. O cego dos bilhetes de loteria passou entre as cadeiras, batendo com o cajado no chão, cantando o número.

Se eu pegasse a sorte grande, Marina teria colchas bordadas a mão. Pobre de Marina! Precisava fazenda macia, pulseiras de ouro, penduricalhos.

As cadeiras da minha casa eram bem ordinárias. No tijolo safado não havia tapete. Nem um quadro na parede. E o colchão, duro como pedra, faria escoriações no corpo de Marina. Contento-me com muito pouco, habituei-me cedo a dormir nas estradas, nos bancos dos jardins.

— 16.384, gemia o cego batendo com a bengala no cimento.

Ou seria outro número. Cem contos de réis, dinheiro bastante para a felicidade de Marina. Se eu possuísse aquilo, construiria um bangalô no alto do Farol, um bangalô com vista para a lagoa.

Sentar-me-ia ali, de volta da repartição, à tarde, como Tavares & Cia., dr. Gouveia e os outros, contaria histórias à minha mulher, olhando os coqueiros, as canoas dos pescadores.

— 16.384.

Vestido de pijama, fumando, olharia lá de cima os telhados da cidade, os bondes pequeninos a rodar quase parados e sem rumor, os focos da iluminação pública, os coqueiros negros à noite. Uns quadros a óleo enfeitariam a minha sala. Marina dormiria num colchão de paina. E quando saltasse da cama, pisaria num tapete felpudo que lhe acariciaria os pés descalços.

— 16.384.

Um tapete fofo, sem dúvida. E a cama teria uma colcha bordada cobrindo o colchão de paina, uma colcha bordada em seis meses.

* * *

Alguns dias depois Marina me chamou para mostrar os objetos que tinha comprado. Não era quase nada: calças de seda, camisas de seda e outras ninharias.

— Que é do resto?

— Que resto? perguntou espantada. É só isto. Veja se as camisas estão bem-feitas, diga se as cores lhe agradam.

— Muito boas, murmurei.

— Mas você nem está olhando.

— Para quê? Não entendo. O que vejo é que falta quase tudo.

— Que se há de fazer? É a carestia. Em todo o caso julgo que você aprova...

Que remédio! Havia de brigar com ela, dizer-lhe que tivesse juízo, explicar que sou pobre, não posso comprar camisas de seda, pó de arroz caro, seis pares de meias de uma vez? Seis pares de meias, que desperdício! Se ela suasse no veio da máquina ou aguentasse as enxaquecas do chefe na repartição, não faria semelhante loucura. Mas não despropositei, como o coração me pedia.

— Está bem. Vamos comprar o resto. Faça economia, ouviu? Os cobres estão escassos.

Sangrei mais quinhentos mil-réis. Depois sangrei duzentos, adquiri móveis em leilão e vesti-me de novo, porque as minhas camisas estavam esfiapadas e o paletó se cobria de nódoas. Marina aplaudia a transformação que se ia operando no meu exterior:

— Precisa é mandar consertar essa gola. O corpo está bom. Os pés não prestam, com esses sapatos indecentes. Dê por visto um pavão.

Ofereci a seu Ivo os meus sapatos cambados e reformei os pés. O dinheiro sumia-se, essas alterações chupavam-me as reservas acumuladas com paciência. Eu vivia preocupado, fazendo cálculos na rua. E ainda não havia comprado uma lembrança para Marina.

Liquidei a minha conta no banco, estudei cuidadosamente uma vitrina de joias, escolhi um relógio-pulseira e um anel. Saí da joalharia com vinte mil-réis na carteira, algumas pratas e níqueis. Mais nada. Apenas confiança no futuro, apesar dos encontrões que tenho suportado. Os matutos acreditavam na minha literatura. Vinte mil-réis para café e cigarros.

Ia cheio de satisfação maluca. Não tirava a mão do bolso, apalpava as caixinhas, sentia através do papel de seda a macieza do veludo. Na alvura do braço roliço a fita do relógio faria uma cinta negra; a pedrinha branca faiscaria no dedo miúdo.

— Moisés me emprestará cinquenta mil-réis até o mês vindouro.

Ao chegar à rua do Macena recebi um choque tremendo. Foi a decepção maior que já experimentei. À janela da minha casa, caído para fora, vermelho, papudo, Julião Tavares pregava os olhos em Marina, que, da casa vizinha, se derretia para ele, tão embebida que não percebeu a minha chegada. Empurrei a porta brutalmente, o coração estalando de raiva, e fiquei em pé diante de Julião Tavares, sentindo um desejo enorme de apertar-lhe as goelas. O homem perturbou-se, sorriu amarelo, esgueirou-se para o sofá, onde se abateu.

— Tem negócio comigo?

A cólera engasgava-me. Julião Tavares começou a falar e pouco a pouco serenou, mas não compreendi o que ele disse. Canalha. Meses atrás se entalara num processo de defloramento, de que se tinha livrado graças ao dinheiro do pai. Com o olho guloso em cima das mulheres bonitas, estava mesmo precisando uma surra. E um cachorro daquele fazia versos, era poeta.

Aprumava-se, as palavras corriam-lhe facilmente, mas continuei a ignorar o que significavam.

— Tem negócio comigo? repeti sem pensar que o tipo já havia provavelmente dado resposta.

A loquacidade de Julião Tavares aborrecia-me. Uma voz líquida e oleosa que escorria sem parar. A minha cólera esfriava, o suor colava-me a camisa ao corpo.

A roupa do intruso era bem-feita, os sapatos brilhavam. Baixei a cabeça. Os meus sapatos novos estavam mal engraxados, cobertos de poeira. Pés de pavão.

Julião Tavares falou sobre a política do país. A enxurrada cobria-se de nódoas de gordura, que se alastravam. Ia lá discutir com aquele bandido? O meu desejo era insultá-lo.

— Nunca estou em casa a esta hora. Estou no serviço, percebe? Sou um homem ocupado.

— Perfeitamente, respondeu Julião Tavares. Uma vida cheia, uma vida nobre, dedicada ao trabalho.

Só a pontapés.

— Muito bonito, seu doutor.

Ultimamente, embora repugnado, eu o tratava por você.

— Uma coisa é jogar frases em cima do trabalho alheio, outra é pegar no pesado.

Julião Tavares fechou a cara:

— Todos nós temos as nossas obrigações, homem. Cada qual sabe onde o sapato lhe aperta.

Olhei os pés dele, e o meu ódio aumentou:

— Os seus não devem apertar muito.

— Acha?

Baixei a cabeça, mordi os beiços para não gritar os desaforos que me subiam à garganta e que eu engolia, pus-me a marchar na sala estreita, batendo os calcanhares com força. De uma parede a outra quatro passos. A porta, que tinha ficado aberta, mostrava-me os paralelepípedos, as sarjetas, as pernas dos transeuntes, só as pernas, porque, como já disse, eu tinha a cabeça baixa. A minha curiosidade se concentrava nos sapatos dos transeuntes. Passaram os tamancos de um carregador, os chinelos de Antônia, umas botinas velhas que julguei serem de Lobisomem. As crianças de d. Rosália corriam e gritavam, mas estavam descalças.

Lembrei-me da fazenda de meu avô. As cobras se arrastavam no pátio. Eu juntava punhados de seixos miúdos que atirava nelas até matá-las. Às vezes a brincadeira se prolongava, mas afinal as cobras morriam, e perto dos cadáveres ficavam montes de pedras. Certo dia uma cascavel se tinha enrolado no pescoço do velho Trajano, que dormia no banco do copiar. Eu olhava de longe aquele enfeite esquisito. A cascavel chocalhava, Trajano dançava no chão de terra batida e gritava: — "Tira, tira, tira." As alpercatas de Amaro vaqueiro iam do curral dos bois ao chiqueiro das cabras. Em dias de pega Camilo Pereira da Silva desenroscava-se, vestia o gibão, calçava as perneiras. O barbicacho do chapéu de couro terminava debaixo do queixo numa borla que lhe fazia uma barbinha ridícula. Assim paramentado, Camilo Pereira da Silva andava emproado como um galo, e as rosetas das esporas de ferro tilintavam.

Levantei a cabeça. Julião Tavares sorria e continuava a derramar a voz azeitada. Perto, pancadas de ferro tinindo. Eram as picaretas dos calceteiros que deslocavam as pedras da rua, consertavam o calçamento. No fim de uma daquelas viagens de quatro passos eu via, a alguns metros de distância, um montão de paralelepípedos que a poeira cobria. E, nessa nuvem de poeira, figuras curvadas, movendo-se. Desejei atirar todos aqueles paralelepípedos em cima de Julião Tavares.

Tornei a baixar a cabeça, desanimado, continuei a olhar os pés dos raros transeuntes que passavam na rua. Ia e vinha. Um, dois, um, dois — meia-volta. Este exercício era irritante. A porta escancarada convidava-me a abandonar tudo, a sair sem destino — um, dois, um, dois — e não parar tão cedo. Nenhum sargento me mandaria fazer meia-volta. Os meus passos me levariam para oeste, e à medida que me embrenhasse no interior, perderia as peias que me impuseram, como a um cavalo que aprende a trotar. Tornar-me-ia de novo meio cigano, meio selvagem, andaria numa corrida vagabunda pelas fazendas sertanejas, ouviria as cantigas dos cantadores e as conversas das velhas nas fontes, veria à beira dos caminhos estreitos pequenas cruzes de madeira, as mesmas que vi há muitos anos, enfeitadas de flores secas e fitas desbotadas. Indicaria uma delas, estirando o beiço. Quem teria morrido ali? E alguém me informaria, repetindo as histórias dos cantadores e as conversas das velhas nas fontes: — "Um sujeito que namorou a noiva de outro."

Estremeci. Os meus dedos contraíram-se, moveram-se para Julião Tavares. Com um salto eu poderia agarrá-lo.

Pensei em seu Evaristo e na cobra enrolada no pescoço do velho Trajano. Parei no meio da sala, aterrado com a imagem medonha que me apareceu. O pescoço do homem estirava-se, os ossos afastavam-se, os beiços entreabriam-se, roxos, intumescidos, mostrando a língua escura e os dentinhos de rato.

— Está doente? perguntou-me Julião Tavares.

Suponho que a minha resposta foi despropositada. O rapaz levantou-se, aproximou-se, e eu me desviei dele com um palavrão. Não me lembro do que disse, mas sei perfeitamente que terminei com um palavrão obsceno. Julião Tavares aprumou-se.

— Puta que o pariu, resmunguei.

Parece que ele ouviu. Mas fingiu que não tinha ouvido. Agarrou o chapéu e saiu.

— Bonito!

E pus-me a esfregar as mãos:

— Por causa de uma guenza de maus costumes estar um homem a aperrear-se. Enrolem-se, durmam, danem-se, vão para a casa do diabo.

Fui à cozinha e conversei um minuto com o Currupaco.

— O jantar está na mesa, disse Vitória.

Entrei na sala de jantar, bebi um pouco de aguardente, fiquei um instante olhando, por cima do muro, a mulher que lava garrafas e o homem que enche dornas.

A sombra da mangueira ia cobrindo o quintal.

— As moscas estão comendo o jantar, gritou Vitória.

Cheguei-me à mesa, bebi mais um trago de aguardente e tomei o caminho da rua. Marina estava à janela:

— Que é isso? Vai com tanta pressa! Fale com os pobres.

Pareceu-me contrafeita. Sem-vergonha.

— Não matei seu boi não, moço. Me largue.

Passeei à toa pelas ruas, parando em frente às vitrinas, com a tentação de destruir os objetos expostos. As mulheres que ali estavam em pasmaceira, admirando aquelas porcarias, mereciam chicote. Fui ao jornal, li os telegramas. Eram notícias sem importância, mas julguei perceber nelas graves sintomas de decomposição social. Estive olhando sem ler os cartazes do cinema, entrei maquinalmente. O porteiro sabe que trabalho na imprensa e não pediu bilhete de ingresso. Na sala de projeção fiquei de pé, ao fundo, por baixo da cabina, sem ver a tela. Nunca presto atenção às coisas, não sei para que diabo quero olhos. Trancado num quarto, sapecando as pestanas em cima de um livro, como sou vaidoso e como sou besta! Caminhei tanto, e o que fiz foi mastigar papel impresso. Idiota. Podia estar ali a distrair-me com a fita. Depois, finda a projeção, instruir-me vendo as caras. Sou uma besta. Quando a realidade me entra pelos olhos, o meu pequeno mundo desaba. À saída encontrei Moisés encostado a um poste da iluminação, lendo um jornal.

— Acabe com essa literatura, Moisés, exclamei impaciente. Não serve.

Moisés dobrou a folha, sorrindo:

— Que história é essa?

— É o que lhe digo. Não serve. A linguagem escrita é uma safadeza que vocês inventaram para enganar a humanidade, em negócios ou com mentiras.

— Que diabo tem você? perguntou Moisés.

— Não é nada não. É que não vale a pena, acredite que não vale a pena. Uma pessoa passa a vida remoendo essas bobagens. Tempo perdido. Uma criança mete a gente num chinelo, Moisés; qualquer imbecil mete a gente num chinelo, Moisés.

Às onze horas achava-me encostado a uma banca do Helvética, bebendo aguardente e não distinguindo bem as pessoas que se serviam nas outras mesas, funcionários, políticos, negociantes, chauffeurs, prostitutas. Uma criaturinha magra empurrou uma das portinholas que dão para a igreja do Livramento, avançou de manso. Ninguém lhe prestou atenção.

— Pst. Senta aí.

Chegou-se acanhada e esperou a repetição do convite.

— Senta aí.

Sentou-se. O peito era uma tábua, os braços finos, as pernas uns cambitos que nem sei como aguentavam o corpo. A carinha não era feia, talvez tivesse sido bonita.

— Beba alguma coisa.

— Não, muito obrigada.

E espalhou a vista pelas mesas.

— Procurando alguém?

— Era. Parece que ele hoje não vem. Já é tão tarde!

— Onde mora?

— Aqui na rua da Lama. É perto.

E mostrou a chave que trazia na mão.

— Beba alguma coisa, insisti.

— Não senhor, eu não bebo.

Tossia e olhava a porta da cozinha.

— Um petisco.

Pimentel entrou na sala e perguntou-me ao ouvido:

— Onde diabo arranjou esse canhão?

Coitadinha. Não era feia, o que estava era estragada.

— Aceite.

A criatura hesitava, afogueada. Afinal se resolveu:

— Muito obrigada. Eu aceito. O senhor vai comigo, não? É aqui pertinho.

Comeu de cabeça baixa, em silêncio, e repetiu o prato. Só falou ao terminar o café:

— Vamos?

Meti a mão no bolso e lembrei-me de que me restava uma cédula de vinte mil-réis. Recebi o troco e levantei-me.

— Vai comigo? tornou a perguntar a mulher.

Bebi o resto da aguardente:

— Vamos lá.

No quartinho sujo a rapariga despiu-se e veio abraçar-me desajeitada. O cabelo tinha um óleo de cheiro enjoativo.

— Esteja quieta.

E afastei-me, sentei-me na cama, sem tirar o chapéu. Ela acomodou-se, as pernas cruzadas, os braços cruzados escondendo os peitos bambos. Curvada, mostrava apenas um pedaço da barriga engelhada e escura.

— Anda na vida há muito tempo?

— Nem por isso. Quatro anos.

— An.

Quatro anos. E ali estava aquela carcaça comida pelo treponema. Panos caídos no chão, o irrigador com permanganato. Na mesinha da cabeceira essências ordinárias disfarçavam um cheiro forte de esperma. Tive necessidade de fumar. Encontrei cigarros, mas procurei fósforos em todos os bolsos, e o que achei foi o pacote com as caixinhas de veludo — o relógio-pulseira e o anel.

— Faz o obséquio de me arranjar uma caixa de fósforos?

A mulher levantou-se. Escanzelada, coxas finas com marcas de varizes, nádegas murchas. Chi! que peleiro!

— Muito obrigado.

Acendi o cigarro. A mulher sentou-se junto de mim e começou o seu trabalho de abraços, beijos, etc.

— Esteja quieta.

Meti a mão no bolso, senti através do papel de seda a macieza do veludo. A fita do relógio faria uma cinta negra no braço roliço, um braço macio como veludo. Os beijos começavam no pulso, onde a fita se enrolaria. O tique-taque seria do relógio ou do sangue correndo na artéria? Na escuridão do quintal os meus beiços avançavam na pele, que se cobria de borbulhas pequenas como pontas de alfinetes.

— Sempre foi assim magra?

— Ah! não! respondeu a mulher ocultando as pelancas dos peitos com os cotovelos ossudos. Era cheia, gordinha.

Acariciei com as pontas dos dedos o papel de seda. A mulher bocejava, caceteada. Que horas seriam? Talvez uma hora. A folhagem da mangueira estendia um pretume no quintal. Os mais insignificantes rumores cresciam: o salto dos grilos nos canteiros, a queda das folhas, o trabalho das formigas. A luz vermelha do farol espalhava-se pelo telhado. Um minuto depois não era vermelha, era branca. Usávamos precauções excessivas, receávamos que os nossos suspiros fossem ouvidos nas casas fechadas.

— Parece que isso rende pouco, hem? perguntei abarcando com a vista a mesinha, o espelho rachado, o irrigador, as camisas sujas, toda a miséria do quarto.

A mulher teve um gesto de esmorecimento:

— E então! Não está vendo?

— É. Não se dá. Por que não arranja outra vida?

Levantou os ombros, quase agastada:

— Ora outra vida! Que vida? Sempre os mesmos conselhos. Daqui só para a cova.

Realmente, coitada, dali era para a cova, com escala pelo hospital. Infelicidade. Eu é que me podia considerar um sujeito feliz. Repetia isto maquinalmente, enquanto apalpava as caixinhas de veludo. Soltei-as com raiva, ergui-me, esfreguei as mãos. O sentido das palavras que me dançavam no espírito tornou-se claro.

Perfeitamente, um sujeito feliz. Que é que me faltava? Livre. Se me viesse aquela desgraça depois do casamento? A sem-vergonha, admiradora de d. Mercedes, tinha feitio para cornear marido mais vigilante que eu. — "D. Mercedes é linda, parece uma artista de cinema." Sem-vergonha. Recuperava a minha liberdade. Muito bem. Fazia tempo que não frequentava as mulheres. Pois estava em casa de uma. O pior é que só me restavam catorze mil-réis e uns níqueis. O dinheiro tinha voado, tinha-se esbagaçado, virara camisas de seda, pó de arroz. Dos males o menor.

— Vão-se os anéis, fiquem os dedos.

Magnífica solução. Liberdade, liberdade completa. Pus-me a cantar estupidamente, batendo com os dedos na tábua da mesinha:

Liberdade, liberdade,
Abre as asas sobre nós...

— Está indisposto? perguntou a mulher. É bom deitar-se, descansar. Vamos dormir.

Dormir, que lembrança!

— Não, adeus. Está aqui. Não lhe dou mais porque não tenho, ouviu? Desculpe.

A criatura recusou os dez mil-réis que lhe apresentei:

— Pode guardar. Nós não fizemos nada. Além disso pagou a ceia. Eu estava com fome.

— Não senhora. Receba. É o que tenho.

— Muito obrigada. Já não lhe disse que não aceito? Eu estava com fome.

Encolerizei-me de verdade e despropositei:

— Não me faça cometer um desatino. A senhora é relógio para trabalhar de graça? A senhora tem obrigação de andar nua diante de mim? Duas horas de chateação, de conversa mole! A senhora é relógio? A senhora não é relógio.

A mulher recebeu o dinheiro, espantada. Julgou-me doido, suponho. Realmente as últimas palavras me haviam tornado furioso.

* * *

Marina me explicou muito direitinho que eu não tinha razão. O que tinha era falta de confiança nela. Chorou, e fiquei meio lá, meio cá, propenso a acreditar que me havia enganado.

— Posso obrigar uma pessoa a não olhar para mim? Posso furar os olhos do povo?

Não senhora. A coisa era diferente. Eles tinham sido pegados com a boca na botija, grelando, esquecidos do mundo. Tinham ou não tinham? Sim senhor, mas sem malícia.

— Posso furar os olhos do povo?

Esta frase besta foi repetida muitas vezes, e, em falta de coisa melhor, aceitei-a. Sem dúvida. As mulheres hoje não vivem como antigamente, escondidas, evitando os homens. Tudo é descoberto, cara a cara. Uma pessoa topa outra. Se gostou, gostou; se não gostou, até logo. E eu de fato não tinha visto nada. As aparências mentem. A terra não é redonda? Esta prova da inocência de Marina me pareceu considerável. Tantos indivíduos condenados injustamente neste mundo ruim! O retirante que fora encontrado violando a filha de quatro anos — estava aí um exemplo. As vizinhas tinham visto o homem afastando as pernas da menina, todo o mundo pensava que ele era um monstro. Engano. Quem pode lá jurar que isto é assim ou assado? Procurei mesmo capacitar-me de que Julião Tavares não existia. Julião Tavares era uma sensação. Uma sensação desagradável, que eu pretendia afastar de minha casa quando me juntasse àquela sensação agradável que ali estava a choramigar.

— Pois bem, minha filha, não vale a pena falar mais nisso. Enxugue os olhos. Se você diz que não foi, não foi. Acabou-se, não se discute. Está aqui uma lembrancinha que eu lhe trouxe. Vamos ver se fica bonito.

Marina desembaraçou-se das lamúrias, passou a uma alegria ruidosa. Muitos agradecimentos, uns beijos ainda com a cara molhada. Estranhei aquela mudança repentina.

— Nervoso. Quando casar, endireita.

Marina examinava o relógio e o anel: levantava a mão, afastava-a, aproximava-a.

— Uma beleza. Você tomando incômodo!

Incômodo! Eu estava com o bolso pegando fogo e devendo cinquenta mil-réis ao Pimentel.

— Não se preocupe. O que precisamos é acertar essa história do casamento. Quando é isso?

Respondeu vagamente. Andava bordando umas guarnições, preparando umas almofadas. E faltavam certas coisas. Impacientei-me:

— Se você só se decidir quando tiver tudo... Assim ninguém acaba. Vamos marcar o dia. Valeu? Dê uma nota dos troços que faltam.

— Talvez fosse melhor eu fazer a compra.

— É. Talvez fosse, gaguejei aflito. Eu vou ser franco. Estou na pindaíba, ouviu? É necessário a gente escolher mercadoria barata.

Esperei que minha noiva se conformasse com a situação. Baixou a cabeça, e as partes do rosto que não estavam pintadas empalideceram:

— Bem.

— Dá cá a nota.

— Para quê? Assim com essa pobreza...

— Deixa disso, murmurei ressentido. Donde vem tanto luxo? Riqueza não tenho, mas para vivermos com decência o que há chega. Dá cá a nota.

Marina entregou-me lápis e papel, ditou coisas absurdas, com um risinho ruim, e eu percebi nela a intenção perversa de me humilhar. Quando falou em tapetes e tapeçarias, não me contive:

— Oh! Isso também é demais. Eu estou fazendo das fraquezas forças, compreenda. Diga os objetos indispensáveis. Meu avô não possuía tapetes e foi um homem feliz.

— Naquele tempo era diferente, respondeu Marina.

— Está bem.

Não escrevi as tapeçarias, terminei a nota e despedi-me bastante aperreado. Tudo aquilo estava fora dos eixos. Mais tarde encontrei Moisés:

— Olhe cá. Seu tio me quererá vender estas porcarias a crédito?

— Esse negócio de prestações é por preço horrível, disse Moisés. Era melhor você comprar a dinheiro.

— Mas se não tenho! Estou na quebradeira, Moisés. Mande as fazendas.

Assim, acabei de encalacrar-me. Marina recebeu os panos friamente, insensível ao sacrifício que eu fazia, aquela ingrata. Se eu não tivesse cataratas no entendimento, teria percebido logo que ela estava com a cabeça virada. Virada para um sujeito que podia pagar-lhe camisas de seda, meias de seda. Que valiam os tecidos grosseiros comprados ao velho Abraão, ou Salomão, o tio de Moisés? Nem olhou os pobres trapos, que ficaram em cima de uma cadeira, esquecidos.

Lembro-me perfeitamente da cena muda que houve naquela tarde. Sentada, a cabeça caída para o encosto da cadeira, as pernas cruzadas, os dedos cruzados num joelho, não me via, era como se estivesse só. A cara parada mostrava cansaço, enjoo. De longe em longe batia com o calcanhar no chão. A saia esticada exibia a coxa, mas a minha atenção se concentrava nos braços e nos dedos. Não trazia o relógio nem o anel que eu lhe tinha oferecido na véspera. Isto me desapontava, arrancava-me pragas e insultos, que eu engolia com medo de praticar uma violência. — "Ordinária! Arrasa-se a gente para ser agradável a uma peste assim, e o resultado é este: coice. Ordinária. Safada." Desejei falar novamente em Julião Tavares, mas temi não convencer-me de que me havia enganado. O rosto imóvel, como se eu não estivesse ali. As mãos finas cruzadas sobre o joelho. Ia escurecendo. Àquela hora seu Ramalho, coberto de azeite, abreviava os dias no calor da usina elétrica, limando bronzes. D. Adélia, na cozinha, enchia-se de fumaça, envenenava-se. Marina permanecia imóvel. Que é que eu estava fazendo, naquele constrangimento, olhando o pacote aberto, estripado, em cima de uma cadeira? As entrevistas no quintal eram coisas muito antigas. O relógio e o anel tinham sido oferecidos na véspera, mas eram antigos também. E parecia-me que tinham sido dados a outra pessoa. Em que estaria pensando Marina? Agora eu não lhe via o rosto: as feições diluíam-se na escuridão. Sentia-me atordoado, com um nó na garganta. Se falasse, diria injúrias. Uma ingratidão assim! Não esperava aquilo. Fatos e indivíduos desencontrados, velhos e novos, fervilhavam-me na cabeça, misturavam-se. No copiar da fazenda José Baía explicava-me as virtudes da oração da cabra preta. Seu Evaristo balançava, pendurado num galho de carrapateira. Berta me havia segurado um braço e arrastado até a escada. E eu, agarrando-me ao corrimão: — "Madame, a senhora não está vendo que não posso encostar-me a uma criatura da sua marca?" Tavares & Cia., negociantes de secos e molhados na rua do Comércio, vestidos de brim de linho, viviam escondidos por detrás dos fardos e eram uns ratos. — "Escrevi muito atacando a primeira república, doutor. As minhas opiniões são conhecidas." Pobre da mulher da rua da Lama. Rondando as mesas, com fome, às onze horas da noite.

— Bem. Parece que me vou embora, Marina. Boa-noite.

— Já vai? perguntou Marina sem se mexer.

— Já.

Saí resmungando:

— Escolher marido por dinheiro. Que miséria! Não há pior espécie de prostituição.

* * *

Por que foi que aquela criatura não procedeu com franqueza? Devia ter-me chamado e dito: — "Luís, vamos acabar com isto. Pensei que gostava de você, enganei-me, estou embeiçada por outro. Fica zangado comigo?" E eu teria respondido: — "Não fico não, Marina. Você havia de casar contra a vontade? Seria um desastre. Adeus. Seja feliz." Era o que eu teria dito. Sentiria despeito, mas nenhuma desgraça teria acontecido. Lembrar-me-ia de Marina com vaidade, até com orgulho: — "Sim senhor, gostei de uma mulher de caráter, mulher de cabelo na venta." Não seria esta miséria, esta recordação de coisas mesquinhas.

De todo aquele romance as particularidades que melhor guardei na memória foram os montes de cisco, a água empapando a terra, o cheiro dos monturos, urubus nos galhos da mangueira farejando ratos em decomposição no lixo. Tão morno, tão chato! Nesse ambiente empestado Marina continuava a oferecer-se negaceando. Conservava-me preso, fazendo gatimanhos, esticando a saia estreita que lhe mostrava bem as coxas e as nádegas.

— Marina, esse procedimento é incorreto. Por que não me larga? Dê o fora, desocupe o beco.

— Está roendo courana. Coitadinho dele.

Não tornamos a falar em casamento. Creio que ela procedeu assim por hábito. Ou talvez quisesse pagar os objetos que tinham esgotado a minha fortuna. Mas ia-se distanciando, e eu não podia agarrá-la. Às vezes ficava trombuda, aparentando gravidade. As distrações eram constantes, aquele modo de se descangotar, abrir a boca e olhar por cima da cabeça da gente. Isto me amarrava e atenazava. Presumo que a intenção dela era desembaraçar-se de mim lentamente, ou desembaraçar-se ela própria do costume que havia adquirido.

À tarde eram aqueles manejos, mas pela manhã, quando eu saía para a repartição, plantava os cotovelos na janela e enxeria-se com Julião Tavares. Uma vez por semana eu largava o serviço antes do meio-dia, só para pegá-los. Ao dobrar a rua Augusta, avistava Julião Tavares na prosa com ela, vermelho, soprando, derretendo-se, a roupa de brim com manchas de suor nos sovacos. Vendo-me, o canalha voltava as costas, porque estava intrigado comigo. Abri-me com d. Adélia, comentei aquele escândalo:

— A senhora aprova o comportamento de sua filha?

D. Adélia torceu as mãos, engoliu em seco e respondeu numa atrapalhação:

— É a mocidade.

Perdi os estribos:

— Que mocidade! É sem-vergonheza. Não lhe invejo a sorte, d. Adélia. Sua filha acaba mal.

— Quem tem família está sujeito a tudo, seu Luís. Ninguém deve dizer "Deste pão não comerei nem desta água beberei".

— Não deve não, d. Adélia. É uma tristeza. A senhora lavando, engomando, cozinhando, e seu Ramalho na quentura da usina elétrica, matando-se para sustentar os luxos daquela tonta. Sua filha não tem coração.

— Muito nova, dizia a mãe. Depois endireita. Quando casar, endireita.

— E a senhora pensa que há no mundo um trouxa que se engane com ela? Não casa não, d. Adélia. Aquela dá com os burros na água.

D. Adélia tinha lágrimas na voz e gaguejava frases truncadas:

— Então... Eu não sabia. Uma coisa apalavrada... Não há motivo, seu Luís, acredite que não há motivo. Por que foi?

Eu sentia prazer em atormentar a pobre da velha:

— D. Adélia, olhe para a minha cara. A senhora me acha com jeito de corno?

— Deus me livre, seu Luís, exclamava a mulher recuando e arregalando os olhos. Eu havia de achar semelhante barbaridade?

— Então, se não me acha com jeito de corno, não me faça perguntas dessa natureza.

O meu desejo era desligar-me daquela gente, passar calado, carrancudo, as mãos nos bolsos, o chapéu embicado. Esforçava-me por me dedicar às minhas ocupações cacetes: escrever elogios ao governo, ler romances e arranjar uma opinião sobre eles. Não há maçada pior. A princípio a gente lê por gosto. Mas quando aquilo se torna obrigação e é preciso o sujeito dizer se a coisa é boa ou não é e por quê, não há livro que não seja um estrupício.

O que eu devia fazer era mudar de casa. Esta é inconveniente, cheia de barulhos, parece mal-assombrada. Os ratos não me deixavam fixar a atenção no trabalho. Eu pegava o papel, e eles começavam a dar uns gritinhos que me aperreavam. Tinham aberto um buraco no guarda--comidas, viviam lá dentro, numa chiadeira infernal. Às vezes havia um cheiro de podridão. Vitória se enfrenesiava, andava para cima e para baixo, manejando um regador com água e creolina, molhando tudo. Mas o fedor resistia. Afinal íamos encontrar o armário dos livros transformado em cemitério de ratos. Os miseráveis escolhiam para sepultura as obras que mais me agradavam. Antes, porém, faziam um sarapatel feio na papelada. Mijavam-me a literatura toda, comiam-me os sonetos inéditos. Eu não podia escrever.

Os grilos não me incomodavam, escrevo perfeitamente ouvindo os grilos. Havia uma orquestra deles, mas eu nem os notava. Saltavam-me em cima do papel, eu dava-lhes piparotes, e eles desapareciam.

Os ratos é que me roíam a paciência. Corrote, corrote — era como se roessem qualquer coisa dentro de mim. Lembrava-me do tempo em que andava pelas ruas sentindo o cheiro das mulheres. Miudinhos, deviam ser catitas. Corriam pela sala de jantar, vinham mexer nos meus chinelos, sem medo, sem vergonha. Levantava-me, abria as portas do guarda-comidas, saltavam três, quatro, que se escapuliam para os buracos das paredes. Voltavam, assustados, ganhavam confiança, aproximavam-se, bonitinhos, os olhos vivos e as orelhas arrebitadas. O meio de obrigá-los ao silêncio durante uns minutos era espalhar na sala pedaços de miolo de pão, que eles devoravam depressa. Casa infame. E dr. Gouveia cobrava-me cento e vinte mil-réis de aluguel! De quando em quando o madeiramento bichado estalava.

— Qualquer dia esta cumeeira vem abaixo, gemia Vitória. Por que é que o senhor não se muda?

As noites eram medonhas. Os galos marcavam o tempo, importunavam mais que os relógios. E os ratos não descansavam. Enquanto alguns roíam a madeira do guarda-comidas, outros deviam estar lá dentro no armário, devastando os manuscritos, morrendo na literatura. Fogo nos livros imundos. Mas a casa enchia-se de pulgas. O gato amava nos telhados, gato ordinário. Uns miados estridentes, indiscretos: — "Rasga, diabo!" Marina, quando se excitava, enrolava-se como uma gata e miava. Miava baixinho, para não acordar a vizinhança.

Irritava-me um som de armadores de rede. Em noites de calor Marina dormia em rede, balançava-se.

Os armadores rangiam. O que eu precisava era ler um romance fantástico, um romance besta, em que os homens e as mulheres fossem criações absurdas, não andassem magoando-se, traindo-se. Histórias fáceis, sem almas complicadas. Infelizmente essas leituras já não me comovem.

Os armadores continuavam a ranger. Provavelmente estava deitada de costas, as pernas caídas, os pés no chão dando o impulso para o balanço. Talvez estivesse nua por causa do calor.

Seu Ramalho tossia. D. Adélia descansava na cama dura a armação fatigada.

Ou não descansava. Era possível que fizesse contas, aperreada — tanto para o aluguel da casa, tanto para o mercado, tanto para a luz, tanto para a roupa. Vitória também calculava, resmungando. Os números misturavam-se ao canto dos galos e ao chiar dos ratos. No princípio do mês iria revolver as pratas enterradas no canteiro das alfaces, na raiz da mangueira, ao pé da cerca. Não havia agora ninguém lá. Bichos miúdos apenas, grilos, formigas.

Em que estaria pensando Marina? Provavelmente no outro. Um sujeito gordo, vermelho, suado, bem-falante, de olhos abotoados. Seria possível que ela gostasse daquilo?

Seu Ramalho tossia. Assaltava-me o desejo de ver Julião Tavares sujo de azeite e carvão, recebendo na cara as faíscas da fornalha. Por que não? Derretendo as banhas. Inútil, preguiçoso, discursador. Canalha.

* * *

Pouco a pouco nos fomos distanciando, um mês depois éramos inimigos. A princípio houve brigas, reconciliações desajeitadas, conversas azedas com d. Adélia. Tempo perdido. Marina estava realmente com a cabeça virada para Julião Tavares. Comecei a passar trombudo pela calçada, remoendo a decepção, que procurei recalcar.

— Mulheres não faltam.

Entrei a procurá-las, a observá-las. Por que só haveria de servir aquela safadinha? Uma datilógrafa que me aparecia em toda a parte era bem engraçada. Bonitinha, com olhos verdes e rosto de santa. Eu ia dobrar uma esquina — dava de cara com ela; tomava o bonde — ela era minha companheira de viagem. Depois de tantos acasos, a gente se cumprimentava, embora sem saber que rumo cada um ia tomar. Às vezes eu estava distraído, pensando em coisas à toa. Quando menos esperava, surgiam os olhos de gato da datilógrafa. Outras vezes chegava-me de supetão a ideia de que ia vê-la. E acontecia acertar. Sumiu-se umas semanas. Se não se tivesse sumido, é possível que a minha vida fosse hoje diferente. E talvez não fosse. Duas criaturas juntam-se um minuto, mas entre elas há um obstáculo. Provavelmente a datilógrafa dos olhos verdes, enquanto sorria para mim no bonde ou na esquina, pensava numa espécie de Julião Tavares que iria visitá-la horas depois. Morava numa casa de quintal sujo, lia romances tolos, admirava uma quenga semelhante a d. Mercedes. O pai era um pobre homem carregado de achaques e consumido pelo trabalho, a mãe lavava roupa e queixava-se da carestia.

Vitória é que tinha razão:

— Cabritinha enxerida. Esfregando-se nos homens.

O sem-vergonha metera-se na casa, ficava lá horas, íntimo da família, unha com carne. Empurrava a porta, entrava como se aquilo fosse dele. Seu Ramalho nem se voltava: debruçado à janela, aperreado, fumando cachimbo, mordia os beiços, encolhia os ombros. Vinha conversar comigo, desabafava:

— Não se case, seu Luís. É o conselho que lhe dou.

Quando o intruso saía, começava a arenga:

— Isto tem cabimento? Entra quem quer.

Marina defendia-se, malcriada:

— Entrou porque deixaram. Eu tenho culpa? Não mandei. Posso amarrar as pernas dos outros?

— Falem baixo, pedia d. Adélia. Os vizinhos estão ouvindo.

— Que vizinhos! gritava seu Ramalho. Faço um escândalo. Isto é pensão?

Não fez o escândalo. E Julião Tavares continuou a frequentar a casa, levando presentes às mulheres. Às vezes jantava lá. Nesses dias um carregador trazia do armazém de Tavares & Cia. um caixão com embrulhos, latas e garrafas. Da minha sala de jantar, eu ouvia as conversas, as risadas, o barulho dos vidros e dos talheres. No fim a coisa descambava em discurso.

Seu Ramalho não tomava parte nessas orgias: embicava o chapéu, acendia o cachimbo e saía. D. Rosália balançava a cabeça com um sorrisinho safado:

— Feias coisas. Não dou um ano que isto cheire a alfazema.

Antônia ia comentar a história com o guarda-civil da esquina.

Punha-me a passear pelo corredor, olhando as biqueiras dos sapatos, os tijolos gastos, o rodapé vermelho da parede úmida. Por ali passava um cano. Algumas porcas das juntas estavam mal apertadas e por elas a água esguichava, formando poças no tijolo gasto. O cano estirava-se como uma corda grossa bem esticada, uma corda muito comprida. Eu andava para cima e para baixo, o ouvido atento aos mais insignificantes rumores da casa vizinha. Preocupava-me sobretudo o silêncio. Enquanto estavam batendo nos copos, tagarelando, nem por isso. Mas quando se calavam, vinham-me suposições que me davam tremuras. Provavelmente d. Adélia tinha ido à cozinha preparar o café. E os dois aproveitavam o tempo. Sem dúvida. Imaginava o que eles faziam. Era aquilo, sem dúvida.

— Que é que o senhor tem? perguntava-me Vitória.

Sem dúvida. Imaginava perfeitamente. E não tirava os olhos da parede manchada, do rodapé vermelho, do cano.

— Um pedaço daquilo é arma terrível. Arma terrível, sim senhor, rebenta a cabeça de um homem. Já se tem visto.

Mas aquele, comprido demais, pregado ao chão, não tinha jeito de arma: parecia uma corda estirada. Quando vinha o silêncio, detinha-me na sala de jantar, contígua à outra sala onde a súcia se regalava, punha a mão atrás da orelha, continha a respiração. Furava com os olhos a cal que se descascava e dava ao muro a aparência de uma cara sardenta, furava o reboco, furava os tijolos. No outro lado a mesa num desarranjo, restos de comida, pontas de cigarros, nódoas na toalha, garrafas abertas, os dois juntos, perna com perna. D. Adélia, encostada ao fogão, respirava fumaça, engelhava as pálpebras, gemia uma desculpa: — "É a mocidade." Estava invisível e escaldava os dedos torcendo o pano de café. Os dois, grudados, cochichavam, esfregavam-se. Alguns botões tinham saído dos lugares. Afinal tudo era suposição. Talvez d. Adélia estivesse ali, um pouco afastada, os olhos atentos, observando o que se passava por baixo da mesa. História! Escondia-se e justificava aquela sem-vergonha: — "É a mocidade." Indecência. Atracados, os olhos vermelhos, baba no canto da boca, uns bichos. Aproximava-me da parede. Ali a poucos passos, tontos pela bebida, beijando-se. Conservavam-se em silêncio um instante, mas isto me parecia tempo excessivo, suficiente para todas as patifarias. Risos, a continuação de uma conversa interrompida. A voz precipitada de Marina era ininteligível; a de Julião Tavares percebia-se distintamente e causava-me arrepios: fazia-me pensar em gordura, em brancura, em moleza, em qualquer coisa semelhante a toicinho cru. Pescoço enorme, sem ossos, tudo banha. Quando o homem andava na rua, olhando para cima, risonho, aprumado, com passinhos curtos, a papada tremia. Aquilo era bambo, flácido, devia ter a consistência de filhó. De repente d. Adélia começava a falar. As mesmas queixas de sempre, lamentações tranquilas. Nunca ouvi ninguém se lamentar assim. Palavras arrastadas, monótonas, um pequeno assobio no fim de cada pausa. Aquele sossego me irritava quase tanto como os derramamentos de Julião Tavares. Afastava-me, sacudia a cabeça para não escutar a conversa, passeava pelo corredor, tossindo, batendo os pés, encaminhando o pensamento para coisas diversas, que se embaralhavam. Muitos crimes depois da revolução de 30. Valeria a pena escrever isto? Impossível, porque eu trabalhava em jornal do governo. Moisés se tinha ausentado: a polícia incomodava os rapazes que liam livros suspeitos e falavam baixo. Seu Ivo furtara-me uns pratos. A menina dos olhos agateados desaparecera. A mulher da rua da Lama, a que eu encontrara uma noite no Helvética, andava caipora, no hospital, com doença do mundo. A voz oleosa de Julião Tavares continuava a perseguir-me. Era como se eu estivesse diante de um aparelho de rádio, ouvindo língua estranha. Distanciava-me. As palavras gordas iam comigo. Umas chegavam completas, outras alteravam-se — ruídos confusos e vogais indistintas. Necessário dar cabo daquela voz. Se o homem se calasse, as minhas apoquentações diminuiriam. A criatura faminta da rua da Lama, seu Ivo, Moisés, a menina dos olhos agateados, tudo isto me passava pelo espírito sem se fixar. Um tropel, depois nada. O que ficava era aquela gordura que se derramava pelas paredes. Às vezes eu estava certo de que Julião Tavares se tinha calado, mas a voz não deixava de perseguir-me. Mexia-me, tossia. E olhava com insistência o cano que se estirava ao pé da parede, como uma corda.

* * *

Aos domingos iam ao cinema, juntos, de braço dado, bancando marido e mulher — ele com ar bicudo e saciado, ela bem-vestida como uma boneca e toda dengosa. Seda, veludo, peles caras, tanto ouro nas mãos e no pescoço que era uma vergonha. O pessoal da vizinhança povoava as janelas. D. Mercedes indignava-se, as filhas de Lobisomem mostravam as caras espantadas entre as rótulas, Antônia andava como lançadeira, ouvindo os comentários. As exclamações iam de um lado para outro. Só queriam saber se ainda estava inteira. As opiniões variavam. Discutiam as modificações do tipo: a grossura da barriga, o modo de andar. Eu, com os ouvidos abertos, simulando indiferença, escutava palavra aqui, palavra ali.

— Que é que temos, Antônia?

Antônia, bamboleando-se, cosia pedaços daqueles fuxicos.

E os dois lá iam até o fim da rua, grudados, ela desconjuntando-se, enrolando-se, torcendo-se como uma cobra de cipó. Dobravam a esquina, a rua ficava deserta. Reapareciam. Com certeza tinham desistido do cinema. Quando se aproximavam, é que eu notava o engano: era outro casal. Julião Tavares e Marina transformavam-se por momentos nas pessoas que vinham da praça Deodoro, mas eu continuava a vê-los longe, em diferentes lugares.

As três filhas de Lobisomem apareciam juntas, num feixe, confusão de cabelos arrepiados e olhos espantados. Antônia, colorida de vermelho e branco, saía à procura de machos. O vento gemia nos arames da Nordeste, e os arames balançavam como cordas.

Julião Tavares e Marina tinham entrado no Livramento e lá iam juntinhos, esfregando-se. Cadeiras na calçada. Era necessário saltar no paralelepípedo. Um passo em falso, topada na sarjeta, e os dois corpos se chocavam. Diante da igreja, nos bancos da praça miúda, gente esquisita: homens sujos, mulheres sem companhia. E crianças abandonadas pelos cantos. Cochichos, palavrões, descontentamento, frases incendiárias. Na calçada estreita da igreja as crianças abandonadas apinhavam-se. Automóveis parados, chauffeurs adormecidos, vagabundos, exposição de prostitutas à entrada da rua da Lama.

D. Rosália conversava com d. Adélia. Picuinhas, perfídias: — "Não se queixe não, minha negra. A senhora até não é das mais caiporas. Tem quem lhe dê tudo." D. Adélia sorria vexada, mexia os beiços e não encontrava resposta.

Mais algumas pernadas, e os dois estavam defronte do café. Julião Tavares passava como um pavão. E o pessoal se calava, arregalava os olhos para Marina, que não ligava importância a ninguém, ia fofa, com o vestido colado às nádegas, as unhas vermelhas, os beiços vermelhos, as sobrancelhas arrancadas a pinça. Entravam no cinema,

Julião Tavares comprava um jornal. Na sala de espera toda a gente se voltava, com uma pergunta nos olhos. Julião Tavares sentava-se, fingia ler os telegramas, vaidoso. — "Quem é?" Informações em voz baixa, muita inveja. Sim senhor. Que bicho de sorte! Marina fazia água na boca dos homens.

Agora estava escuro. Debruçado à janela, eu fumava sem ver a rua. Via seu Ivo, Pimentel, a datilógrafa desaparecida. Onde estaria a datilógrafa? Bonitinha, com uns olhos de gato que acariciavam a gente. E amável, sem fumaças. Quando eu tirava o chapéu, respondia com um sorrisinho modesto. O meu desejo era sair de casa, ir procurá-la. Talvez estivesse num cinema de arrabalde, com o namorado. Coitadinha. Provavelmente nem pensava nisso. O dia inteiro batendo no teclado com os dedos entorpecidos, e duzentos mil-réis por mês. Talvez tivesse irmãos pequenos. Invadia-me uma ternura, queria ligar-me àquela moça que vestia roupas ordinárias e andava à pressa, com uma pasta debaixo do braço. Seríamos felizes. Ela trabalharia menos. Ao chegar à casa, fatigada, distrair-se-ia papagueando com o Currupaco, meteria as mãos doídas no pelo do gato. Eu escreveria um livro de contos, que ela datilografaria nas horas vagas, interessando-se. Convidaríamos Pimentel e Moisés. Quando a corja estivesse na sala vizinha, bebendo, nós conversaríamos sobre literatura. Moisés atacaria os livros feitos com frases bem-arrumadas. A arte deveria estar ao alcance de todos, a serviço da política. — "Que diz, seu Pimentel?" Pimentel responderia estirando o beiço. Escrevendo, é capaz de demonstrar qualquer coisa. Diante da folha de papel, em mangas de camisa, trabalha como um carroceiro, os dedos grossos pegando a caneta com força. Depois fecha o cérebro e desenruga a testa. — "Que diz, seu Pimentel?" Não diria nada. Para que um homem discutir, se não é obrigado a isto? Do outro lado da parede, risos, tinir de copos. Nós continuaríamos a conversa tranquilamente.

Onde andaria a datilógrafa dos olhos agateados? O que é certo é que eu precisava mulher. Devia acabar aquela maluqueira e meter-me na farra. Se achasse uma criatura como Berta... O diabo da alemã voltava-me sempre à lembrança, provavelmente por ter sido a primeira mulher bonita e limpa a que me encostei. — "Senhor não quer entrar?" Tipo admirável, ariano puro. — "Madame, um sujeito como eu pode agarrar-se a uma pessoa da sua marca?" A ariana pura tinha respondido numa língua embrulhada.

Às vezes seu Ramalho puxava uma cadeira, sentava-se à porta. Eu olhava distraído os arames, que balançavam como cordas bambas. Esta comparação dos arames a cordas vinha-me ao espírito com insistência. Se pudesse trabalhar, escrever, livrar-me daqueles arames... Não podia: a literatura cambembe para os políticos da roça tinha parado. Além disso eu necessitava beber muito, sentia preguiça, passava horas no café, esbagaçando dinheiro. O ordenado voava, as dívidas cresciam.

Naquele momento, porém, não pensava em nada disso. Pensava na miséria antiga e tinha a impressão de que estava amarrado de cordas, sem poder mexer-me. No banco do jardim, com os sapatos gastos, as meias reduzidas a canos, esperava ansiosamente um auxílio qualquer. Estudava as caras, numa agonia. A fome triturava-me a barriga, uma fome de muitos dias, enganada com pedaços de pão e cálices de aguardente. —"Cidadão, um nortista perseguido pela adversidade..." Não distinguia bem a cara do cidadão: a cabeça inclinava-se, a vista escurecia e pregava-se nos dedos dos pés, que saíam pelos buracos dos sapatos. Se pudesse, se não estivesse policiado e exausto, mataria o cidadão para roubar-lhe um níquel. Andava sujo, as calças com os fundilhos rotos e as bainhas esfiapadas, a gravata feita uma corda. Apanhava os jornais esquecidos nos bancos e procurava os anúncios miúdos para ver se descobria trabalho, mas as letras dançavam, fugiam. Imaginava fortunas absurdas: dinheiro achado na rua, um roubo que nunca tive coragem de praticar, o aparecimento de um fazendeiro rico e atilado que me diria: — "Ninguém percebe o seu valor, rapaz. O que lhe falta é roupa. Roupa e trato. Vamos comer no restaurante. E toca para São Paulo, meter a cara na lavoura do café." Qualquer serviço que me dessem seria bom. Oferecia-me para garçom de botequim, para revisor de jornal. Tinha uma inclinação maluca para os jornais. — "Queria que o senhor experimentasse, que me deixasse trabalhar uns dias de graça." Humilhações. Depois era a pensão de d. Aurora. A fome desaparecera, mas a falta de mulher atormentava-me. As que passavam na rua tinham cheiros violentos, e eu andava com as narinas muito abertas, farejando-as, como um bode. No colchão duro da minha cama de ferro os percevejos passeavam sobre os ossos amarelos que Dagoberto jogava lá.

Tarde. Os meninos de d. Rosália corriam no calçamento e faziam algazarra doida. As rótulas da casa de Lobisomem estavam cerradas. Encostado à janela, fumando, eu olhava a rua comprida e estreita. De quando em quando vultos distantes assustavam-me. E os arames balançavam como cordas.

O meu pensamento fugia dali, entrava no quarto escuro que ficava ao pé da escada. Dagoberto pegava uma vértebra, eu escancarava o compêndio. A caveira desdentada era horrível, toda queimada de cigarros, o frontal cheio de buracos que serviam de cinzeiros. De que teria morrido o dono daquela caveira? Mas Dagoberto e os ossos desapareciam. Lá vinham d. Aurora e a neta marchando para o cinema. As minhas mãos úmidas apertavam no bolso as notas, eu sorria encolhido e silencioso, fazendo cálculos. D. Aurora, mole, tomava no bonde o lugar de dois passageiros, sacolejava-se com o movimento do carro, os caracóis brancos agitavam-se. Parecia-me que, se ela não estivesse entrouxada, as banhas se despegariam do corpo. A neta emproava-se, a vaidade pingava do leque, do lorgnon, dos olhos. Na sala de projeção a gente não via a tela. Horas horrivelmente cacetes, em que pedaços de duas pessoas se encontravam. Só uns pedaços, os outros estavam longe. As pernas da moça eram frias. Onde andaria o pensamento dela? Eu pensava nos bancos do passeio, nos sapatos sem sola, no galego do frege, no chefe da revisão. Com os dedos esmorecidos no joelho da pequena, lembrava-me também da cesta de ossos de Dagoberto e dizia mentalmente expressões técnicas. D. Aurora dormia.

Com certeza àquela hora o Capitólio se esvaziava, uma exposição de roupas desfilava nos corredores que limitam a sala de espera. Os ventiladores parados, grande calor. Marina, bamba, apertava os olhos, encolhia-se no vestido machucado, bocejava; Julião Tavares abanava-se com o jornal.

Que diabo fazia eu ali, debruçado à janela? Entrava, ia para a sala de jantar, abria um livro, punha-me a ler marcando os períodos com o dedo. Quando terminava um período, baixava o dedo a um lugar onde era provável haver ponto final. Parecia-me que este exercício me fixava a atenção na leitura: às vezes conseguia compreender uma página inteira. Mas o dedo fatigava-se, entorpecia, e os olhos desviavam-se das letras, pregavam-se na toalha, nas moscas adormecidas sobre as nódoas. Um relógio batia. Julião Tavares e Marina ausentes. Vitória falava alto na cozinha. Antônia embalava o filho mais novo de d. Rosália, e a criança manhosa berrava com desespero. Felizmente ainda era cedo para os ratos roerem a madeira do guarda-comidas. A vitrola de d. Mercedes começava a tocar, o galo de d. Adélia batia as asas. Alguma cantiga distante, de bêbedo. Que fim teria levado seu Ivo, coitado? Apito de trem, provavelmente dez horas. O relógio da sala de jantar quase sempre parado. Passos na calçada. Quem seria? Muito tarde. O rolar dos veículos esmorecia. O gato já andava miando nos telhados. Os papéis, livros com as folhas intactas, esquecidos nas cadeiras, causavam-me enjoo. Rumor de ferrolho na casa vizinha, pisadas no corredor. Com certeza tinham voltado. Engano. Era seu Ramalho que entrava, aperreado, ia arengar com a mulher por causa do procedimento da filha. Às vezes a discussão se arrastava durante horas, mastigada e rancorosa. E Marina ausente.

— Isso tem jeito?

D. Adélia chorava, assoava-se, gemia desculpas sem pé nem cabeça.

* * *

D. Rosália era casada, mas eu não conhecia o marido dela, caixeiro-viajante que andava sempre no interior. Conhecia a voz. Quando ele chegava, depois de uma ausência de meses, a casa ficava em rebuliço. Um sujeito moreno e calvo rosnava um cumprimento e tocava o chapéu ao passar na minha calçada. Presumo que era o marido de d. Rosália, mas não tenho a certeza. Fala mansa e abafada, muito diferente da que eu ouvia da minha sala de jantar. Nunca vi o homem calvo e moreno entrar na casa à esquerda, mas como o aparecimento dele coincidia com a presença do marido de d. Rosália, suponho que os dois eram uma pessoa só.

Antônia chegava à minha janela e, piscando os olhos, segredava: — "O homem está aí." Mordia o beiço e saía bamboleando-se, com um risinho canalha, as pernas grossas muito abertas exibindo marcas de feridas. Para não descontentar a rapariga, eu sorria agradecendo a comunicação, aperreado em excesso, porque nesses dias não me era possível dormir sossegado. D. Rosália, honesta, vivia excitada, e o marido vinha feito um bode. Aquilo durava uma semana, mais de uma semana, até que o casal se acalmava e surgia nova viagem.

Nessa lua de mel, sempre renovada, as crianças marchavam cedo para a cama. Antônia aprontava o café, ia correr a zona. E o trabalho do amor começava, ruidoso, indiscreto. Antes da minha cabeçada com Marina, eu não aguentava aquilo. Escrevia, lia, dormia, acordava, levantava-me, tornava a deitar-me. Não me continha: vestia-me, ia para a rua, meia-noite, de madrugada. Por fim nem esperava tanto: quando Antônia servia o café, aos muxoxos, derrubando louça, e a porta da frente se fechava com um baque, eu agarrava o chapéu e saía. Agora não podia arredar-me dali. Parecia-me que, na minha ausência, Julião Tavares penetraria na casa e levaria o que me restava: livros, papéis, a garrafa de aguardente. Sentia-me preso como um cachorro acorrentado, como um urubu atraído pela carniça. Se pudesse dormir...

Durante o dia passava muitas vezes pela porta de Marina, desejando reconciliar-me com ela. Faltava-me coragem, a vergonha baixava-me o rosto, esquentava-me as orelhas.

Que me importava que Marina fosse de outro? As mulheres não são de ninguém, não têm dono. Sinha Germana fora de Trajano Pereira de Aquino Cavalcante e Silva, só dele, mas há que tempo! Trajano possuíra escravos, prendera cabras no tronco. E os cangaceiros, vendo-o, varriam o chão com a aba do chapéu de couro. Tudo agora diferente. Sinha Germana nunca havia trastejado: ali no duro, as costas calejando a esfregar-se no couro cru do leito de Trajano. — "Sinha Germana!" E sinha Germana, doente ou com saúde, quisesse ou não quisesse, lá estava pronta, livre de desejos, tranquila, para o rápido amor dos brutos. Malícia nenhuma. Como a cidade me afastara de meus avós! O amor para mim sempre fora uma coisa dolorosa, complicada e incompleta.

Se Marina voltasse... Por que não? Se voltasse esquecida inteiramente de Julião Tavares, seríamos felizes. Absurdo pretender que uma pessoa passe a vida com os olhos fechados e vá abri-los exatamente na hora em que aparecemos diante dela.

Nu, deitado de costas na cama de ferro, esfregava-me no colchão estreito e coçava-me, mordido pelas pulgas. No quarto, escuro para a conta da Nordeste não crescer, a luz que havia era a do cigarro, que me fazia desviar os olhos de um lado para outro. Não podia deixar de olhá-la. Às vezes me entorpecia, e a luz ia diminuindo, cobria-se de cinza. De repente despertava sobressaltado: parecia-me que, se o cigarro se apagasse, alguma desgraça me sucederia. E entrava a fumar desesperadamente, e soprava a cinza. Impossível dormir. O quarto de d. Rosália ficava paredes-meias com o meu. Antônia tinha-me dito, em confidência: — "O homem chegou." Devia ser o sujeito calvo e moreno que tocava o chapéu e rosnava um cumprimento. Agora se distinguiam palavras claras: — "Bichinha, gordinha..." Não sei como aquelas criaturas se podiam amar assim em voz alta, sem ligar importância à curiosidade dos vizinhos. D. Rosália resfolegava e tinha uns espasmos longos terminados num *ui!* medonho que devia ouvir-se na rua. Antes desse uivo prolongado o homem soltava palavrões obscenos. Parecia-me que o meu quarto se enchia de órgãos sexuais soltos, voando. A brasa do cigarro iluminava corpos atracados, gemendo: — "Bichinha, gordinha..." — "Ui!" Na escuridão a parede estreita desaparecia. Estávamos os três na mesma peça, eu rebolando-me no colchão estreito, picado de pulgas, respirando o cheiro de pano sujo e esperma, eles agarrados, torcendo-se, espumando, mordendo-se. Aquilo iria prolongar-se por muitas horas. Depois o silêncio, o cansaço, a luz da madrugada, o sono, a parede, nos afastariam. Se nos encontrássemos, faríamos um ligeiro movimento de cabeça, resmungaríamos uma saudação apressada. D. Rosália, pendurando-se à janela, comentaria os modos suspeitos de Lobisomem e o procedimento de Marina; o homem calvo e moreno prosseguiria nas suas viagens pelo interior; eu redigiria informações: "Em conformidade com o artigo tal do regulamento..."

Não havia regulamento, nem janela, nem mostruários. O que havia eram duas camas próximas. Uma delas rangia escandalosamente. — "Bichinha, taludinha..." Esses diminutivos contrastavam com a voz do homem, grossa, arrastada. Além disso d. Rosália tinha bem quarenta anos e não era taluda: era magra, cheia de ângulos, o carão chupado com duas olheiras fundas que no dia seguinte estariam medonhas. Silêncio de alguns minutos. Iam deixar-me dormir. Nada. Acendia outro cigarro e continuava com a vista presa na brasa, que se aproximava e afastava, em movimentos bruscos, como uma coisa viva mordida pelas pulgas. Aquela espécie de fogo-corredor me fascinava. Se Marina voltasse... Por que não? A água lava tudo, as feridas cicatrizam. Não valia a pena pensar no outro. Julião Tavares era um caminho errado. Tantos caminhos errados na vida! Quem sabe lá escolher com segurança os atalhos menos perigosos? A gente vai, vem, faz curvas e zigue-zagues, e dá topadas de arrancar as unhas. A água lava tudo, as feridas mais graves cicatrizam. Lembrava-me de uma queda antiga que me tinha jogado à cama quinze dias. O cavalo se havia empinado, eu caíra nas pedras do Ipanema, rachara a cabeça, esfolara a coxa. Por que era que uma ferida devia ser vergonhosa e outra não? Depois desse tombo, andara uns tempos bambo, tossindo, e nunca me havia consolidado, nem com os exercícios da caserna.

— Ora aí estão ferimentos que me deviam envergonhar, porque me tornaram fraco. E não me envergonham.

A brasa do cigarro chegava-me perto dos beiços, brilhava, faiscava, parecia mangar de mim na escuridão. Sinha Germana só tinha aberto os olhos diante do velho Trajano. Sem dúvida. Mas eu queria ver Sinha Germana agora, no cinema, ou correndo as ruas, com uma pasta debaixo do braço, e mais tarde no escritório, batendo no teclado da máquina, ouvindo as cantigas dos marmanjos. Hábitos diferentes, necessidades novas.

Afinal por que seria que d. Rosália afirmava que Marina dera com os burros na água? Não havia certeza. E para que certeza?

— Que me importa o que se passa nas casas alheias?

O que se passava na cama de d. Rosália era quase público, pelo menos estava no conhecimento dos vizinhos. Fazia minutos que os dois se conservavam em silêncio. Enjoados, provavelmente, separados, cada um com o seu lençol. Engano. O barulho recomeçava: cochichos que iam crescendo e se transformavam em gritos, beijos compridos, chupões gorgolejados.

Quando se debruçava à janela, fiscalizando a rua, d. Rosália usava linguagem decente para censurar as filhas de Lobisomem, engulhava, cheia de pudores.

Uma criança urinava na cama e chorava. Distinguia-se perfeitamente o som das gotas que batiam no chão.

— Cala a boca! ordenava d. Rosália.

O choro findava, mas as gotas continuavam a cair, e a respiração do homem se arrastava, entrecortada, encatarroada, fungada, interrompida por um pigarro, uma respiração de quem se está estrangulando. Aquilo me irritava tanto que eu apertava as mãos nos ouvidos e mordia as cobertas para não gritar. O resfolegar de cachorro cansado atravessava-me as palmas das mãos, rasgava-me os ouvidos, e os pingos de urina, penetrando a palha podre do colchão, caíam-me dentro da cabeça como marteladas. A criança recomeçava a chorar.

— Cala a boca.

Soluços engolidos da criança e a respiração arquejante do homem. Inútil apertar os ouvidos, que se pegavam às palmas como ventosas. Estirava-me, espreguiçava-me. De costas, as mãos sobre o peito, experimentava relaxar os músculos e não pensar. Através das pálpebras meio cerradas via apenas a brasa do cigarro, que se cobria de cinza. Tranquilo, tranquilo, nenhum pensamento. Sentia vontade de chorar, tinha um bolo na garganta.

— Tranquilo, tranquilo.

Esta repetição me exasperava e endoidecia. O corpo em completo sossego, o cigarro apagado. Não sabia em que posição estavam as pernas. As mãos pesavam em cima do peito. Mas as pernas, onde estariam elas? Flutuava como um balão. O corpo quase adormecido e sem pernas. As ideias, porém, não me deixavam, ideias truncadas. Uma guerra na Europa. D. Mercedes comprara discos novos para a vitrola. Moisés se ocultava, com medo da polícia. Um espírito puro, um espírito boiando, livre da matéria. As botinas de Lobisomem estavam cada vez mais cambadas. Onde andaria seu Ivo? Um espírito boiando. Como seria? O espírito de Deus era levado sobre as águas.

As pulgas mordiam-me. Sem mudar de posição, esforçava-me por não fixar o pensamento em coisa nenhuma. Quando vinha uma ideia, afastava-a, agarrava-me a outra, que saía logo. Algumas voltavam com insistência. As botinas de Lobisomem estavam cambadas. O espírito de Deus boiava sobre as águas.

Suava frio, mas prolongava a tortura que produziam as picadas das pulgas e a imobilidade. Afinal as picadas das pulgas e a imobilidade me distrairiam daqueles beijos e daqueles uivos. Outra vez o choro da criança, novamente a voz de d. Rosália, arreliada:

— Cala a boca, diabo!

O pranto continuava. Pisadas de pés descalços, palmadas, muxicões. A criança choramingava baixinho e aquietava-se. Novos passos abafados e um baque na cama, que rangia. O espírito de Deus boiava sobre as águas. Como estariam as minhas pernas? Cruzadas ou afastadas? Seria mais fácil saber como estavam as pernas de d. Rosália. O resfolegar prosseguia, resfolegar de porco fossando. Quantas horas aquilo duraria ainda? Seu Ivo, os discos da vitrola, Moisés, as botinas de Lobisomem, tudo inútil. Inúteis as picadas das pulgas. O homem calvo e moreno, com os olhos abotoados, fungava e arquejava, a baba escorrendo no beiço e umedecendo a pele seca de d. Rosália. Estava mesmo assim: os olhos arregalados, as ventas muito abertas, a boca pingando gosma, a cara barbuda arranhando e escovando o couro de d. Rosália. E aquela respiração estertorosa de bicho sufocado!

Sentava-me e acendia um cigarro. Perdido o sacrifício de permanecer imóvel, suportando as pulgas. Fechava as mãos com força. Estertor de bicho sufocado. O que eu desejava era apertar o pescoço do homem calvo e moreno, apertá-lo até que ele enrijasse e esfriasse. Lutaria e estrebucharia a princípio, depois seriam apenas convulsões, estremecimentos. Os meus dedos continuariam crispados, penetrando a carne que se imobilizaria, em silêncio. Este pensamento afugentava os outros. O espírito de Deus deixava de boiar sobre as águas. Uma criatura morrendo e esfriando, os meus dedos entrando na carne silenciosa. Não me lembrava de Julião Tavares. O que me aparecia na mente era o sujeito calvo e moreno que eu presumia ser o marido de d. Rosália e talvez nem fosse. Enfim desejava matar um homem que me roubava o sono.

* * *

Há nas minhas recordações estranhos hiatos. Fixaram-se coisas insignificantes. Depois um esquecimento quase completo. As minhas ações surgem baralhadas e esmorecidas, como se fossem de outra pessoa. Penso nelas com indiferença. Certos atos aparecem inexplicáveis.

Até as feições das pessoas e os lugares por onde transitei perdem a nitidez. Tudo aquilo era uma confusão, em que avultava a ideia de reaver Marina. Mais de um mês, quase dois meses em intimidade com o outro. Procurei por todos os meios uma nova aproximação. O despeito, a raiva que senti naqueles dias compridos, uns restos de amor próprio, tudo se sumiu. À tarde voltava a sentar-me na espreguiçadeira, abria um livro. Marina ausente. Deitava-me, fingia dormir, ficava uma hora espiando o quintal vizinho através das pestanas meio cerradas. As galinhas ciscavam, d. Adélia cantava no banheiro, a sombra da mangueira crescia, além do muro a mulher que lava garrafas trabalhava sacolejando-se num ritmo de batuque e o homem triste enchia dornas. Às vezes passos apressados revelavam-me a presença de Marina. Eu tinha vergonha de abrir os olhos, e quando me decidia a acordar, já ela estava longe. Erguia-me irritado. Perdendo ali, como um rapazinho, momentos preciosos! Esforçava-me por acreditar que os meus momentos eram preciosos.

* * *

À noite sentava-me à calçada e olhava a rua. Seu Ramalho fazia o mesmo. Palavra de cá, palavra de lá — como falávamos baixo, era necessário aproximarmos as cadeiras. Depois do namoro da filha com Julião Tavares, d. Adélia mostrava-me antipatia. A princípio era aquela subserviência, tremura, cumplicidade; mas agora nem me via: enrugava a testa e grunhia "Hum! hum!" com um modo insuportável. Seu Ramalho, que meses atrás me olhava desconfiado, tornara-se um excelente amigo e dava-me conselhos:

— Não se case, seu Luís. Casamento é buraco. O mundo está perdido.

— Isso é por causa do cinema, seu Ramalho. O senhor nunca vai lá. É feliz. Nem calcula as sem-vergonhezas que há na tela.

Seu Ramalho baixava a cabeça, pensativo:

— Deve ser também por falta de religião.

— É. Deve ser também por isso.

Realmente a minha vizinha desconhecia as igrejas, e isto não me preocupava.

— O cinema é o diabo, seu Ramalho. O senhor não imagina. São uns beijos safados, língua com língua, nem lhe conto. Provavelmente as moças saem de lá esquentadas.

— Devem sair, concordava seu Ramalho. Por isso há tanta gente de rédea no pescoço.

— Que rédea! Hoje não há rédea. Um sujeito corre atrás de uma saia, pega a mulher, larga, pega outra, e é aquela garapa.

— Safadeza.

— É. Tudo é safadeza. Antigamente essa história de honra era coisa séria. Mulher falada não tinha valia.

— Nenhuma, exclamava seu Ramalho, cansado, tossindo. E eram vinganças medonhas.

— Vinganças horrorosas, bradava eu excitado.

Nesse ponto da conversa contávamos sempre uma série de casos que ilustravam as nossas afirmações. Animado, o cachimbo apertado entre os dentes, seu Ramalho assobiava as mesmas anedotas, empregando o mesmo vocabulário. Às vezes eu o interrompia:

— O senhor já contou essa.

Mas seu Ramalho continuava sem se perturbar: falava para dar prazer a si mesmo, não me escutava. Talvez quisesse enganar-se e convencer-se de que seria também capaz de praticar façanhas. As palavras saíam-lhe sem variações. Era amigo da verdade e tinha imaginação fraca. As minhas narrativas não se comparavam às dele: sendo muito numerosas, eu esquecia frequentemente certas passagens, ficavam brechas, soluções de continuidade. Além disso eram transmitidas em linguagem artificial, que o vizinho achava falsa e retocava.

O conto sensacional de seu Ramalho era o seguinte. Um moleque de bagaceira tinha arrancado os tampos da filha do senhor de engenho. Sabendo a patifaria, o senhor de engenho mandara amarrar o cabra e à boca da noite começara a furá-lo devagar, com ponta de faca. De madrugada o paciente ainda bulia, mas todo picado. Aí cortaram-lhe os testículos e meteram-lhos pela garganta, a punhal. Em seguida tiraram-lhe os beiços. E afinal abriram-lhe a veia do pescoço, porque vinha amanhecendo e era impossível continuar a tortura.

— Medonho! seu Ramalho. Que coisa extraordinária!

Pedia-lhe explicações:

— Por que foi que arrancaram os quibas antes dos beiços?

— Quem sabe?

No dia seguinte reproduziria o mesmo caso: o moleque morreria lentamente, sem beiços, a boca enchumaçada, por causa dos gritos. Eu desejava que seu Ramalho acrescentasse alguma coisa à história. Mas seu Ramalho só sabia aquilo e era incapaz de inventar. Por isso fazia pausas para recordar os fatos com segurança, batia na testa, interrogava-se a cada instante e acusava-se quando avançava uma informação inverídica:

— 1910. Minto, 1911. 1911, Manoel?

As duas datas produziam-lhe verdadeira aflição. Nunca pôde fixar-se em nenhuma. Detinha-se em cálculos, sempre se reportando a acontecimentos notáveis na sua pequena vida: o dia do casamento, a mudança para a capital, o sarampo da filha. D. Adélia, com flores de laranjeira, sem aquele corpo mole e pesado, era bem bonita; na viagem, em estrada de ferro, o trem da Great Western descarrilara; Marina ficara coberta de calombos e vergões encarnados.

Naquela noite seu Ramalho voltou a referir-se a esses três casos importantes. Nunca tinha viajado em estrada de ferro. Um descarrilamento para começar.

— Não é esquisito? Todos os dias rodam trens, que chegam no horário. Pois justamente quando eu embarco vem o desastre. Não parece que estava ali um diabo esperando por mim para botar as rodas fora dos trilhos?

E descreveu a cena. Abandonados no campo, os passageiros metiam os olhos pelas vidraças, e só enxergavam uma luzinha distante. Fazia frio.

Ele tirava o paletó e enrolava a menina, que esperneava no banco do carro de segunda classe. Alguns trabalhadores, de malotes, dormiam. Uma velha gemia de quando em quando: — "Fechem essa janela." Uma rapariga cheirosa encostava-se aos homens. Ele acalentava a menina, que se arreliava no banco imundo. E olhava desconfiado a rapariga, receando que ela se aproximasse de d. Adélia. Mulher da vida, cheirosa, roçando-se nos homens, ali no carro pequeno, cheio de gente e quase sem luz. Apenas um lampião fumacento, de vidros tisnados.

D. Adélia, corada, risonha, de carnes enxutas, era um mulherão. O casamento fora quatro anos antes da viagem. Bonita de verdade. Com o véu, a grinalda de flores de laranjeira, dançara uma noite sem descansar. Olhava os moços cara a cara, e eles baixavam a cabeça.

— An! Os marmanjos desanimavam.

O sarampo de Marina tinha sido dez anos depois da viagem. Estivera, vai não vai, batendo a caçoleta.

— Antes tivesse batido, que era inocente e não dava desgosto a ninguém.

A febre durara muitos dias. Mal respirava, magrinha como um palito, e por cima dos olhos vidrados as moscas passeavam. D. Adélia, bamba, arrastava os chinelos de trança que pareciam dois sapos. Estava mole, encolhida, machucada, e habituara-se a falar cochichando e a baixar a cabeça diante de toda a gente.

Seu Ramalho deu um suspiro e empurrou a história do moleque da bagaceira, o que havia arrancado os tampos da filha do patrão.

— 1910 ou 1911?

Nunca pude saber com precisão a data da morte do moleque. Isto não tinha importância: não guardo números, e a angustiada confusão de seu Ramalho irritava-me. Enquanto ele batia na testa, avançava e recuava, eu ia pouco a pouco distinguindo uma figura nua e preta estirada nas pedras da rua. O ventre era uma pasta escura de carne retalhada; os membros, torcidos na agonia, estavam cobertos de buracos que esguichavam sangue; a boca, sem beiços, mostrava dentes acavalados e vermelhos, numa careta medonha; os olhos esbugalhados tornavam-se vermelhos. O negro arquejava. Corria sangue entre as frestas dos paralelepípedos e empoçava na sarjeta. A poça crescia, em pouco tempo transformava-se num regato espumoso e vermelho.

— Ai, ai! suspirou seu Ramalho. Vou chegando ao serviço.

Ergueu-se como se levantasse da cadeira um peso enorme. E, descontente, arfando, um ombro alto, outro baixo, o cachimbo entre os dentes, lá se foi para a usina elétrica. Segui-o com a vista até a esquina. Quando ele desceu da calçada, estremeci: pareceu-me que tinha sujado os sapatos no sangue.

A vitrola de d. Mercedes rodava marchas de carnaval; d. Adélia abriu os postigos: — "Hum! hum!"; a cabeça de d. Rosália tinha os cabelos vermelhos. Antônia, pintada de vermelho, as pernas abertas, passou bamboleando-se. Das saias dela desprendeu-se um cheiro forte de sangue. Provavelmente estava menstruada e não se lavava. Os arames da Nordeste balançavam como cordas. Eu receava que os transeuntes tropeçassem no moleque estendido no calçamento. Rangia os dentes e dizia baixinho:

— Que estupidez! Que estupidez!

Mas a figura continuava a escabujar no chão. Agora não era preta nem estava nua. Pouco a pouco ia embranquecendo e engordando, o sangue estancava, as feridas saravam.

Àquela hora Marina devia descansar, escanchada na rede, deitada de costas. Uma perna dava o impulso para o balanço, e os armadores rangiam: ran, ran. Provavelmente se estragava pensando num romance besta. O ar refrescava-lhe as coxas suadas. E os armadores faziam: ran, ran.

— Que estupidez! Que estupidez!

A figura deitada no calçamento estava branca e vestida de linho pardo, com manchas de suor nos sovacos. Felizmente o sangue tinha desaparecido, já não havia a umidade pegajosa na sarjeta, nos cabelos de d. Rosália, nas saias de Antônia. Em redor tudo calmo. Gente indo e vindo, crianças brincando, roncos de automóveis. O homem tinha os olhos esbugalhados e estrebuchava desesperadamente. Um pedaço de corda amarrado no pescoço entrava-lhe na carne branca, e duas mãos repuxavam as extremidades da corda, que parecia quebrada. Só havia as pontas, que as mãos seguravam: o meio tinha desaparecido, mergulhado na gordura balofa como toicinho.

A vitrola de d. Mercedes moía a paciência da gente; os armadores lá dentro rangiam; um guarda-civil afastado balançava o cassetete e olhava a rua com indiferença. Eu apertava os dedos, cravava as unhas nas palmas, tremia, retesando os músculos. O suor ensopava-me a camisa. E o homem arquejava no calçamento, os olhos abotoados, a cara roxa, os dentes à mostra, a língua fora da boca.

* * *

Quando a companhia lírica chegou, eu estava completamente arrasado. Dívidas, três meses de aluguel de casa e os bilhetes errados e grosseiros de dr. Gouveia. Aporrinhações. Por causa de uma porcaria, alguns meses de aluguel deste chiqueiro, coices. Pagar tudo, perfeitamente. Bastava reduzir um pouco as despesas e voltar ao jornal. Marina que fosse para o diabo.

Agarrava a papelada com entusiasmo de fogo de palha. Tempo perdido. Marina não ia para o diabo. E eu me metia por estas ruas, passava horas no café, lesando, bebendo. Seria fácil regularizar a minha vida, liquidar as contas, botar tudo de novo nos trilhos. Um pouco de boa vontade, método.

— Outro conhaque.

Método, perfeitamente, tudo se arranjaria. Saía dali, ia olhar as vitrinas e os cartazes. Bacharel idiota, aperreando um bom inquilino. Porcaria.

— Quem andou por este mundo roendo chifre não se engancha em bobagens. Porcaria. Tenho comido toicinho com mais cabelo.

Foi nesta disposição que li os cartazes da companhia lírica. Não dei importância a ela. Companhia vagabunda, com pessoal rouco, as cantoras canhões, provavelmente. Encolhi os ombros: não sei música e tenho péssimo ouvido. As paredes dos cafés cobriam-se de retratos de artistas. Vista no papel, havia uma soprano bem regular.

No dia da estreia notei rebuliço em casa de seu Ramalho. Pela manhã chegaram caixas e pacotes; mais tarde bateu palmas uma criatura de preto, certamente a modista; o menino da sapataria apareceu muitas vezes; depois seu Chico, o carteiro, que sabe cortar cabelos de senhoras. Marina largava os sapatos e corria pelo corredor, aos gritos com a mãe, que se mexia com dificuldade. À noite um carro buzinou à porta, e Marina saiu de casa, bem-vestida como as senhoras do Aterro quando vão às festas da Associação Comercial. Atravessou a calçada, sem se virar, e entrou na limousine, onde brilhava a camisa de Julião Tavares, sob o foco elétrico. Os pneumáticos rodaram silenciosos em direção à praça Deodoro, e na rua ficou um cheiro esquisito de gasolina, pó de arroz e perfumes.

Cinco dias seguidos a mesma cena se reproduziu: Marina atravessou a calçada com o andar seguro das senhoras do Aterro, o peitilho engomado brilhou, o ar se encheu de uma estranha mistura de gasolina e perfumes.

Não me continha: saía de casa e andava à toa por estas ruas, fatigando-me em caminhadas longas. O inverno tinha começado, quase sempre caía uma chuvinha renitente. Ia sentar-me num banco da praça dos Martírios, e os pingos que tombavam da folhagem das árvores molhavam-me a cabeça descoberta e escaldada. A sentinela cochilava no portão do palácio. Ao pé do morro, pedaços da igreja fechada apareciam entre os ramos. Um barulho horrível de motores e rodas. Automóveis a roncar. Todos queimavam gasolina misturada com perfume. Depois um rádio começava a trovejar óperas. O cheiro e o som tornavam-se insuportáveis. Esforçava-me por esquecer o nariz e o ouvido, abria os olhos. A sentinela cochilava encostada ao fuzil. Serviço pau. Um pobre homem dormindo em pé. Acordava, escancarava a boca, via com tédio as grades do jardim, o hall deserto, a escada ao fundo, vermelha. O tapete vermelho da escada me dava impressão desagradável. Podia ser de outra cor. As luzes do farol mudavam de minuto a minuto, branca, vermelha, branca, vermelha. Por que não aparecia uma terceira cor? Aquilo era irritante, mas o farol me atraía. Pelo menos variava mais que a sentinela, tinha mais vida que a sentinela.

Levantava-me, subia a ladeira Santa Cruz, percorria ruas cheias de lama, entrava numa bodega, tentava conversas com os vagabundos, bebia aguardente. Os vagabundos não tinham confiança em mim. Sentavam-se, como eu, em caixões de querosene, encostavam-se ao balcão úmido e sujo, bebiam cachaça. Mas estavam longe. As minhas palavras não tinham para eles significação. Eu queria dizer qualquer coisa, dar a entender que também era vagabundo, que tinha andado sem descanso, dormido nos bancos dos passeios, curtido fome. Não me tomariam a sério. Viam um sujeito de modos corretos, pálido, tossindo por causa da chuva que lhe havia molhado a roupa. A luz do candeeiro de petróleo oscilava no balcão gorduroso. Homens de camisa de meia exibiam músculos enormes, que me envergonhavam.

Encolhia-me timidamente. Não simpatizavam comigo. Eu estava ali como um repórter, colhendo impressões. Nenhuma simpatia.

A literatura nos afastou: o que sei deles foi visto nos livros. Comovo-me lendo os sofrimentos alheios, penso nas minhas misérias passadas, nas viagens pelas fazendas, no sono curto à beira das estradas ou nos bancos dos jardins. Mas a fome desapareceu, os tormentos são apenas recordações. Onde andariam os outros vagabundos daquele tempo? Naturalmente a fome antiga me enfraqueceu a memória. Lembro-me de vultos bisonhos que se arrastavam como bichos, remoendo pragas. Que fim teriam levado? Mortos nos hospitais, nas cadeias, debaixo dos bondes, nos rolos sangrentos das favelas. Alguns, raros, teriam conseguido, como eu, um emprego público, seriam parafusos insignificantes na máquina do Estado e estariam visitando outras favelas, desajeitados, ignorando tudo, olhando com assombro as pessoas e as coisas. Teriam as suas pequeninas almas de parafusos fazendo voltas num lugar só.

Ia sentar-me no canto mais escuro, longe do candeeiro de petróleo, longe dos homens de camisas sem mangas e das mulheres que arrastavam tamancos. Vagabundos? Nada. Estavam ali indivíduos de várias profissões. O moleque tisnado era engraxate. A mulher de chinelos, que trazia uma garrafa de querosene pendurada no dedo por um cordel, tinha modos de pessoa séria, casada ou amigada. A rapariga pintada de branco e vermelho, com marcas de feridas nos braços, devia ser uma ratuína como Antônia. O homem gordo era pedreiro, via- se pelas manchas de cal na roupa. Pedreiro com aquele corpo, que perigo! Um cochilo no andaime, pisada em falso na ponta da tábua, e no dia seguinte a família estaria de luto. O rapaz de cabelos compridos que tocava violão provavelmente não se ocupava. No carnaval devia ser uma das figuras mais importantes do cordão, e pela festa de Natal, na barca de terra e varas que ali estava armada em frente à bodega, seria um bicho na chegança, contramestre pelo menos, talvez almirante. Os meninos que brincavam na rua quando estiava, às carreiras, e aos gritos, horas depois estariam no grupo escolar, os cotovelos na carteira, escutando, ou não escutando, a voz da professora. Vinte anos depois seriam balizas no clube carnavalesco, contramestres de chegança, donas de casa sossegadas que levariam, pendurada no fura-bolo, uma garrafa de querosene amarrada pelo gargalo. Mendigos como aquele que ali estava com a perna estirada coberta de trapos. Felizmente as moscas dormiam, e o homem dos trapos não precisava mandar as almas caridosas para o reino do céu em voz alta, para a casa do diabo em voz baixa. Agora não havia esmolas, e o homem da perna entrapada conversava com os outros quase naturalmente. O dono da bodega era triste. Certamente pensava no aluguel, na figura odiosa de um dr. Gouveia, no imposto e nas faturas dos gêneros. Talvez dentro de seis meses a bodega estivesse fechada, e ele, com os cacarecos, a mulher, de garrafa pendurada no dedo, e os filhos, que agora dançavam na rua molhada, tivesse descido o morro pela banda do norte e vivesse à beira do Reginaldo, onde há febres, inundações e lixo. As crianças dançavam e cantavam na rua molhada. Dentro de vinte anos as que gostassem de torcer-se no mesmo canto seriam parafusos. Ignorariam o que existisse longe delas, mas conheceriam perfeitamente as coisas por onde passassem as suas roscas. Haveria dentro de vinte anos criaturas assim encaracoladas que, tendo corrido mundo, se resignam a viver num fundo de quintal, olhando canteiros murchos, respirando podridões, desejando um pedaço de carne viciada? Tudo ali era tão simples! Os bordões do violão gemiam, as gargalhadas sonoras da mulher pintada enchiam a praça. A história que o homem acaboclado, de peito cabeludo e cicatrizes no rosto, contava ao engraxate devia ser interessante. Gestos expressivos, provavelmente façanhas de capoeiras. Eu não compreendia a linguagem do narrador, as particularidades que provocavam admiração perdiam-se. As gargalhadas da mulher transformavam-se naquela viagem curta aos meus ouvidos, chegavam-me frias, geladas. E a marcha do carnaval entristecia nos bordões do pinho. Todas aquelas pessoas entendiam-se perfeitamente. Diferiam muito umas das outras, mas havia qualquer coisa que as aproximava, com certeza os remendos, a roupa suja, a imprevidência, a alegria, qualquer coisa. Eu é que não podia entendê-las. — "Sim senhor. Não senhor." Entre elas não havia esse *senhor* que nos separava. Eu era um sujeito de fala arrevesada e modos de parafuso. Aquele tipo acaboclado, que dizia histórias de capoeira e se balançava num pé só, tinha bíceps enormes, provavelmente estrangularia um homem sem grande esforço. A rapariga pintada cheirava a pó de arroz. A pó de arroz e a gasolina. O rapaz de cabelos compridos largava os sambas carnavalescos e punha-se a arrancar do pinho coisas absurdas que pareciam trechos de óperas. Insuportável. Afinal que estava eu fazendo ali, sentado num caixão, diante de um copo vazio? Procurava fixar a atenção nas crianças que dançavam e corriam, como dançavam e corriam, na areia do Cavalo-Morto, os meus companheiros, alunos de mestre Antônio Justino. Lá estava novamente entrando no passado, torcendo-me como parafuso. — "Rei meu senhor mandou dizer que fossem ao cemitério e trouxessem um osso de defunto." Quem tinha coragem? Os mais atrevidos chegavam até o muro de seu Honório, no fim da rua. Adiante o lugar era mal-assombrado e ninguém se aventurava por lá. Eu queria gritar e espojar-me na areia como os outros. Mas meu pai estava na esquina, conversando com Teotoninho Sabiá, e não consentia que me aproximasse das crianças, certamente receando que me corrompesse. Sempre brinquei só. Por isso cresci assim besta e mofino.

Lembrava-me da minha chegada à vila. As ruas me causavam grande espanto: nunca havia imaginado que as ruas fossem tão compridas e tão largas. Saí de casa e comecei a passear na calçada, olhando a janela de um sobradinho onde se debruçava um homem fardado. Quis recolher-me e entrei pela primeira porta que encontrei. Na sala de jantar descobri uma mulher amamentando o filho, sentada numa esteira, com um gato de banda. Fiquei encabulado e perguntei: —"De quem é esse gato?" A mulher respondeu: — "É meu." Saí e continuei a passear na calçada, mas sem prestar atenção ao homem de farda que se debruçava à janela do sobradinho. Arrisquei-me a entrar por outra porta. Na sala de jantar a mulher amamentava o filho. E o gato de banda. Tornei a perguntar. — "De quem é esse gato?" A mulher respondeu: — "É meu." Mais tarde cabo José da Luz me encontrou perdido e levou-me para casa. Um menino grande e besta, muito diferente dos que brincavam junto à barca de terra e varas. Na escola de mestre Antônio Justino sentava-me afastado dos outros, naturalmente para não me corromper.

E ali estava encostado ao balcão, sem perceber o que diziam, meio bêbado, suscetível e vaidoso, desconfiado como um bicho. Tudo aquilo me envergonhava: as conversas simples, a alegria, especialmente os músculos do homem que falava ao engraxate. Músculos e mãos enormes, que esganariam facilmente um inimigo. Levantavam-me.

— Insuportável.

A mulher cheirava a gasolina. O violão tocava óperas.

— Insuportável.

Os bíceps e as mãos do homem acaboclado eram realmente enormes.

* * *

O último dia foi medonho. Quando a limousine rolou no paralelepípedo e o peitilho de Julião Tavares se sumiu, não me afastei da janela. Fiquei mastigando o cigarro e respirando aquela mistura desagradável que enchia a rua. Nenhum desejo de ir aos Martírios, subir o morro do Farol e escutar os tipos que se encostavam ao balcão sujo e gorduroso da bodega. Apalpei a carteira vazia, meti os dedos nos bolsos miúdos, vazios. Sentia-me incompleto e sem ânimo de me aventurar sozinho por aquelas ruas esquisitas. Sentia-se fraco e desarmado.

Por que seria que o peitilho de Julião Tavares brilhava tanto e não se amarrotava? Julião Tavares ficava duro como um osso fraturado envolvido em gesso, tinha o espinhaço aprumado em demasia, olhava em frente, com segurança, a vinte passos. O peitilho da camisa absolutamente chato.

A minha camisa entufa no peito, é um desastre. Quando caminho, a cabeça baixa, como a procurar dinheiro perdido no chão, há sempre muito pano subindo-me na barriga, machucando-se, e é necessário puxá-lo, ajeitá-lo, sujeitá-lo com o cinto, que se afrouxa. Estes movimentos contínuos dão-me a aparência de um boneco desengonçado, uma criatura mordida pelas pulgas. A camisa sobe constantemente, não há meio de conservá-la estirada. Também não é possível manter a espinha direita. O diabo tomba para a frente, e lá vou marchando como se fosse encostar as mãos no chão. Levanto-me. Sou um bípede, é preciso ter a dignidade dos bípedes. Um cachorro como Julião Tavares andar empertigado, e eu curvar-me para a terra, como um bicho! Desentorto o espinhaço. Que é que me pode acontecer? Se dr. Gouveia passar por mim, finjo não vê-lo. É impossível pagar o aluguel da casa. Não pago. Hei de furtar? Dr. Gouveia que se lixe. Se o governador e o secretário me encontrarem, é como se não encontrassem. Não os enxergo, na rua sou um homem. Pensam que vou encolher-me, sorrir, o chapéu na mão, os ombros derreados? Pensam? Estão enganados. Sou um bípede. É isto, um bípede. Mas não é necessário que dr. Gouveia, o governador e o secretário apareçam na rua. Aliás é bom que eu não veja essas criaturas exigentes. Se elas desejarem qualquer coisa de mim, falarão de longe: escreverão um bilhete ou darão uma ordem para o jornal, ao Pimentel, pelo telefone. Mandarei um mês do aluguel da casa, se puder, ou escreverei mais uma coluna que já escrevi centenas de vezes e reproduzo sempre, substituindo palavras. Esses homens dominam-me sem mostrar o focinho: manifestam-se pelo arame, num pedaço de papel.

Pensam que vou ficar assim curvado, nesta posição que adquiri na carteira suja de mestre Antônio Justino, no banco do jardim, no tamborete da revisão, na mesa da redação? Pensam? Procuro ajeitar as vértebras, mas as vértebras parecem soltas, presas apenas por um fio, como as que Dagoberto vinha jogar em cima da minha cama. Resvalam pouco a pouco, e ao cabo de vinte minutos de exercício penoso o meu corpo toma a configuração de um arco. A cabeça pende, como se procurasse dinheiro na calçada, e a camisa faz pafos no peito. Inútil tentar abaixá-la e prendê-la na cintura. Sobe sempre e me arrelia. Enquanto me aperreio com ela, não vejo as pessoas. Que será de mim para o futuro? Está claro que não inspiro confiança aos trabalhadores. Na sessão mais agitada seu Ramalho gemerá, cansado e asmático, um ombro alto, outro baixo: — "Camarada Luís da Silva, você escreveu um artigo defendendo o imperialismo." — "Não escrevi não. Sou lá homem para defender o imperialismo?" — "Está aqui o original, é a sua letra", dirá o rapaz de cabelos compridos, que toca violão. Moisés não terá coragem de interceder por mim. Pimentel estará fuzilado. Lobisomen tomará uma nota lenta nos papéis. Fico pensando em coisas assim, cabisbaixo, a testa enrugada. Se dr. Gouveia, o governador, o secretário, passarem por mim, não os verei: seguirei o meu caminho com dignidade curva, o espírito distante. Os conhecidos que me virem pensarão: — “Luís da Silva é um sujeito que não tem subserviência nenhuma.” E os que me cumprimentarem e não obtiverem resposta dirão: — “Luís da Silva é uma besta, um imbecil, um cretino.” É bom não levantar a espinha. Se a levantasse, teria de baixá-la de novo a cada passo, aflito e apressado, o chapéu na mão. Assim, não vejo ninguém, caminho batendo nos transeuntes, enrolando palavras de desculpa, entrando no futuro como um parafuso. — “Camarada Luís da Silva, antes da revolução você elogiava os políticos safados do interior, os prefeitos ladrões. Onde está o dinheiro que essa gente lhe deu?” Sabia lá!

Agora não tinha dinheiro. De quando em quando metia a mão no bolso. Desarmado e só, inteiramente só, encostado à janela, ouvindo o barulho dos automóveis. Nenhum desejo de fugir das pessoas que iam ao teatro. Sentia era vontade de ir também, sentar-me numa cadeira junto ao palco, bater palmas, olhar os camarotes. Faltavam-me cinco ou seis dias para receber o ordenado. Agora não havia dinheiro, só restavam níqueis. Um empréstimo, sem dúvida, um empréstimo. Mas quem me iria emprestar vinte mil-réis àquela hora?

D. Mercedes entrou no carro. A personagem oficial não a acompanhava. Tipo de responsabilidades, pai de família, ia ao teatro em companhia da mulher e das filhas. D. Mercedes sentava-se num camarote fronteiro, não bem fronteiro, um pouco de esguelha, e não se exibia demais.

Se Pimentel aparecesse, talvez me arranjasse o ingresso do jornal. Ou um empréstimo. Dentro de cinco dias, seis quando muito, o tesouro pingaria o ordenado da gente.

— Daqui a dez anos terei esse ordenado?

E Julião Tavares? Julião Tavares estaria expatriado, fuzilado ou enforcado. Enforcado, Julião Tavares enforcado. Marina deixaria de pintar as unhas e iria trabalhar no asilo das órfãs.

Vinte mil-réis, vinte mil-réis. Lembrava-me dos leilões em que se cavava dinheiro para um santo, diante da igreja da vila. — “Vinte mil-réis me dão por esta prenda...” O olho de vidro de padre Inácio, imóvel na órbita escura, tinha uma dureza sinistra.

Vinte mil-réis, vinte mil-réis. Não haveria leilões, não haveria santos, Marina trabalhando no asilo das órfãs, Julião Tavares enforcado, padre Inácio morto muitos anos antes.

Àquela hora a plateia começava a encher-se, um garoto dizia pilhérias, as cantoras pintadas e empaca-viradas em mantos compridos entravam pela portinhola da caixa. Mantos pretos. Pareceu-me que os mantos deveriam ser pretos, mas não pude saber por que me vinha esta ideia.

Vinte mil-réis, vinte mil-réis. Padre Inácio cravava nos ofertantes o olho duro e imóvel, andava em torno da mesa com as mãos atrás das costas, todo preto.

Um empréstimo, era o que me valia. Pensei nas minhas entrevistas com Marina, alta noite, no quintal. Certamente ela havia esquecido aquilo, mas eu me lembrava de tudo muito bem. As formigas rendilhavam as folhas. Um grilo saltava no canteiro. A iluminação da cidade chegava ali muito reduzida. Quase não tínhamos necessidade de roupa. — "Vamos entrar, meu coração." As luzes se tinham apagado e eu conseguira que Marina se despisse. Beijara-a da cabeça aos pés, sentira nos beiços os carocinhos que se formavam na pele macia. Ela curvava-se e cobria os peitos com as mãos. Olhava-a e apenas distinguia uma sombra que se torcia junto ao tronco da mangueira. Parecia-me que Marina estava vestida de preto.

Ali, perto da raiz, ao pé da cerca, no canteiro das alfaces, escondia-se a fortuna de Vitória. Aqueles pontos me eram familiares, seria capaz de encontrá-los com os olhos fechados.

Tempo sem fim à janela, olhando os automóveis que passavam para o teatro. Ainda passavam alguns. Bem. A representação ainda não tinha começado.

Vinte mil-réis. Cinco ou seis dias depois pagaria, com juro de cento por cento. Daria cento por cento ao velho Abraão. Uma semana de prazo. Pimentel não aparecia, Moisés não aparecia.

Com certeza a plateia estava quase cheia, seria difícil encontrar cadeiras perto da orquestra. — "Letra D, letra F" — "Acabaram-se.

Só há de S para trás." Marina passeava o lorgnon pelos camarotes, indiferente, e os rapazes abotoavam para ela os olhos gulosos. D. Mercedes mordia os beiços com despeito. Julião Tavares, apertado no smoking, parecia menos gordo. Dentro de alguns anos estaria enforcado, mas agora estava bem vivo. E na camisa branca, sem uma dobra, as pedras dos botões faiscavam, no dedo grosso o rubi faiscava, a gola do smoking faiscava.

Entrei desanimado, fui debruçar-me à janela da sala de jantar. Vitória pôs a xícara, o açucareiro e a garrafa térmica sobre a mesa, foi deitar-se. Ouvi o rumor da chave na fechadura, depois o resmungar de orações e o chocalhar das contas do rosário. Em seguida houve silêncio. Os olhos de um gato passaram por cima do muro de d. Rosália. Currupaco mexeu-se na gaiola e bateu as asas.

Uma ação indigna. Perfeitamente, ação indigna, mas não ousei confessar a mim mesmo qual era a ação, qual era a indignidade. Horrível fixar aquilo no pensamento. Não queria pensar.

A casa devia estar cheia, o homem da bilheteria cochilava. Um olho, no palco, observava a plateia por um buraco do pano de boca. Marina bocejava por detrás do leque, Julião Tavares amolava-se.

Afinal Vitória encontrava sempre moedas minhas no chão quando varria a casa. Depois elas apareciam em cima da mesa de jantar, nas cadeiras, debaixo dos travesseiros, mas antes tinham estado ocultas naqueles lugares que eu conhecia bem. Muito provável que a velha se enganasse nas contas e deixasse algumas lá enterradas. Natural estarem ali vinte mil-réis meus. Indignei-me com a pobre e entrei a descompô-la mentalmente:

— Ladra! Estar um homem em dificuldade por causa de vinte mil--réis, uma porcaria, e saber que essa miserável esconde as economias dele, economias suadas, em buracos no chão.

Decidi-me a ir pisar mais uma vez a terra que Marina havia pisado, encostar-me ao tronco da mangueira, onde ela estivera nua, enrolada na escuridão, torcendo-se e mordendo os braços para não gritar por causa dos beijos que eu lhe dava na barriga e nas coxas. Desci os degraus. Na porta do banheiro meti o pé numa poça.

Julião Tavares seria enforcado. Marina trabalharia no asilo das órfãs.

Perfeitamente, era ali que ela havia tirado a camisa uma noite. Agora estava embrulhada em roupa comprida, o lorgnon insultando as mulheres dos outros camarotes. O pano já se tinha levantado, Fígaro e Almaviva se escondiam perto da janela de Rosina, o dr. Bartholo fechava a porta. Marina olhava a cena com fastio.

Meses atrás estava ali no escuro, nua, o corpo todo coberto de carocinhos miúdos como pontas de alfinetes. Inteiriçava-me, rangia os dentes, pisava com raiva o chão que escondia o tesouro de Vitória. Debaixo das solas dos meus sapatos, a alguns centímetros de profundidade, estavam as moedas que eu precisava. Raspar um pouco a terra, mergulhar a mão, agarrar um punhado delas.

Os olhos do gato brilharam outra vez em cima do muro de d. Rosália e ficaram parados, redondos e fosforescentes. Pensei na datilógrafa que tinha desaparecido. Talvez estivesse doente. Ou morta. Franzina, com aquele peitinho estreito, batendo na máquina.

Mexia-me, e não podia desviar os olhos das duas tochas que me espiavam por cima do muro. Sentia os torrões se esfarelarem sob as solas dos sapatos, quase que ouvia o tilintar das moedas. Soaram pisadas perto. Encolhi-me e acocorei-me, receando que alguém trepasse o muro e viesse reforçar a espionagem do gato. Estava cheio de atrapalhação e vergonha. Uma ação indigna. Procurava afastar esta ideia pensando em Marina, imaginando-a vestida de preto. Um manto impalpável que eu atravessava com as mãos e com os beiços.

D. Basílio comparava a calúnia a um incêndio. Que fazia Marina, chateada, bocejando por detrás do leque? Só para se mostrar, só para mostrar a roupa e o lorgnon. Amolada, sonolenta. Julião Tavares também estava amolado e sonolento. D. Basílio descrevia o incêndio, acompanhando com as mãos o movimento das labaredas. A princípio eram chamas fracas, e d. Basílio, para segui-las, baixava-se, estava quase encostando as mãos no soalho.

As minhas mãos encontraram-se esgaravatando a raiz da mangueira.

— Que miséria! Que miséria!

Repetia as palavras como um idiota, olhando as duas brasas imóveis em cima do muro. Mas os dedos continuavam a remexer os torrões. Cavando a terra com as unhas, como um gato!

— Que miséria! Que miséria!

Umidade pegajosa corria-me pelos braços, molhava a camisa. Cinco dias, seis dias depois, receberia o dinheiro no tesouro. Receberia o dinheiro, trocaria uma cédula por pratas e deitaria ali as moedas, com acréscimo de cento por cento. Se Moisés tivesse aparecido... Moisés e Pimentel só apareciam quando não eram necessários. Restituiria as moedas com aumento. Considerei que Vitória não se assemelhava ao tio de Moisés. Vitória não tinha a paixão do lucro: apenas guardava enterrado o dinheiro ganho. E queria que, muito ou pouco, ele estivesse ali em segurança. A ideia de que ela ia surgir, resmungando, arrastando os pés reumáticos, paralisou-me os dedos. Surpreendi-me a dizer e a repetir em voz baixa:

— O dinheiro foi feito para circular.

Com certeza Vitória estava dormindo, sonhando com os navios e com o Currupaco. Os olhos do gato cresciam, cresciam extraordinariamente, iluminavam o quintal todo.

— Sim ou não. Sim ou não. É estúpido, absolutamente estúpido. Afinal o dinheiro foi feito para circular.

Lembrei-me do jogo das crianças. Cara ou cunho? Se desse cara, sim; se desse cunho, não. Mergulharia a mão na terra úmida, tiraria uma moeda, acenderia um fósforo. Se saísse cunho, iria deitar-me, não tornaria a ver Marina. Tantos tormentos por causa de uma fêmea! Dormir, dormir. Senti as pálpebras pesadas; julgo que, fascinado pelos olhos do gato, deixei a cabeça inclinar-se num cochilo. Se saísse cara, acabaria depressa com aquilo e iria ao teatro. Tinha quase a certeza de que, indo ao teatro, tudo se arranjaria: Marina voltaria para mim, Julião Tavares se achataria, se desagregaria, como um pouco de azeite em água corrente. Meter a mão na terra, agarrar um dobrão do império, riscar um fósforo. Afastei a ideia. Que lembrança! Bastavam as luzes medonhas dos olhos do gato. Acabar depressa, acabar depressa. Não era nenhum selvagem para adotar recursos infantis. Sim ou não. Um homem livre. Perfeitamente, um homem livre de superstições. Comecei a cavar a terra com desespero, ralando os dedos. Estava decidido. Pronto! Seis dias depois colocaria no buraco o duplo da quantia retirada.

— Nenhuma ação indigna. Nenhuma ação indigna.

Continuei a aprofundar a cova com as unhas, como um gato. Restituiria o dinheiro com acréscimo de cento por cento. Um roubo. Roubaria de mim mesmo para aumentar o tesouro da ladra. Sobressaltei-me. Se as moedas não estivessem ali? Se a velha as tivesse transportado para outro lugar? Revolvi apressado a terra mole. Chegaria a tempo de alcançar o segundo ato? Agora não sentia vergonha: indignava-me por causa da hesitação que tinha consumido uma eternidade. Um homem livre, sem dúvida. O que me incomodava era o gato. Se não fosse o receio de fazer barulho, atiraria um punhado de torrões no animal. As tochas desapareceriam, eu me tranquilizaria.

Até que enfim! Lá estavam elas debaixo dos dedos: dobrões enormes da colônia, peças menores e mais fornidas, da monarquia, rodelas atuais, de dez tostões e de dois mil-réis. Apanhei vinte destas últimas. Vinte mil-réis, ou mais, que Vitória não ia enterrar níqueis. Fechei a cova, fui ao banheiro lavar as mãos e as moedas. Esfreguei-as, enxuguei-as com o lenço. E fugi, atravessei a casa, abri a porta da rua. Alcançaria o fim do segundo ato ou o princípio do terceiro. Lembrei-me de contar o dinheiro. Desdobrei o lenço, examinei as moedas ainda úmidas. Vinte e seis mil-réis em prata e duas libras esterlinas. Tomei o chapéu, desci a calçada. Como diabo teria Vitória conseguido agadanhar aquele ouro?

Pus-me a andar lentamente, a pressa havia desaparecido. Atônito, o lenço com as pratas na mão esquerda, as duas libras na direita, avizinhei-me da praça. Tinha repugnância de meter as moedas no bolso. Olhei os dedos com atenção, cheirei-os. Fedor de azinhavre, terra nas unhas. Porcaria. Esfreguei as mãos no lenço molhado.

Era necessário livrar-me do dinheiro. Pensei em voltar, afrontar de novo os olhos do gato. Um engraxate ambulante olhou-me os pés e bateu na caixa. Onde guardaria aquilo? Já perto do teatro parei, meio aliviado. Baixei-me e escondi num sapato as duas libras esterlinas. As pratas ficaram envolvidas no lenço.

* * *

Introduzi perturbações muito sérias numa vida. Quando recebi o ordenado, obtive no café cinquenta e dois mil-réis em prata. Vitória fazia inconscientemente ótimo negócio. Juro de cento por cento. À noite juntei a isso as duas libras esterlinas e, tarde, quando houve silêncio, pus tudo sob a raiz da mangueira. Infelizmente coloquei as moedas empilhadas, como num cartucho, posição diferente da que tinham as que lá estavam. Suponho que isso provocou a desconfiança de Vitória.

No dia seguinte paguei o salário dela. E via-a, como todos os meses, andar numa agitação, trocando as cédulas, sumindo-se à noite em viagens ao quintal. Mas a confusão, que ordinariamente dura três, quatro dias, desapareceu logo e foi substituída por um abatimento que me causou grande mal-estar. Ouvia-a uma noite inteirinha contar dinheiro. Como já disse, ela pensa em voz alta. O metal tilintava em cima da cama da velha, e os números se acumulavam numa soma infindável, sempre emendada. Às vezes a chave rangia na fechadura, a porta abria-se, tornava a fechar-se, abria-se a da sala de jantar, os passos pesados desciam os degraus. Meia hora depois a mulher voltava, as moedas tiniam novamente em cima da cama. Outro sumiço. Eu adormecia, mas o ferrolho da sala de jantar e a fechadura do quarto próximo acordavam-me. O solilóquio e os tinidos tiravam-me o sono.

Levantei-me cedo e encontrei Vitória muito velha e muito bamba. Deixava-se cair a um canto da cozinha, e era difícil arrancar-se dali.

Interrompeu as idas ao quintal e abandonou as lições ao Currupaco. Notei que as covas estavam revolvidas e mal cobertas.

— Vitória!

Tinha vergonha de chamá-la, temia que ela me pregasse os olhos brancos e cansados, cheios de aflição.

— Vitória!

Estava sentada, encolhida, movendo em silêncio os beiços moles. E quando levantava a cabeça, mostrava no rosto uma suspeita agoniada. Se ela andava com as suas contas em ordem, certamente se espantava de haver achado em um dos buracos vinte e seis mil-réis a mais; se as contas não estavam em regra, talvez se julgasse roubada. E Vitória engolia em seco, olhava o Currupaco ansiosa, numa interrogação desalentada que fazia pena.

— Vá descansar, Vitória. Você está doente.

Não podia descansar, e a minha piedade era inútil. Levei o desespero a uma alma que vivia sossegada. Toda a segurança daquela vida perdeu-se. A linha traçada do quarto à raiz da mangueira, uma linha curta que os passos trôpegos e vagarosos percorriam na escuridão, fora de repente cortada.

— Vá descansar, Vitória.

Conselho inútil. O céu de Vitória, miudinho, onde grilos e formigas moravam, tinha sido violado.

* * *

As visitas de Julião Tavares foram escasseando e a alegria ruidosa de Marina pouco a pouco desapareceu. Havia grande silêncio na casa vizinha. Seu Ramalho estava contente.

— Parece que a tonta criou juízo.

— Acha? Perguntei incrédulo.

— É cá uma ideia. Essa gente moça desembesta e faz tolice. É o sangue. Mas um dia acerta a pisada.

D. Adélia andava com a cara comprida e o nariz vermelho, assoando-se e soltando longos suspiros. Uma tarde encontrei Marina engulhando junto ao mamoeiro. Eram arrancos que a sacudiam toda, a faziam torcer-se agarrada ao tronco, o rosto contraído, muito descorado. Não me viu e entrou em casa cuspindo.

— Que terá ela? disse comigo sem atinar com o motivo dos engulhos, da palidez e das cusparadas.

— An! Estava feia. Bem. Estava feia demais, amarela, torcendo-se, enxugando na manga a cara molhada de suor, tentando vomitar, cuspindo à toa na roupa.

— Ótimo!

Onde andavam os vestidos caros, as tintas, os tremeliques e os modos insolentes que escandalizavam d. Rosália? Estava ali com os músculos da cara repuxados, fechando os olhos, agitando a cabeça como uma lagartixa.

— Que diabo tem ela?

Desgovernada, cuspindo-se.

— Ótimo! Está muito bem assim. Que se lixe.

* * *

Uma criatura dissipou as fumaças mesquinhas de vingança, uma figura que apareceu numa esquina e logo se sumiu, mas que me ficou profundamente gravada na cabeça.

Como certos acontecimentos insignificantes tomam vulto, perturbam a gente! Vamos andando sem nada ver, o mundo é empastado e nevoento. Súbito uma coisa entre mil nos desperta a atenção e nos acompanha. Não sei se com os outros se dá o mesmo. Comigo é assim. Caminho como um cego, não poderia dizer por que me desvio para aqui e para ali. Frequentemente não me desvio — e são choques que me deixam atordoado: o pau do andaime derruba-me o chapéu, faz-me um calombo na testa; a calçada foge-me dos pés como se se tivesse encolhido de chofre; o automóvel para bruscamente a alguns centímetros de mim, com um barulho de ferragem, um raspar violento de borracha na pedra e um berro do chauffeur. Entro na realidade cheio de vergonha, prometo corrigir-me. — "Perdão! Perdão!" digo às pessoas que me abalroam porque não me afastei do caminho. As pessoas vão para os seus negócios, nem se voltam, e eu me considero um sujeito mal-educado. Tenho a impressão de que estou cercado de inimigos, e como caminho devagar, noto que os outros têm demasiada pressa em pisar-me os pés e bater-me nos calcanhares. Quanto mais me vejo rodeado mais me isolo e entristeço. Quero recolher-me, afastar-me daqueles estranhos que não compreendo, ouvir o Currupaco, ler, escrever. A multidão é hostil e terrível. Raramente percebo qualquer coisa que se relacione comigo: um rosto bilioso e faminto de trabalhador sem emprego, um cochicho de gente nova que deseja ir para a cama, um choro de criança perdida. Às vezes isso me perturba, tira-me o sono. Se o marido de d. Rosália está presente, é o que já se sabe; se não está, penso nos namorados que se atracam junto a uma vitrina, em posição incômoda, no operário que tem fome e ameaça o patrão, na criança que chora perdida, chamando a mamãezinha. Tudo foi visto ou ouvido de relance, talvez não tenha sido visto nem ouvido bem, mas avulta quando estou só — e distingo perfeitamente a criança, o operário faminto, os namorados que desejam deitar-se. Eles me invadiram por assim dizer violentamente. Não fiz nenhum esforço para observar o que se passava na multidão, ia de cabeça baixa, dando encontrões a torto e a direito nos transeuntes. De repente um grito, uma palavra amarga, um suspiro — e algumas figuras se criaram, foram bulir comigo na cama.

A pessoa a que me referi surgiu de supetão entre a rua 1º de Março e a rua do Comércio. Eu ia dobrar a esquina, ela vinha em sentido contrário — e foi uma colisão feia. A aba do meu chapéu de palha bateu-lhe na testa, provavelmente feriu-a.

— Perdão! Perdão!

Dei um passo para trás e distingui uma criatura enorme que também havia recuado com o choque e estava diante de mim, a mão cobrindo um dos olhos, onde tinha batido a aba do chapéu. O olho descoberto, os beiços contraídos, as rugas da cara, exprimiam espanto, raiva e dor. Encostei-me à parede, deixei-a passar. Foi um tempo insignificante, mas deu para vê-la da cabeça aos pés. Um minuto depois tinha desaparecido, a banda do rosto crispada, o olho disponível voltado para mim com um brilho de ódio. O espaço que ocupara na calçada era atravessado por outros corpos que iam e vinham, sem me despertar interesse. Mas a imagem do primeiro corpo vivia em mim. Era uma mulher gorda, amarela, malvestida, com uma barriga monstruosa. Não sei como podia andar na rua conduzindo aquela gravidez que estava por dias. A saia, esticada na frente, levantava-se exibindo pernas sujas e inchadas. Os pés, sujos e inchados, cresciam demais nos sapatos cheios de buracos. Com uma das mãos segurava o braço de uma criança magra e pálida, com a outra escondia o olho e um pedaço da cara. Eu encostava-me à parede, resmungando atrapalhado:

— Perdão! Perdão!

Findo o primeiro momento, aquela figura me provocara cócegas na garganta e um desejo idiota de rir. A barriga disforme resistia ao pano desbotado que tentava contê-la e empinava-se, tinha uma forma agressiva. Estava ali um cidadão que, antes de nascer, ameaçava a gente. A mãe, que só tinha uma banda de rosto, torcia-se por causa da pancada recebida e cravava-me um olhar duro, a metade de um olhar irritado e cheio de sofrimento.

— Perdão! Perdão!

Subitamente as cócegas desapareceram, a vontade de rir morreu, e atentei vexado naquela barriga enorme que me provocava. A roupa esgarçava-se, desbotada, fuxicada e remendada; os pés, metidos à força nos sapatos furados, pareciam bolos. Dera, recuando, um puxão na criança, que se pusera a chorar. Nenhuma palavra, apenas uma interjeição de dor e raiva, grito rouco, perfeitamente selvagem. Com certeza já vinha recebendo encontrões, e aquele, demasiado rude, lhe esgotara a paciência. Andar no meio da multidão, aos emboléus, com semelhante barriga! Só muita necessidade.

Era o tipo da mulher de subúrbio mesquinho, que varre a casa, lava as panelas e prega os botões com as dores do parto, pare sozinha e se levanta três dias depois, vai tratar da vida. Vida infeliz, vida porca. O homem para um lado, ela para outro, arrastando a filha pequena, a barriga deformada, estazando-se, aguentando pancadas nos olhos. Talvez estivesse na véspera de ter menino, talvez estivesse no dia, talvez já sentisse as entranhas se contraírem. Rebolar-se- ia dentro de algumas horas na cama dura, a carne cansada se rasgaria, os dentes morderiam as cobertas remendadas. E o macho ausente, ninguém para ir chamar a parteira dos pobres. Uma vizinha tomaria conta da casa, faria o fogo, prepararia tisanas, aos repelões, rosnando:

— Porcaria. Que gente!

Depois ofereceria consolações:

— Tenha paciência. Isso vai logo. Faça força.

A mulher tinha desaparecido, a banda do rosto passara cravando-me o olho carregado de ódio. Eu não sentia desejo de rir. Na calçada um ventre extraordinário ia inchando, ventre que tomava proporções fantásticas. Os transeuntes atravessavam aquela barriga transparente, às vezes paravam dentro dela, e isto era absurdo, dava-me a ideia de gestações extravagantes.

Agora havia duas imagens distintas: uma barriga que se alargava pela cidade e a mulher que mostrava apenas um pedaço de cara. Nessa parte visível, endurecida pelo sofrimento, pouco a pouco se esboçavam as feições de Marina. Os cabelos, que a mulher tinha grisalhos, tornavam-se louros. A bochecha era pintada, a metade da boca excessivamente vermelha, o olho único muito azul.

Eu fervia de raiva. Se tivesse encontrado Julião Tavares naquele dia, um de nós teria ficado estirado na rua.

* * *

Alguns dias depois achava-me no banheiro, nu, fumando, fantasiando maluqueiras, o que sempre me acontece. Fico assim duas horas, sentado no cimento. Tomo uma xícara de café às seis horas e entro no banheiro. Saio às oito, depois das oito. Visto-me à pressa e corro para a repartição. Enquanto estou fumando, nu, as pernas estiradas, dão-se grandes revoluções na minha vida. Faço um livro, livro notável, um romance. Os jornais gritam, uns me atacam, outros me defendem. O diretor olha-me com raiva, mas sei perfeitamente que aquilo é ciúme e não me incomodo. Vou crescer muito. Quando o homem me repreender por causa da informação errada, compreenderei que se zanga porque o meu livro é comentado nas cidades grandes. E ouvirei as censuras resignado. Um sujeito me dirá:

— Meus parabéns, seu Silva. O senhor escreveu uma obra excelente. Está aqui a opinião dos críticos.

— Muito obrigado, doutor.

Abro a torneira, molho os pés. Às vezes passo uma semana compondo esse livro que vai ter grande êxito e acaba traduzido em línguas distantes. Mas isto me enerva. Ando no mundo da lua. Quando saio de casa, não vejo os conhecidos. Chego atrasado à repartição. Escrevo omitindo palavras, e se alguém me fala, acontece-me responder verdadeiros contrassensos. Para limitar-me às práticas ordinárias, necessito esforço enorme, e isto é doloroso. Não consigo voltar a ser o Luís da Silva de todos os dias. Olham-me surpreendidos: naturalmente digo tolices, sinto que tenho um ar apalermado. Tento reprimir essas crises de megalomania, luto desesperadamente para afastá-las. Não me dão prazer: excitam-me e abatem-me. Felizmente passam-se meses sem que isto me apareça.

De ordinário fico no banheiro, sentado, sem pensar, ou pensando em muitas coisas diversas umas das outras, com os pés na água, fumando, perfeitamente Luís da Silva. Uma formiga que surge traz-me quantidade enorme de recordações, tudo quanto li em almanaques sobre os insetos. Agora não há nenhum livro traduzido, nenhuma vaidade. Olho a formiga. Quando ela vai entrar no formigueiro, trago-a para perto de mim, faço no chão um círculo com o dedo molhado, deixo-a numa ilha, sem poder escapulir-se. Observo-a e penso nos costumes dela, que vi nos almanaques.

O banheiro da casa de seu Ramalho é junto, separado do meu por uma parede estreita. Sentado no cimento, brincando com a formiga ou pensando no livro, distingo as pessoas que se banham lá. Seu Ramalho chega tossindo, escarra e bate a porta com força. Molha-se com três baldes de água e nunca se esfrega. Bate a porta de novo, pronto. Aquilo dura um minuto. D. Adélia vem docemente, lava-se docemente e canta baixinho: — "Bendito, louvado seja..." Marina entra com um estouvamento ruidoso. Entrava. Agora está reservada e silenciosa, mas o ano passado surgia como um pé de vento e despia-se às arrancadas, falando alto. Se os botões não saíam logo das casas, dava um repelão na roupa e largava uma praga: — "Com os diabos!" Lá se iam os botões, lá se rasgava o pano. Notavam-se todas as minudências do banho comprido. Gastava dez minutos escovando os dentes. Pancadas de água no cimento e o chiar da escova, interrompido por palavras soltas, que não tinham sentido. Em seguida mijava. Eu continha a respiração e aguçava o ouvido para aquela mijada longa que me tornava Marina preciosa. Mesmo depois que ela brigou comigo, nunca deixei de esperar aquele momento e dedicar a ele uma atenção concentrada. Quando Marina se desnudou junto de mim, não experimentei prazer muito grande. Aquilo veio de supetão, atordoou-me. E a minha amiga opôs uma resistência desarrazoada: cerrava as coxas, curvava-se, cobria os peitos com as mãos, e não havia meio de estar quieta. Agora arrancava os botões, praguejava, escovava os dentes, mijava. Abria-se a torneira: rumor de água, uns gritinhos, resfolegar de animal novo. A torneira se fechava — e era uma esfregação interminável.

— Para casa, Marina, bradava d. Adélia. Acabe com isso. Você gasta o sabão todo.

Marina dava um muxoxo, e o movimento das mãos friccionando a pele macia continuava.

— Baixe o fogo, Marina. Venha para casa.

A espuma entrando nos sovacos e nas virilhas fazia um gluglu que me excitava extraordinariamente. Parecia que Marina queria esfolar-se. Imaginava-a em carne viva, toda vermelha. Imaginava-a branquinha, coberta de uma pasta de sabão que se rachava, os cabelos alvos, como uma velha. Essas duas imagens me davam muito prazer. Queria que aparecesse a Julião Tavares assim encarnada e pingando sangue, ou encarquilhada e decrépita, os pelos do ventre como um capulho de algodão. A torneira se abria. Lá estava Marina outra vez nova e fresca, enchendo a boca e atirando bochechos nas paredes, resfolegando, sapecando frases desconexas.

Nunca tive o desejo de vê-la nesse estado. No alto da parede há um tijolo deslocado que se pode retirar facilmente. Pondo um caixão na beira do tanque, ser-me-ia possível afastar o tijolo e distinguir o corpo de Marina. A experiência não me tentou. O esforço necessário para manter-me em equilíbrio reduzir-me-ia a atenção. E eu não queria vê-la despida sem o consentimento dela. Contentava-me com aqueles rumores, e percebia-a como se a visse. Poderia daqui palestrar com ela no tempo em que éramos amigos. Teríamos a impressão de que nos banhávamos juntos. Mas a minha amiga ficaria limitada pelas conveniências, armando frases, procurando ser amável. O que me encantava eram aqueles modos de garota estabanada, as palavras soltas à toa, pedaços de cantigas, o gluglu da espuma e a mijada sonora.

Pois tudo isso desapareceu. Fazia algum tempo que os rumores familiares se vinham atenuando, mas naquele dia tudo se tornou claro, a suspeita que tive na rua se confirmou. Marina entrou no banheiro e esteve uns minutos em silêncio, despindo-se com lentidão. Os movimentos dela eram tão vagarosos que eu os percebia a custo. Era preciso adivinhá-los. Assoou-se e lavou as mãos na torneira.

— Virgem Nossa Senhora!

E punha-se a cuspir. Aquela queixa mostrava um desengano enorme. Pareceu-me que o mundo se tinha despovoado e Marina estava completamente só. Senti o desejo de bater na parede e chamá-la:

— Marina, que foi que aconteceu?

Queria que ela me iludisse, jurasse que não havia acontecido nada. Mordi as mãos para não gritar.

Afastei-me, como um bêbedo. Mas o ventre disforme continuava a perseguir-me. Era-me necessário falar, ir ao café, libertar-me da obsessão, do ódio que me enchia.

Com certeza não precisava de mim. Precisava de Julião Tavares, que tinha levado sumiço. As cusparadas sucediam-se. Marina assoava-se e lavava os dedos. Os soluços subiam e desciam. Aquele muco que a água levava, as lágrimas, a saliva abundante, aquela miséria, aquele abandono, tudo me atraía.

— Valha-me Nossa Senhora.

Isto me cortava o coração e aumentava o meu ódio a Julião Tavares. Vi-o claramente como o vi na tarde em que o surpreendi à minha janela, derretendo-se para Marina. Atrapalhado, procurara tapear-me com adulações. Eu resmungava pragas obscenas e andava de uma parede a outra, sentia desejo imenso de fugir, pensava na fazenda, em Camilo Pereira da Silva, em Amaro vaqueiro e nas cobras, especialmente numa que se enrolara no pescoço do velho Trajano.

— Que vai ser de mim, santo Deus?

O escorrego de Marina era evidente. Lembrei-me do meu despeito, de palavras duras jogadas a d. Adélia meses antes: — "A senhora pensa que ela endireita? Perca as esperanças. Aquela dá com os burros na água." Estava agora ali, enojada, cuspindo, apalpando a barriga e os peitos intumescidos. E o pranto subia e descia, era às vezes um lamento de criança fatigada, outras vezes os soluços rebentavam, numa rajada de gritos histéricos e bestiais. Olharia realmente a barriga e os peitos que se avolumavam? Impossível imaginar qualquer coisa sobre os movimentos dela. Gemidos e choro. Nenhum outro som. Desespero estúpido, revolta de bicho logrado. Nem palavras soltas, nem cantigas, nem passos no cimento molhado, nem água correndo da torneira. Dias antes esses rumores combinados me davam uma imagem quase perfeita de Marina. Sabia quando ela se baixava, quando se levantava, quando enxugava os cabelos, quando acariciava com espuma o umbigo, os bicos dos peitos, as virilhas. Gritinhos, respiração diferente da respiração ordinária. Agora estava provavelmente imóvel. Esses gestos não lhe dariam nenhum prazer. As cantigas truncadas não lhe dariam nenhum prazer. Talvez nem olhasse a barriga e os peitos, que doíam e se deformavam. Todo o corpo era um instrumento de desgosto. O pé da barriga endurecido, uma coisa apertando-lhe a cabeça como esses aparelhos de suplício que usam no sertão, feitos de pau e corda. Os pauzinhos torciam-se, a corda penetrava na carne, os ossos estalavam, os miolos queimavam. Eu sentia raiva, aborrecimento, piedade e nojo. E cuspia, como Marina. Aquela imobilidade e aquele choro me afligiam. Por que não se molhava, não passava uma hora debaixo da torneira, esfregando-se, ensaboando-se? Fungava; provavelmente as lágrimas se misturavam com restos de pó de arroz e poeira; o suor lustrava-lhe a pele e produzia coceiras nos sovacos; a moleza do sono amorrinhava-lhe o corpo. Estava suja e feia, precisando banho.

Houve umas pancadas na porta, o choro desapareceu. O meu banheiro tornou-se vazio. Agucei o ouvido, arregacei as narinas: apenas o cheiro desagradável da água que escapava da sarjeta e se estagnava numa poça, a parolagem do Currupaco, que arengava com outros Currupacos invisíveis. Novas pancadas na porta e a voz de d. Adélia:

— Marina!

Marina abriu a torneira e entrou a lavar-se, cantando uma cantiga rouca, estrangulada, medonha. Mas as pancadas e a voz cresciam.

— Marina, abra a porta. Abra a porta, minha filha.

Uma súplica zangada e arquejante que exigia grande esforço. Marina devia estar quase limpa. O suor, o catarro, a poeira, as lágrimas e as tintas rolavam no enxurro, e Marina era outra, vermelha, o espinhaço levantado, como um ano antes, quando havia surgido entre os canteiros, empinando-se, os cabelos pegando fogo. As visões do sono tinham-se dissipado.

— Marina!

Marina continuava a cantar, a gritar, em grande espalhafato. Para que serviam as queixas e as exprobrações de d. Adélia? A água corria e se desperdiçava, abafando a voz aguda e trêmula. E Marina enxugava-se cantando com raiva.

— Abra, meu coração.

O ferrolho correu, a porta se abriu de chofre e tornou a fechar-se. Estavam as duas cara a cara, num silêncio de atrapalhação. Sentei-me à beira do tanque, olhei o tijolo deslocado.

— Que latomia é essa? perguntou d. Adélia com autoridade mole. Creio em Deus Padre. Parece que morreu gente.

Provavelmente d. Adélia conhecia mais ou menos o que tinha sucedido. Mas queria acreditar que não houvera infelicidade sem remédio, ou então, caso isto não fosse possível, botar os quartos de banda, lamentar-se e atirar a responsabilidade para o destino.

— Estou desconhecendo você. Que foi que houve?

Aí o pranto de Marina rebentou novamente, enrolado com palavras ásperas que não entendi. D. Adélia baixou a pancada:

— Que horror, filha da minha alma! Santo Deus! Valha-me Nossa Senhora do Amparo.

— Que Deus, que Nossa Senhora, que nada! gritou Marina reduzindo a cacos as lamúrias e a religião da mãe. De quem é a culpa? A senhora não sabia? Para que fingir que não sabia? A senhora sabia.

Calaram-se, fungando.

— Criar uma filha tantos anos, gemeu d. Adélia, passar a vida sonhando com a felicidade dela, e de repente uma desgraça desta!

— Pois sim, disse Marina com um risinho. Bonita criação. Está vendo?

Tinha-se acalmado um pouco e podia falar, já não estava sozinha no mundo, urrando lamentações. Arremetia contra a mãe, arfando, grunhindo, como um bicho mal domesticado que quer morder:

— Coitadinha! Não via, não sabia. Tão inocente! Agora já sabe. Pois é. Escangalhada, com um filho na barriga. Não faça essa carinha de santa não. É o que lhe digo. Estou mentindo? Arrombada, com um moleque no bucho. Não quer ouvir não? Tape os ouvidos.

— Cale a boca, Marina, gaguejou d. Adélia tremendo. Me respeite, Marina.

Esta ordem bamba pareceu-me ridícula e despropositada, mas produziu um efeito que me espantou: Marina deitou água na fervura. Virei d. Adélia por todos os lados e não achei que ela fosse digna de respeito. Nem de respeito nem de ódio. Lembrei-me das referências do marido: — "Com as flores de laranjeira na cabeça, dançava como carrapeta, olhava os homens sem baixar as pestanas. An! E eles se atrapalhavam." Agora, aquela moleza, aquela confusão angustiada, o desejo de minguar, achatar-se, a pisada macia do chinelo de corda, os modos lentos e sutis de quem pega nas coisas às escondidas e tem medo de quebrá-las, de levar carão. Nada disso podia inspirar respeito. Toda ela era uma desgraça arrastada e oblíqua, destinada a suportar grosserias e repelões. Quando o homem da casa vinha receber o aluguel atrasado, gritava: — "Boto-lhe os troços na rua." Seu Ramalho brigava por causa das cuecas sem botões. Coitada! Ela era uma só para tanto trabalho! D. Rosália escarnecia dela: — "A senhora não se aperta. Tem quem lhe dê tudo." D. Adélia torcia as mãos, engolia em seco. Julião Tavares dirigia-lhe graçolas pesadas, aquele cachorro. D. Adélia baixava a cabeça. Apenas um grunhido de reprovação, quase imperceptível: — "Hum! hum!"

— Me respeite, Marina.

Aquela ordem gaguejada nem era ordem: era um pedido assustado em voz de choro. Marina calou-se e entrou a soluçar. Tive o desejo de gritar através da parede estreita:

— A senhora não tem culpa de viver nesse estado, d. Adélia. A senhora não nasceu assim. Era corada, risonha, dançava como carrapeta, olhava os homens cara a cara, e os homens se desaprumavam. Seu marido impava de orgulho e fazia: — "An!" Depois transformaram a senhora nisso, d. Adélia. Um trapo, uma velha sem-vergonha. Qualquer caixeiro de bodega chega-lhe à porta e berra para dentro: — "Mande pagar a conta, madama. O patrão está às cascas." E a senhora sofre com isso, porque tem uns restos de dignidade e quer que a respeitem. Nunca se acaba a dignidade da gente, d. Adélia. A gente é molambo sujo de pus e rola nos monturos com outras porcarias, mas recorda-se do tempo em que estava na peça, antes de servir. D. Adélia se lembra das flores de laranjeira que lhe enfeitavam a cabeça bonita. Tantas esperanças! Hoje é essa miséria que se vê. Fizeram da senhora uma bola de bilhar, uma coisa que vai para onde a empurram. Entretanto a senhora dançava como carrapeta, e seu Ramalho estava contente.

Marina continuava a chorar. D. Adélia queixava-se baixinho. Eu tinha vontade de chorar também, condoía-me da sorte das duas mulheres e da minha própria sorte.

* * *

É estranho que elas não houvessem aludido uma única vez a Julião Tavares. Nenhuma referência àquele patife. Era o que me espantava quando saí do banheiro, já muito tarde. Nesse dia faltei ao ponto.

Marina acabara numa resignação estúpida, entregara-se a Deus; d. Adélia não responsabilizara ninguém. Julião Tavares era como viga que tomba do andaime e racha a cabeça do transeunte. Ou um castigo, um decreto da Providência, qualquer coisa deste gênero. Ninguém falava nele. Tinha aparecido cheio de lambanças, usando falsidade em tudo. Entrara-me em casa sem ser chamado e deixara-se ficar, interrompendo o meu trabalho, afugentando os amigos. Aproveitando a minha ausência, seduzira Marina. E azulara. Mostrava-se raramente, em visitas rápidas, com certeza receando que a moça cometesse um desatino e lhe atrapalhasse a vida.

Não haveria desatino: as duas mulheres eram fatalistas e queixavam-se da sorte. Malucas. Revoltava-me o recurso infantil de se xingarem, arrancarem os cabelos. Era evidente que Julião Tavares devia morrer. Não procurei investigar as razões desta necessidade.

Ela se impunha, entrava-me na cabeça como um prego. Um prego me atravessava os miolos. É estúpido, mas eu tinha realmente a impressão de que um objeto agudo me penetrava a cabeça. Dor terrível, uma ideia que inutilizava as outras ideias. Julião Tavares devia morrer.

D. Adélia estava justificada: — "A senhora não nasceu assim. Era forte e bonita. Passou de carrapeta a bola de bilhar. A senhora é um pedaço de pano sujo." Marina tinha sido julgada e absolvida. Provavelmente me deixei influenciar por leituras românticas. Esqueci que ela um ano antes invejava as meias de seda e os vestidos de d. Mercedes. Agora tinha tudo: meias, vestidos, um filho no bucho, um filho que sairia gordo, bochechudo e safado, como o pai, como o avô, o Tavares dos Tavares & Cia., uns ratos.

Marina era instrumento e merecia compaixão. D. Adélia era instrumento e merecia compaixão. Julião Tavares era também instrumento, mas não senti pena dele. Senti foi o ódio que sempre me inspirou, agora aumentado.

Necessário que ele morresse. Julião Tavares cortado em pedaços, como o moleque da história que seu Ramalho contava. Logo me aborrecia da tortura comprida. Nojo, medo, horror ao sangue. Julião Tavares morreria violentamente e sem derramar sangue. Em sonhos ou acordado, vi-o roxo, os olhos esbugalhados, a língua fora da boca. Pensei muitas vezes nos bíceps do homem acaboclado que ensinava capoeira ao rapaz, no alto do Farol. Por uma aberração, imaginava que aqueles músculos eram meus.

Os músculos de mestre Domingos eram do velho Trajano. Os músculos e o ventre de Quitéria também. Sinha Germana concebia e paria no couro de boi, a que o atrito e a velhice tinham levado o cabelo. Quitéria engendrava filhos no chão, debaixo das catingueiras, atrás do curral, e despejava-os na esteira da isidora, em partos difíceis. Crias de cores e idades diferentes espalhavam-se por aquela ribeira, várias de Trajano, cabras alatoados que apareciam de longe em longe e pediam a bênção do velho às escondidas. Os partos de sinha Germana perderam-se: escapou apenas Camilo Pereira da Silva, que parafusou no romance e me transmitiu esta inclinação para os impressos. Quitéria e outras semelhantes povoaram a catinga de mulatos fortes e brabos que pertenciam a Trajano Pereira de Aquino Cavalcante e Silva.

São do meu tempo os dois últimos partos de Quitéria. Sinha Terta, parteira da fazenda, batia a taramela do quarto pegado à cozinha. Trajano rondava a porta, preocupado com a cria, que não era dele. Depois da abolição, já sem forças, ainda conservava os modos de patriarca. Estava arrasado, aos sábados subia à vila, entrava na carraspana, encostava-se ao ombro de mestre Domingos, babando-se: — "Negro! Tu não respeitas teu senhor não, negro?" Não o alcancei gerando filhos nas pretas, mas alcancei os cabras que lhe pediam a bênção cochichando e vi-o nas pontas dos pés rondando o quarto de Quitéria, interessando-se pelos moleques, como se fossem dele.

Quitéria esperneava, espojava-se e soprava na esteira, as varas da isidora estalavam. Havia silêncios, rumores esquisitos, roncos, voz de sinha Terta, que a de Quitéria acompanhava, arrastada e nasal:

Minha santa Margarida,
Não estou prenha nem parida.
Tira-me este corpo morto
Que eu tenho na barriga.

Depois uma coisa se derramava e sinha Terta dizia:

— Louvado seja Nosso Senhor Jesus Cristo.

Meu avô serenava.

As outras pretas da fazenda tinham deixado a cozinha depois de 88, e Trajano era senhor de uma escrava só, que se deitara com ele sob as catingueiras e não queria ser livre.

Conheci Trajano decadente, excedendo-se na pinga e já sem prestígio para armar cabroeira e ameaçar a cadeia da vila. Mas os cangaceiros ainda se descobriam quando o avistavam, tipos sararás de olho vermelho, caboclos de músculos de ferro. Se o velho quisesse extinguir um proprietário vizinho, chamaria José Baía, o camarada risonho que me vinha contar histórias de onças no copiar, ajustaria a empreitada por meias palavras, dar-lhe-ia uma cédula. E ficaria tranquilo, de alpercatas, camisa e ceroulas de algodão cru, tomando tabaco, escanchado na rede de varandas coloridas que arrastavam.

Lembrava-me disso e apalpava com desgosto os meus muques reduzidos. Que miséria! Escrevendo constantemente, o espinhaço doído, as ventas em cima do papel, lá se foram toda a força e todo o ânimo. De que me servia aquela verbiagem? — "Escreva assim, seu Luís." Seu Luís obedecia. — "Escreva assado, seu Luís." Seu Luís arrumava no papel as ideias e os interesses dos outros. Que miséria!

Pensava no homem acaboclado que encontrei no alto do Farol, membrudo como os sujeitos que, na presença de Trajano, varriam o pátio da fazenda com chapéus de couro.

As cascavéis torciam-se por ali. Uma delas enroscou-se no pescoço de Trajano, que dormia no banco do alpendre. Trajano acordou, mas não acordou inteiramente, porque estava caduco. Levantou-se, tropeçando, gritando, e sapateou desengonçado como um doente de coreia. Uma alpercata saltou-lhe do pé. E ele, arrepiado, metia os dedos entre os anéis do colar vivo:

— Tira, tira, tira.

Quem ia tirar a cascavel que chocalhava no pescoço do velho? Eu era miúdo e olhava aquilo com espanto. Parecia-me que a cobra era um enfeite, uma coisa que Trajano enrolara no pescoço para ficar diferente dos outros velhos. Quem ia tocar nela?

— Tira, tira, tira.

Quitéria puxava o rosário de contas brancas e azuis: — "Misericórdia!" Trajano Pereira de Aquino Cavalcante e Silva dançava no chão de terra batida. Afinal a cobra se soltou, Camilo Pereira da Silva matou-a com o macete de capar boi e Quitéria levou-a pendurada num pau, a cabeça encostada ao rabo, balançando como uma corda, e foi jogá-la para lá dos juazeiros.

Agora Quitéria estava morta. E os filhos dela e os das outras pretas que, depois de 88, foram viver em ranchos de palha, nas ribanceiras do Ipanema, começavam a desacatar os descendentes dos antigos senhores. Muitos andavam nos grupos de salteadores que assolam o Nordeste, queimando propriedades, violando moças brancas, enforcando os homens ricos nos ramos das árvores.

* * *

Seu Ivo apareceu aqui em casa faminto, meio nu e meio bêbedo, como sempre. Enquanto Vitória lhe preparava a comida, fez-me um presente:

— Está aqui, seu Luisinho, que eu lhe trouxe.

E pôs em cima da mesa uma peça de corda.

— Para que me serve isso, seu Ivo? Onde foi que você furtou isso?

— Não furtei não, seu Luisinho, achei na rua. Guarde para o senhor. É bonitinha.

E entregou-se ao prato que Vitória lhe ofereceu.

— Muito obrigado, seu Ivo.

Aproximei-me da mesa, desenrolei a peça de corda. Mas, com um estremecimento, larguei-a e meti as mãos nos bolsos, indignado com o caboclo:

— Retire isso daí, seu Ivo. Que diabo de lembrança idiota foi essa?

O homem espantou-se:

— Por quê? Guarde, seu Luisinho. É dada de bom coração. Serve para armar rede.

Pensei na rede onde Marina descansava à noite e que me roubava o sono, ringindo nos armadores.

— Não quero. Tire isso depressa.

Evitava dizer o nome da coisa que ali estava em cima da mesa, junto ao prato de seu Ivo. Parecia-me que, se pronunciasse o nome, uma parte das minhas preocupações se revelaria. Enquanto estivera dobrada, não tinha semelhança com o objeto que me perseguia. Era um rolo pequeno, inofensivo. Logo que se desenroscara, dera-me um choque violento, fizera-me recuar tremendo. Antes de refletir, tive a impressão de que aquilo me ia amarrar ou morder.

Lembrei-me de Chico Cobra, um curandeiro que na vila andava sempre com um cabaço cheio de jararacas. Quando Chico Cobra matou um homem na feira, entrou na mata, fez um rancho de palha e cercou-se de surucucus e outros viventes semelhantes. Todas as diligências da polícia para prendê-lo falharam. Nunca ninguém chegou ao rancho do criminoso: à distância de quinhentas braças o que se via eram barrocas com enormes rodilhas de serpentes.

Desejei insultar seu Ivo. Pareceu-me que ele tinha vindo aqui mangar de mim. Não era justo. Empurrava a porta, entrava sem vergonha, nunca lhe faltou a boia. Zombar de mim! Não me contive:

— Caboclo safado, mal-agradecido.

Seu Ivo olhou-me com assombro:

— Oh! xente!

Acanhei-me. Dizendo tolices.

— Está bem. Não discutamos.

Entrei a caminhar de uma parede a outra, mas como numa das viagens batia com a biqueira do sapato no cano de água, desisti do exercício e pus-me a andar em torno da mesa, descrevendo círculos que pouco a pouco se reduziam. Afinal ia quase tocando as cadeiras, e isto me dava a impressão de que seu Ivo e a mesa estavam sendo amarrados. Sentei-me. O horror que a corda me inspirava foi diminuindo, mas o desconchavo nos meus modos e nas minhas ideias continuou. Pareceu-me que uma das ideias estava ali em cima da mesa, simulando laçadas e espirais. Isto era tão burlesco, tão extravagante, que me veio de repente um acesso besta de hilaridade que espantou seu Ivo. O conjunto daquelas voltas emaranhadas formava um molho no centro da mesa e tinha feição vagamente arredondada. Com um pouco de esforço podia admitir-se que fosse redondo, mais ou menos redondo, comparável a uma cabeça chata feita de curvas caprichosas que se torciam como tripas. Pensei em circunvoluções cerebrais, levantei-me e fui beber um gole de aguardente. Voltei a sentar-me. Continuava a rir, mas sem vontade de rir. Seu Ivo arregalou os olhos, e isto me paralisou o riso idiota. Sentindo-me fiscalizado, reprimi aquela manifestação ruidosa. Acalmei-me, aparentemente. Nem riso nervoso nem raiva despropositada. Toda a minha atenção se concentrava no molho confuso de anéis que ali estava em cima da mesa.

— Coma descansado.

Seu Ivo comeu tudo, Vitória retirou o prato. Bebi mais um pouco de aguardente e fiquei arriado na cadeira, as mãos esquecidas na toalha coberta de manchas, olhando a corda.

Recordei-me da morte de Fabrício, amigo e compadre de meu pai. Nunca tinha visto um homem assassinado. Assoando-se e gemendo, sentada na prensa de farinha que apodrecia no quintal, Quitéria falava de Fabrício como de uma criatura extraordinária, narrava façanhas maravilhosas dele. Rosenda escutava-a com interjeições, eu pensava em José Baía. Mais tarde fugi de casa e cheguei-me à cadeia pública, onde o corpo de Fabrício estava exposto, o tronco nu, os olhos vidrados. Esse cangaceiro tornou-se para mim excessivamente grande, e nenhum dos defuntos que encontrei depois, na vida e em livros, foi como ele. Comparei a Fabrício mortos ilustres, e Fabrício resistiu à comparação, porque foi o primeiro homem assassinado que vi, teve os elogios de Quitéria e era compadre de meu pai. No jornal, consertando a sintaxe na revisão ou escrevendo notas de polícia, quantos cadáveres passaram diante de mim! Nenhum deixou mossa. Fabrício estava nu da cintura para cima, cosido de facadas, era horrível. Passei várias noites sem dormir direito, acordando agoniado e aos gritos. O segundo homem assassinado que vi impressionou-me, mas não me tirou o sono. Depois me habituei.

Seu Ivo pediu uma pinga. Enchi um cálice para ele, outro para mim.

— À sua saúde, seu Luisinho.

Foi acocorar-se e cochilar encostado à parede, junto ao cano de água. Sentei-me outra vez à mesa, o braço sobre a toalha, a mão perto da corda. Estava meio entorpecido, as pálpebras pesadas. Os armadores na casa vizinha rangiam. Seu Ivo tinha dito: — "Guarde, seu Luisinho. Dá para armar rede." Avancei os dedos em direção aos anéis, mas quando ia tocá-los, um se desfez e bateu-me na mão como coisa viva.

Marina, enjoada e abatida, embalava-se para esquecer a desgraça. O barulho dos armadores lembrou-me o tempo em que ela me endoidecia com risadas e cantigas. A compaixão que eu havia sentido alguns dias antes esmoreceu. Encolerizei-me e disse-lhe mentalmente toda a sorte de nomes feios. Levantei-me, bati na mesa, e as voltas da corda tremeram. Olhei com desgosto os olhos sem brilho de seu Ivo.

Defuntos não me comovem. Na vila apareciam muitas pessoas acabadas a tiro e a faca. Habituei-me a vê-las de perto. Por fim não me produziam nenhum abalo. Quando a rede apontava na extremidade da rua, os punhos amarrados num pau que dois caboclos aguentavam nos ombros, eu saltava para a calçada, curioso de ver a cor do pano que vinha em cima. Se era branco, o cortejo passava perto de mim, entrava no beco, dobrava o Cavalo-Morto e seguia para o cemitério. Isto não me despertava interesse. As redes que transportavam indivíduos mortos em desgraça eram cobertas de vermelho e iam pelo outro lado da praça, dirigiam-se à cadeia. Escapulia-me. Nenhum constrangimento. Tornei-me insensível. Cinquenta estocadas no peito e na barriga! Muito bem.

Agora estava ali com medo de pegar numa corda.

— Você já matou gente, seu Ivo?

O caboclo abriu os olhos, espantado:

— Eu? Deus me livre. Dou pra isso não, seu Luisinho. Nunca matei um pinto.

— Mas tem tido vontade, não?

— Deixe de história, seu Luisinho. Isso é conversa?

Pus-me a rir de novo, esfregando as mãos. De repente o riso se imobilizou, e fiquei em pé diante de seu Ivo, com as mãos postas, engasgado.

Às vezes, horas depois de entrar na vila a rede coberta de vermelho, uma tropa de cachimbos invadia a praça, conduzindo o criminoso amarrado. Os cachimbos falavam alto e mostravam, cheios de suficiência, facões e lazarinas; o matador tinha os braços presos, da barriga para cima estava todo embirado de cordas. A gente se alvoroçava. Os tabuleiros de gamão ficavam abandonados nos tamboretes. Seu Acrísio, quase cego, batia com o cajado no chão e pedia explicações às paredes. O doutor juiz de direito, que mentia demais, contava casos do Amazonas. Como o Amazonas era longe e ninguém ia apurar a veracidade das narrações, o doutor juiz de direito mentia à vontade. Seu Batista saía de casa vestido em robe de chambre. André Laerte, com os bigodes tesos como um gato, andava à pressa, sem rumor, como um gato: Padre Inácio sacudia o guarda-chuva e gritava: — "Canalha! Raça de cachorro com porco!" Cabo José da Luz, banzeiro, arrastava a importância, marchava para a cadeia, bambo, os passos lerdos, o cinturão frouxo, cantando baixinho: — "Assentei praça. Na polícia eu vivo..." E o criminoso, pisando com força, atravessava o quadro, a cabeça erguida, a testa cortada de rugas, o olhar feroz, trombudo, impando de orgulho. Algumas horas depois estaria acocorado a um canto da prisão, sem vontade, como seu Ivo. Mas ali, diante dos curiosos que se empurravam, representava o papel de bicho: franzia as ventas, mordia os beiços, dava puxões na corda e grunhia. Olhavam para ele com admiração, e os cachimbos se envaideciam por havê-lo pegado vivo. Rosenda pasmava.

— Estamos costumados a amansar brabo, minha negra.

O carcereiro balançava as chaves, e o delegado dava encontrões no povo, carrancudo, quase tão importante como o preso. As três mulheres velhas que pareciam formigas chegavam à janela, em seguida escondiam-se precipitadamente. Seu Filipe Benigno alisava a barba e gastava palavras difíceis e compridas. O povaréu se apertava na calçada da cadeia. Os cachimbos iam matar o bicho no balcão de Teotoninho Sabiá. E o criminoso, entregue à polícia, furava a multidão, entrava no corpo da guarda, preto de poeira e azeitado de suor. Na escuridão do cárcere, depois que a chave tilintava na fechadura da grade, o juiz da cadeia recebia os duzentos réis do torno e desfazia os laços que deslocavam os ossos, entravam na carne do homem. Um ladrão de cavalos seria maltratado, aguentaria facão, de joelhos, nu da barriga para cima, um soldado segurando-lhe o braço direito e batendo-lhe no peito, outro segurando o braço esquerdo e batendo nas costas. Depois os presos se aproximariam, camaradas, de repente lhe afastariam as pernas. O corpo cairia na pedra negra, suja de escarros, sangue, pus e lama. O cipó de boi chiaria no ar, cortaria o lombo descoberto. Mas isto era com os ladrões, os vagabundos, os autores de delitos miúdos. Um criminoso de morte era diferente, merecia consideração. Quando ele chegava à calçada, toda a gente se espremia, abrindo caminho, e os olhos se arregalavam num pasmo quase religioso, mistura de aprovação e medo. Na presença da personagem havia silêncio. Depois vinham as conversas cochichadas em que se exagerava o feito. As ações de outros criminosos empalideciam. Aquele, sim, era turuna. Contavam-se as facadas ou os tiros. Nas tarimbas sujas os soldados bocejavam, fartos de sangue. O sujeito representava o seu papel de brabo, a cara enferrujada, escuro de poeira e molhado de suor. Eu procurava descobrir nele semelhança com meu amigo José Baía.

Vitória retirou o prato e limpou a toalha. Com uma sacudidela que deu, a corda se espalhou e ficou ocupando quase metade da mesa. Vitória foi sentar-se à porta da cozinha, desdobrou o jornal. Uma das voltas da corda parecia um desses laços que as crianças fazem com um cordão nas calçadas. A gente põe o dedo no meio e aposta, o parceiro puxa as extremidades do cordão. Quando o dedo fica preso, a gente ganha. Se eu pusesse o dedo naquele círculo que ali estava junto a uma nódoa de café, o dedo ficaria preso? Caso ficasse, que iria acontecer?

Pensei em Amaro vaqueiro e em seu Evaristo. Trepado no mourão do curral, Amaro passava uma hora aboiando.

— Vou laçar a novilha careta.

E a corda de couro girava. Na extremidade o laço ia acima e vinha abaixo. Na escola de seu Antônio Justino, decorando a geografia, eu comparava Amaro vaqueiro ao sol. Amaro vaqueiro era uma espécie de sol trepado num mourão. O laço que girava em redor dele era a terra. De repente essa terra esquisita caía sobre a novilha careta e prendia-lhe os chifres. Quando havia poucas reses, o exercício era brincadeira. Mas em tempo de pega o curral se enchia, os cornos se chocavam, e mal se distinguia a cabeça do animal visado. O laço rodava no ar uma eternidade, descia, passava perto do alvo, tornava a subir. Amaro aboiava, e os animais agitavam-se, batendo as pontas. Sentado no último pau da porteira, eu tinha o coração aos baques e torcia desesperadamente. As minhas mãos umedeciam-se de suor. Por que era que Amaro não acabava logo aquilo? Subitamente o aboio estacava, o laço caía, o zunido da corda continuava um instante no ouvido da gente. O animal estava preso.

Seu Evaristo sofria necessidades. Tinha vivido em boas condições, fora eleitor, jurado, dera dinheiro para festas de igreja. E as pessoas que o encontravam nas ruas da vila tocavam no chapéu.

Homem de poucas palavras, trabalhador, o sujeito mais sério do mundo. Dedicava-se a vários ofícios, era agricultor, redigia procurações e petições. Beirando os setenta, começou a vender macacos. Os olhos cansaram, a memória emperrou, os braços descarnados não tiveram força para manejar a enxada, a garlopa, o martelo de ferreiro e a tesoura de cortar metais. Seu Evaristo fabricava muitas coisas, mas não se ajeitava em nenhuma profissão. E quando a velhice chegou, sentiu-se fraco, uma tremura nos dedos, que seguravam mal o cajado. Andando, formava dois arcos: um por detrás, nas pernas, outro adiante, no peito; sentado, firmava as mãos na extremidade do cacete, e sobre as mãos, duras e peludas, de veias enormes, assentava o queixo, donde pendiam pelancas escuras que balançavam como teias de pucumã. Foi baixando, baixando, e na casinha que se escondia no fim da rua da Cruz o fogo se apagou. Nos meses compridos daqueles invernos de serra seu Evaristo e a mulher tremiam e começavam a tresvariar, porque a fome era grande. À noite andavam tropeçando nos cacarecos, pois na casa não havia candeia, olhavam a rua triste sob a chuvinha impertinente que embaçava os vidros dos lampiões esmorecidos. Apertavam-se para enganar o frio, e os moleques que passavam na calçada metiam os olhos pelos buracos das janelas e gritavam:

— Velhos imorais! Abraçados, fazendo safadeza.

A caridade chegou: seu Filipe Benigno, André Laerte, o velho Acrísio, as três mulheres que pareciam formigas, fizeram uma subscrição — e seu Evaristo começou a receber dez mil-réis por semana. Passou-se o inverno. Plantou uma roça no quintal. E quando o feijão verde apareceu e o milho deu bonecas, mastigou uns agradecimentos e dispensou a caridade.

— Pobre orgulhoso, disse uma das mulheres que pareciam formigas.

Rosenda e cabo José da Luz concordaram.

A safra acabou, o velho sentiu fome, olhou os quatro cantos e não encontrou amparo. Procurou trabalho, mas tinha setenta anos, e ninguém confiava nele. Um dia, com a mão na barriga, entrou na padaria de seu José Inácio.

— Uma esmola pelo amor de Deus, cochichou.

Seu José Inácio estava aporrinhado.

— Uma esmola pelo amor de Deus, gemeu seu Evaristo quase sem voz.

— Ora...

Seu José Inácio gritou uma praga que ofendeu os ouvidos de seu Evaristo.

— Estou pedindo uma esmola pelo amor de Deus, rosnou o velho espantado, sem saber que aquele despropósito era com ele.

Tinha auxiliado muito mendigo, nunca fora grosseiro. Chegava num momento em que o dono da padaria estava zangado.

— Estou pedindo uma esmola pelo amor de Deus, repetiu baixinho.

Seu José Inácio apontou um cesto de pães dormidos e gritou brutalmente:

— Tira ali.

Mais tarde arrependeu-se, como disse a Teotoninho Sabiá, lembrou-se de que o velho nunca havia importunado ninguém. Ainda chegou à porta para chamá-lo e pedir desculpa, mas a rua estava deserta.

Nesse dia seu Evaristo entrou em casa arrastando-se como um aleijado e deu um pão seco à companheira. Ficou uns minutos vendo-a meter as gengivas na crosta dura, em seguida avizinhou-se da parede, onde havia uma corda pendurada a um torno.

— Hum! hum! exclamou a mulher. Pior que mastigar chifre.

— Com certeza, murmurou seu Evaristo.

A mulher comeu o pão e foi deitar-se na esteira. Viu o marido passar a mão pela parede, mas como estava com a vista curta, não percebeu o que ele fazia.

— Só vi que passava a mão pela parede, confessou no dia seguinte a André Laerte. Virei-me na esteira e peguei no sono.

Horas depois encontraram seu Evaristo enforcado num galho de carrapateira. Fui vê-lo, mas não tive coragem de me aproximar: fiquei de longe, olhando o corpo que balançava, os pés tocando o chão, como se estivessem preparando um salto. Eu estranhava que uma pessoa pudesse aguentar-se numa coisa tão frágil como um galho de carrapateira. Rosenda me disse que no momento em que um cristão bota o laço no pescoço o diabo monta nos ombros dele. Seu Evaristo balançava. Às vezes apareciam as costas curvadas. Outras vezes surgiam a barba branca, a língua fora da boca, os olhos abotoados, a careca, e era como se ele fosse dar um salto. Esta ideia absurda de um homem saltar depois de morto bulia comigo. Aquele defunto levantado, com os pés no chão, ameaçando-me com um salto que poderia trazê-lo para junto de mim, apavorava-me. A corda que o sustinha, apenas visível de longe, fininha como aquela que ali estava em cima da mesa, torcia-se e destorcia-se. A mulher de seu Evaristo, caduca, olhava-o, sem lágrimas.

Vitória, na cozinha, lia o jornal. Os armadores se tinham calado. Seu Ivo dormia encostado à parede, com a boca aberta. Agarrei a corda, fiz dela um bolo, meti-a no bolso. O coração batia-me desesperadamente.

— Vá para o diabo, seu Ivo, berrei.

Seu Ivo roncava. Sacudi-o. Levantou-se e ficou inclinado, como se estivesse armando um salto.

— Vá para o diabo. Aqui amolando! Eu tenho nada com você? Suma-se.

Seu Ivo baixou a cabeça:

— Está direito. Até logo, seu Luisinho. Deus lhe acrescente.

* * *

Julião Tavares entrava no café. Ia sentar-me longe dele, voltava-lhe as costas, mas examinava o espelho coberto de letras brancas. Afetava desprezo, aparentemente ignorava a existência do homem. Via, porém, a roupa molhada nos sovacos, os olhos que saltavam das órbitas, o cabelo escorrido, a papada balofa, as bochechas enormes, tudo riscado de traços brancos que anunciavam bebidas. Se me falavam, eu respondia com uma interjeição qualquer, voz selvagem, gutural, ouvida antigamente aos almocreves e aos tangerinos e que não perdi, apesar dos anos de cidade. Enquanto lançava distraído esses gritos estranhos e ásperos, lia os anúncios que havia no espelho. Juntava letras das palavras mais compridas e formava nomes novos.

Esse exercício tornou-se em mim um hábito de que não me posso libertar. Conto pelos dedos as combinações que vão surgindo, em séries de vinte, correspondentes às duas mãos fechadas e abertas. Quando há muitas vogais, consigo arranjar sessenta, oitenta, às vezes cem palavras ou mais. Faço assim com os letreiros das casas de comércio, com os cartazes de cinema, com os títulos dos jornais e dos livros. Esse passatempo idiota dá-me uma espécie de anestesia: esqueço as humilhações e as dívidas, deixo de pensar. Pelo menos não penso numa coisa só. Mas vejo perfeitamente o que se passa em roda. Pouco a pouco chegam sinais de impaciência: os dedos apertam-se, as unhas ferem a palma, e zango-me por estar perdendo tempo com semelhante estupidez, mas ordinariamente não interrompo a contagem.

Ali sentado a um canto, voltado para a parede, sentia-me distante do mundo. Só via as letras brancas que se estampavam na cara vermelha de Julião Tavares. Lembrava-me dos desenhos medonhos que os selvagens fazem no rosto e do costume que os cangaceiros têm de marcar os inimigos com ferro quente. Dos letreiros brancos saíam às vezes nomes que se aplicavam bem a Julião Tavares. Se eu fosse um cangaceiro sertanejo e encontrasse Julião Tavares numa estrada, meter-me-ia com ele na capoeira e imprimir-lhe-ia no focinho, com ferro, algumas das letras brancas que lhe apareciam na pele e na roupa. Segurava a xícara desatento, derramava açúcar no pires e no mármore, bebia o café maquinalmente. Os traços de alvaiade zebravam as pessoas que transitavam na rua. Certamente Marina ia surgir entre elas.

Depois que Julião Tavares tinha deixado de frequentar a casa vizinha, qualquer ausência de Marina me trazia a suspeita de que os dois iam encontrar-se. Tomava o chapéu e acompanhava-a, escondendo-me, encostando-me às paredes, receando que a espionagem fosse descoberta. Evidentemente as relações dos dois estavam reatadas. O homem gordo ia virar uma esquina e dar o braço à amante, levá-la a uma casa de recurso. A evidência esmorecia. Marina andava como as outras mulheres, olhava as vitrinas, entrava nas lojas. Ia esperá- la no primeiro poste cintado de branco. Minutos depois a perseguição recomeçava, até que ela se recolhia. Sentia-me a um tempo aliviado e logrado. Era claro que eles iam juntar-se em qualquer parte. Acusava-me de não ter prestado bastante atenção à rua. Com certeza tinha-me escapado uma porta meio aberta, uma escada sombria onde aquele sem-vergonha se atocaiava. O meu desejo era voltar, examinar os arredores, as esquinas, as árvores da rua Augusta. Estava certo de que, enquanto eu vigiava Marina, Julião Tavares me vigiava de longe, parando, escondendo-se.

Ali no café, com o jornal enrolado sobre o mármore, a mão gorda e curta distribuindo acenos, o sorriso nos beiços grossos, derretia-se para as moças que passavam na calçada. Por detrás das linhas brancas do espelho, a cara redonda se afogueava, as bochechas moles inchavam, o olho azulado queria escapulir-se da órbita e meter-se no seio das mulheres.

Eu procurava um cigarro, sentia a aspereza da corda. Ficara no bolso desde aquela tarde, misturando-se aos cigarros soltos e machucados.

As letras dos anúncios desapareciam, e toda a minha atenção se concentrava em Julião Tavares. Lembrava-me do primeiro encontro que tivemos, no Instituto. Ele catalogava frases monstruosas a respeito da bandeira nacional. À saída dava-me um empurrão, segurava-me um braço e escorregava na intimidade. Meia hora depois expunha-me projetos de reforma.

— O país precisa isto, precisa aquilo.

— Ah! Eu conheci logo que o senhor era patriota.

Lá estava amolando outro, com o cotovelo no mármore, a voz oleosa, o olho derramado sobre as mulheres. Agitava-me, rangia os dentes, grunhia uma obscenidade. Não ligava importância àquelas bestas, fossem para a casa do diabo. Tinham dormido juntos, ela estava pejada. Muito bem. Era encher-se, parir, enjeitar o filho, marchar para a rua da Lama, acabar-se no esquentamento. Um filho na barriga, um filho daquele sem-vergonha. Tão bom era um como o outro.

E apertava a corda com força. Quando retirava a mão do bolso, via nos dedos os sinais que ela deixava, marcas roxas na pele suada. O meu desejo era dar um salto, passar uma daquelas voltas no pescoço do homem.

O doutor chefe de polícia estava ali tomando café, de cabeça baixa, preocupado com alguma encrenca.

Que é que me podia acontecer? Ir para a cadeia, ser processado e condenado, perder o emprego, cumprir sentença. A vida na prisão não seria pior que a que eu tinha. Realmente as portas ali são pretas e sujas, as grades de ferro são pretas e sujas, os móveis são pretos e sujos. É o que me amedronta. Aquele bolor, aquele cheiro e aquela cor horríveis, aquela sombra que transforma as pessoas em sombras, os movimentos vagarosos de almas do outro mundo, apavoravam-me. Não posso encostar-me às grades pretas e nojentas. Lavo as mãos numa infinidade de vezes por dia, lavo as canetas antes de escrever, tenho horror às apresentações, aos cumprimentos, em que é necessário apertar a mão que não sei por onde andou, a mão que meteu os dedos no nariz ou mexeu nas coxas de qualquer Marina. Preciso muita água e muito sabão. Viver por detrás daquelas grades, pisar no chão úmido, coberto de escarros, sangue, pus e lama, é terrível. Mas a vida que levo talvez seja pior. Não tinha medo da cadeia. Se me dessem água para lavar as mãos, acomodar-me-ia lá. Podia o resto do corpo ficar sujo, podiam os piolhos tomar conta da cabeça e as roupas esfrangalhadas cobrir mal a carne friorenta. Se me dessem água para lavar as mãos, estaria tudo muito bem. Dar-me-iam água para lavar as mãos? A cara do doutor chefe de polícia era triste. Provavelmente ele vivia cheio de aborrecimentos, tinha uma necessidade qualquer e compreenderia a minha necessidade de lavar as mãos. Decididamente a polícia não me inspirava receio.

Medo de Julião Tavares? Não havia motivo. Julião Tavares procuraria levantar-se do tamborete, faria um barulho inútil, bateria com os braços na mesa e quebraria a xícara. As bochechas vermelhas se tornariam roxas, os olhos se rodeariam de olheiras roxas, os beiços roxos e intumescidos se descerrariam mostrando os dentes de rato e a língua escura e grossa, os movimentos das mãos se espaçariam, afinal seriam apenas sacudidelas, contrações. A imobilidade dos dedos sobre o mármore, os pés das unhas roxos. Um rebuliço, mesas caídas, o guarda-civil do relógio oficial apitando, gente correndo, aos gritos.

Medo da opinião pública? Não existe opinião pública. O leitor de jornais admite uma chusma de opiniões desencontradas, assevera isto, assevera aquilo, atrapalha-se e não sabe para que banda vai.

Ouvindo-o, penso no tempo em que os homens não liam jornais. Penso em Filipe Benigno, que tinha um certo número de ideias bastante seguras, no velho Trajano, que tinha ideias muito reduzidas, em mestre Domingos, que era privado de ideias e vivia feliz. E lamento esta balbúrdia, esta torre de Babel em que se atarantam os frequentadores do café. Quero bradar:

— Eles escrevem assim porque receberam ordem para escrever assim. Depois escreverão de outra forma. É tapeação, é safadeza.

Aborreço a lida enfadonha, que só serve para gerar confusão no espírito de seu Ramalho. Pimentel é um malandro. Por que será que Pimentel não escreve sempre as mesmas coisas? Repetindo-as, ele próprio, que não acredita em nada, acabaria acreditando nos seus artigos.

Não há opinião pública: há pedaços de opinião, contraditórios. Uns deles estariam do meu lado se eu matasse Julião Tavares, outros estariam contra mim. No júri metade dos juízes de fato lançaria na urna a bola branca, metade lançaria a bola preta. Qualquer ato que eu praticasse agitaria esses retalhos de opinião. Inútil esperar unanimidade. Um crime, uma ação boa, dá tudo no mesmo. Afinal já nem sabemos o que é bom e o que é ruim, tão embotados vivemos.

Eu não podia temer a opinião pública. E talvez temesse. Com certeza temia tudo isso. Era um medo antigo, medo que estava no sangue e me esfriava os dedos trêmulos e suados. A corda áspera ia-se amaciando por causa do suor das minhas mãos. E as mãos tremiam. O chicote do feitor num avô negro, há duzentos anos, a emboscada dos brancos a outro avô, caboclo, em tempo mais remoto... Estudava-me ao espelho, via, por entre as linhas dos anúncios, os beiços franzidos, os dentes acavalados, os olhos sem brilho, a testa enrugada. Procurava os vestígios das duas raças infelizes. Foram elas que me tornaram a vida amarga e me fizeram rolar por este mundo, faminto, esmolambado e cheio de sonhos. Não preciso de automóveis nem de rádios, viveria bem numa casa de palha, dormiria bem numa cama de varas, num couro de boi ou numa rede de cordas, como Quitéria, como o velho

Trajano e Camilo Pereira da Silva. Para que me habituei a ler papel impresso, a ouvir o rumor de linotipos? Desejaria calçar alpercatas, descansar numa rede armada no copiar, não ler nada ou ler inocentemente a história dos doze pares de França.

Onde estariam os descendentes de Amaro vaqueiro? Talvez o guarda-civil do relógio oficial fosse um deles. Se eu matasse Julião Tavares, o guarda-civil não levantaria o cassetete: apitaria. Chegariam outros, que me ameaçariam de longe. O guarda-civil não tem coragem. Se tivesse, não olharia os automóveis horas e horas, junto ao relógio oficial: ocupar-se-ia devastando fazendas, incendiando casas, deflorando moças brancas, enforcando proprietários nos galhos dos juazeiros. Os sertanejos fortes revoltaram-se e andam matando, roubando, violando, quase selvagens, sujos, os cabelos compridos, enfeitados de penduricalhos, os chapéus de couro cobertos de medalhas, as cartucheiras pesadas, enormes. Nenhum respeito à autoridade. Se um oficial de polícia viajar pela estrada, morre na tocaia. E se não morrer logo, é pior: levam-no para a capoeira e torturam-no. Os campos estão desertos, o gado enegreceu com o carrapato, os homens valentes pegaram o rifle, amarraram a cartucheira na cintura. O guarda-civil do relógio oficial veio para a cidade e arranjou emprego. É um sujeito magro como eu, civilizado como eu. Se houver barulho na rua, ele apita. Se houver greve nas fábricas e lhe mandarem atirar contra os grevistas, atira tremendo. As greves acabam. E ele voltará para a chateação do ponto, magro, triste. É pouco mais ou menos como eu.

— Escreva um artigo a respeito de salários, seu Luís.

Bocejo e sapeco uma literatura ordinária, constrangido. Sei que estou praticando safadeza. Penso no que acontecerá depois. Quando houver uma reviravolta, utilizarão as minhas habilidades de escrevedor? E o guarda-civil? Continuará junto ao relógio, olhando os automóveis, apitando em caso de necessidade? E Julião Tavares, patriota e versejador? Para que serviria Julião Tavares? Agora era uma figura importante demais. Tavares & Cia., negociantes de secos e molhados na rua do Comércio, eram uns ratos. A personagem oficial que visitava d. Mercedes, alta noite, devia muito a Tavares & Cia. E Julião Tavares era importante. Fazia receio matar um sujeito importante como Julião Tavares.

* * *

Nas horas de serviço conseguia distrair-me. Os livros enormes de lombos de couro e folhas rotas, os ofícios, a campainha do telefone e o tique-taque das máquinas de escrever me arrastam para longe da terra. O que lá fora é bom, útil, verdadeiro ou belo não tem aqui nenhuma significação. Tudo é diferente. Respiramos um ar onde voam partículas de papel e de tinta e trabalhamos quase às escuras. A voz do diretor é doce, ranzinza e regulamentar. Se um funcionário comete uma falta, o diretor mostra o parágrafo e o artigo adequados ao caso. Sucede que o funcionário se defende apontando outro artigo. Aí o diretor perturba-se e descontenta-se: compreende que o serviço não vai bem, mas encolhe-se diante do regulamento e admira e receia o empregado que soube encapar-se nele. Movemo-nos como peças de um relógio cansado. As nossas rodas velhas, de dentes gastos, entrosam-se mal a outras rodas velhas, de dentes gastos. O que tem valor cá dentro são as coisas vagarosas, sonolentas. Se o maquinismo parasse, não daríamos por isto: continuaríamos com o bico da pena sobre a folha machucada e rota, o cigarro apagado entre os dedos amarelos. Deixaríamos de pestanejar, mas ignoraríamos a extinção dos movimentos escassos. Os rumores externos chegam-nos amortecidos. Que barulho, que revolução será capaz de perturbar esta serenidade?

Era, pois, na repartição que eu obtinha algum sossego. As imagens que me atormentavam na rua surgiam desbotadas, espaçadas e incompletas. O ambiente era impróprio à vida intensa que elas tinham lá fora. Quando se iam fixando, um tique-taque de máquina de escrever, o chiar de uma folha que roçava sobre outra como lixa, um toque distante de campainha, uma voz descontente e adocicada, todas as complicações miúdas que me sustentam, cortavam as figuras esboçadas. Julião Tavares era uma sombra que se arredondava, tomava a forma de um balãozinho de borracha. Este objeto colorido flutuava, seguro por um cordel. O vento arrastava-o para um lado e para outro, mas o cordão curto não o deixava arredar-se muito do café. Marina era outra sombra que se balançava devagar na rede. O rumor dos armadores era interrompido pelo tilintar do telefone. A rede ia e vinha, Marina se deslocava um metro para a direita, um metro para a esquerda, e não podia ir mais longe. Desaparecia o risco de se aproximarem os dois, era como se estivessem amarrados.

Logo que me afastava da repartição, tudo mudava. Tropeçando no paralelepípedo, via, meio encandeado pelo sol, os transeuntes juntarem-se e apartarem-se, e isto me parecia cheio de malícia. Havia intenções reservadas nos homens que se acercavam das mulheres, havia promessas nos olhos das mulheres que se desviavam dos homens. Automóveis abertos exibiam casais, automóveis fechados passavam rápidos, e eu adivinhava neles saias machucadas, gemidos, cheiros excitantes. Todos os veículos transportavam pecados. A cidade estava em cio, era como o chiqueiro do velho Trajano. Que perigo! Três horas escondido — e cá fora esta gente desenfreada, bodejando, com estilo, com demoras e requintes, mas bodejando como os bodes do velho Trajano.

Os relógios batiam. Com certeza os machos olhavam os mostradores, pensando em entrevistas. Apressava-me. Três horas metido entre as paredes de uma catacumba oficial. Imaginava o que teria podido acontecer nessas três horas e aterrorizava-me. Corria para casa desembestado. A sala de jantar, a barra vermelha com manchas de umidade, o cano de ferro. Vitória punha os pratos na mesa. Esforçava-me por conversar, lembrava-me das moedas e sentia remorso, falava nos vapores. Vitória dizia a lista dos passageiros. Tentara fazer Currupaco decorar uma das listas, mas Currupaco não dera conta do recado e ficara nos versos da mulher do macaco, que fia e cose e toma tabaco há muitos anos.

— O senhor está magro como um cassaco. Não come!

Arreliava-se e dava-me conselhos. Como eu não lhe prestava atenção, afastava-se e ia explicar-se junto à gaiola do Currupaco:

— Papagaio não comeu, morreu.

Eu mastigava uns bocados, enganava o estômago, olhava o quintal, enfadado com a tagarelice da velha. Zangava-me e tinha vontade de lhe pedir silêncio. Continuando a falar tão alto, não me deixaria ouvir mais nada.

— Vá comprar um maço de cigarros, Vitória.

Quando ela voltava, dava-lhe outra incumbência e conseguia ficar só algum tempo. Aproximava-me da parede manchada, aumentava a orelha com a mão e esperava, esperava, até que percebia aquela voz sacudida que ia ficando quebrada. Afastava-me, atravessava o corredor, chegava à porta da rua.

Dez minutos depois entrava no café. Lá estava Julião Tavares na prosa. Ia sentar-me no meu lugar. Se Moisés e Pimentel apareciam, conversávamos, discutíamos os fuxicos do jornal, metíamos o pau nos literatos da terra. Sentia-me em segurança. Na animação da palestra procurava cigarros, mas retirava a mão do bolso como se tivesse sido mordido. Aquela coisa punha termo aos momentos de tranquilidade.

— Um maço de cigarros.

Abria o maço de cigarros e deixava-o sobre a mesa. No dia seguinte jogaria a corda por cima do muro de d. Rosália.

— Fume um cigarro, Pimentel.

Não. As crianças pegariam aquilo, brincariam com aquilo, e aquilo era sujo e perigoso. Atiraria a corda por cima do muro do fundo, no monte de lixo e cacos de vidro, onde lançam ratos mortos. Seu Ivo, aquele cachorro, achava poucas as minhas aporrinhações e ainda me trazia encrencas. Seu Ivo que fosse para o diabo.

— A arte deve ser assim e assado, explicava Moisés.

A tecla de sempre, arte como instrumento de propaganda política. Eu queria contrariar o judeu, mas esmorecia, sem coragem para a discussão.

— Estou em segurança, em perfeita segurança.

Cada vez mais me convencia, porém, de que não estava numa segurança assim tão perfeita. Parecia-me que na calçada inimigos embiocados me espiavam.

— Um homem de repartição habitua-se a não ver nada fora dos processos. Vive lesando, como um cego, não é verdade, Pimentel?

— Sem dúvida.

Pimentel concordava distraído. Não desgosta ninguém. Escrevendo, agarra uma opinião e, sinta quem sentir, sapeca tudo no papel. Saem artigos furiosos, agressivos como uma peste. Mas em conversa aprova o que a gente diz.

— Continue, Moisés. Como é lá isso?

Tranquilo, perfeitamente tranquilo. Seu Ivo era um grande patife. Onde andaria seu Ivo? Vagabundeando pelos municípios. Uma tristeza pensar em seu Ivo, que só servia para incomodar os outros.

— Vai tudo muito mal, minha gente. Vai tudo escangalhado. Não há segurança nenhuma.

Não havia. A tranquilidade era pouco a pouco substituída por uma inquietação que me tornava brutal com os companheiros. Instabilidade, ruína, o mundo perdido. Não argumentava, não me explicava: queria descontentar Moisés.

— Não há remédio não. História. Tudo perdido.

Repisava no mesmo terreno, desajeitado. Uma teimosia estúpida. Procurava andar para diante, sentia-me burro, e isto me irritava mais. Ridículo, absolutamente ridículo. E zangava-me com Moisés, que falava sem se alterar. De quando em quando tudo escurecia — ficavam-me diante dos olhos listras coloridas. Receava-me de ofender gravemente Moisés. As minhas mãos dirigiam-se para ele, apertavam-se, como se o fossem estrangular. Eu procurava qualquer coisa, apalpava o bolso que tinha a corda e fazia um chumaço no paletó velho. Baixava a cabeça, prendia as mãos entre as pernas, envergonhado, perguntava a mim mesmo se Moisés teria percebido a tentação e os movimentos. Parecia-me ter cometido uma falta. Selvagem.

— Ora, sim senhor. Em conversinhas como esta é que se armam fuzuês medonhos.

Dizia isto em voz baixa, mas os dois amigos ouviam algumas palavras e espantavam-se. Fuzuês medonhos, brigas, sopapos, tiros. Lá vinha o título enorme da notícia, em quatro colunas: "Comunista assassinado num café." Ruim título. Pimentel arranjaria outro melhor. E escreveria durante uma semana coisas interessantes. Enquanto matutava nestes absurdos, olhava-me ao espelho: uma cara besta. Evidentemente o pessoal mangava de mim; Julião Tavares, no outro lado da sala, mangava de mim, via-se muito bem entre as linhas brancas do espelho. Esforçava-me por endireitar o rosto descomposto, procurava entender o discurso de Moisés. Com os olhos arregalados e os queixos contraídos, o que me dava à boca uma aparência de focinho, era como um rato, um rato bem-educado, as patas remexendo o maço de cigarros.

— Perfeitamente, perfeitamente.

Agora concordava com tudo. Eu tinha lá convicção! Baixava a mão lentamente, tocava no bolso volumoso. Pensava em Chico Cobra e no cabaço cheio de jararacas. Faltava-me qualquer coisa.

— Perfeitamente.

Levantava-me:

— Está bem. Já volto.

Corria à rua do Macena, entrava em casa, ia à sala de jantar, ao quintal, ao banheiro, demorava-me até perceber sinais da presença de Marina. Então voltava à conversa interrompida com os amigos.

— Tranquilo, tranquilo.

Quando não encontrava Julião Tavares, detinha-me um instante à porta, depois saía pelas ruas, a procurá-lo.

* * *

Marina caminhava depressa, virava esquinas, voltava-se, como se tivesse medo de ser perseguida. Entrou em várias lojas, escondeu-se num cinema. Distanciei-me dela e estive quase a perdê-la de vista. Aproximei-me de novo. Marina andava de um lado para outro, como formiga desnorteada. Parecia ter o diabo no couro. Meteu-se por uma rua onde os sapatos mergulhavam na areia. Seguia com dificuldade, curva, passando o lenço na cara. Escondi-me numa esquina, porque de quando em quando ela se aprumava e examinava a rua. Duas vezes parou, descalçou-se e esvaziou os sapatos cheios de areia. Em seguida começou a observar os números das casas. Como se afastasse muito de mim, saí, atravessei rapidamente um quarteirão e fui ocultar-me noutra esquina. Arrisquei-me depois a nova escapada e avizinhei-me bastante dela. O bairro era uma desgraça: mato nas calçadas, lixo, cães soltos, um ou outro maloqueiro vadiando à porta de quitandas miseráveis. As casas sujas, muitas riscadas com letras a carvão profundamente revolucionárias. Pensei em Tavares & Cia. e no dr. Gouveia.

— Com certeza Moisés anda por aqui, distribuindo boletins a esta gente.

Mas não se via a gente. Apenas maloqueiros cochilando, alguns mendigos, crianças barrigudas e amarelas. O resto devia estar no trabalho: os homens nas oficinas, nos estribos dos bondes da Nordeste, nos quartéis, em todos os infernos que há por aí; as mulheres lavando roupa, amando por dinheiro, preparando a comida ruim e insuficiente. Os filhos, roídos pelos vermes, seriam vagabundos mais tarde, dormiriam ao meio-dia nas portas das bodegas. Dormiriam? Quando eles crescessem, haveria pessoas dormindo ao meio-dia nas portas das bodegas? Muitos agora tiritavam, batendo os dentes como porcos caititus, na maleita que a lama da lagoa oferece aos pobres.

"Proletários, uni-vos." Isto era escrito sem vírgula e sem traço, a piche. Que importavam a vírgula e o traço? O conselho estava dado sem eles, claro, numa letra que aumentava e diminuía. Talvez a datilógrafa dos olhos agateados morasse por ali, num dos becos que iam ter à rua suja. Escondida num quarto escuro, a datilógrafa dos olhos agateados ocupava-se em bater na máquina um boletim subversivo.

Um irmão decoraria dele a frase mais incendiária, que seria copiada a carvão no muro de uma igreja de arrabalde.

Aquela maneira de escrever comendo os sinais indignou-me. Não dispenso as vírgulas e os traços. Quereriam fazer uma revolução sem vírgulas e sem traços? Numa revolução de tal ordem não haveria lugar para mim. Mas então?

— Um homem sapeca as pestanas, conhece literatura, colabora nos jornais, e isto não vale nada? Pois sim. É só pegar um carvão, sujar a parede. Pois sim. Moisés que se arranje.

Senti despeito. Afastar-me-iam da repartição e do jornal, outros me substituiriam. Eu seria um anacronismo, uma inutilidade, e me queixaria dos tempos novos, bradaria contra os bárbaros que escrevem sem vírgulas e sem traços.

Marina parou diante de uma casinha baixa, hesitou, bateu à porta. Toda a minha atenção se concentrou num olho, porque na esquina em que me achava apenas apresentava à rua uma banda da cara. Quando ela entrou, desentoquei-me, aproximei-me da casinha e vi uma placa azul com letras brancas: "Albertina de tal, parteira diplomada." Fui até o fim da rua. Aparentemente observava os letreiros das bodegas e as legendas revolucionárias. As bodegas tinham nomes difíceis. Julguei que os vagabundos me achavam diferente dos habitantes do bairro. E isto me fez apressar o passo e virar o rosto. Desejei retirar-me dali, ingressar de novo na sociedade dos funcionários e dos literatos.

Crianças de azul e branco, naturalmente de volta da escola, tinham a pele enxofrada, o rosto magro cheio de fome. Sentia-me intruso. A minha roupa era velha, a gravata enrolada como uma corda. Com certeza os rapazes do bairro tinham melhor aparência. Em dias de descanso usavam roupa nova, lenço de seda, sapatos lustrosos. Mas havia em mim qualquer coisa que denunciava um estranho. As crianças olhavam-me como olham os homens que aparecem nas escolas pelos exames. Eu era uma das criaturas que elas estavam acostumadas a aborrecer, uma das criaturas que dizem palavras compridas em discursos. Voltei, parei novamente diante da casa de d. Albertina de tal, parteira diplomada. Atravessei a rua, entrei numa bodega.

— Faz o obséquio de me dar um pouco de aguardente?

O homem da venda trouxe a garrafa, pôs-se a despejá-la num copo sujo. Como eu não o interrompesse, derramou a bebida com sovinice.

— Quer que encha?

— Vá botando.

— An! bom. É o que se leva deste mundo, opinou entregando-me o copo cheio.

Sentei-me e comecei a beber, olhando a casa fronteira, o pensamento espalhado.

— Seu Ivo deve andar por aqui, não?

O homem não respondeu logo: franziu a testa e agitou vagamente o braço peludo. Não conhecia seu Ivo. Naturalmente. Mas senti uma espécie de decepção, as casas em redor pareceram mais fechadas, o dono da bodega mais cabeludo e mais silencioso.

— D. Albertina estará em casa?

O bodegueiro interrogou-me com a cabeça. Apontei a casa:

— D. Albertina...

— Talvez esteja, respondeu o sujeito depois de algum tempo. Sua mulher precisa dela?

— Não. É outra coisa.

— Está bem.

Esta aprovação desgostou-me, tive o desejo de contrariá-lo, mas limitei-me a beber metade da aguardente e bater com o copo no balcão. Não havia nada que estivesse bem.

Vista dali, a placa azul de d. Albertina era ilegível. Mesmo de perto, dificilmente se decifrava. Em vários pontos, especialmente nos cantos, o esmalte desaparecia e era substituído por manchas de ferrugem. Com certeza aquele traste havia sido mudado muitas vezes, pregado e despregado, amassado, desamassado a martelo. De alto a baixo uma linha escura indicava que o tinham dobrado e novamente estendido. Ali faltavam as letras.

As rótulas verdes de d. Albertina estavam cerradas, a porta fechada. E Marina lá dentro. Lembrei-me de anúncios revistos há muitos anos: "Fulana de tal, parteira diplomada, com longa prática, etc., faz voltarem as regras, etc." Trancada num quarto, deitada na cama, Marina se deixava apalpar demoradamente. A água fervia na caixinha de lata, a chama do álcool empalidecia as figuras.

— Quantos meses? perguntava d. Albertina.

Na casa vizinha um dístico horrível tomava a parede toda. Letras grandes, letras pequenas, maiúsculas no meio das palavras. E linhas verticais, verdes, produzidas pela água da chuva, cortando a ameaça aos ricos.

— Andam muitos agitadores por aqui, não?

— An?

— Pessoas descontentes que pretendem arrasar isto, construir de novo. Que acha?

Apontei a inscrição violenta. O sujeito cabeludo espiou-me com o rabo do olho e amoitou-se:

— Aquela sempre esteve ali.

— Sempre?

Meninos abandonados batiam nas portas, pediam esmolas.

— Sempre? Como é lá isso?

— É um modo de dizer, respondeu o tipo. Aí uns três anos. Quando abri o estabelecimento, ela já estava acolá, assim mesmo, com uns pedaços verdes. A gente se acostuma.

— Acha? perguntei enjoado. Ora essa! Qual é a sua opinião?

Bebi um gole de aguardente, acendi um cigarro, pus-me a bater com os dedos na tábua preta e gordurosa.

— Essa d. Albertina faz negócio? Qual é a sua opinião?

— Sobre quê?

Abarquei com um gesto as garrafas das prateleiras, as casas arruinadas, a rua coberta de capim e as crianças que pediam esmolas:

— Tudo. Quando a encrenca vier, o senhor perde pouco.

— Sei lá! Não leio, não vou aos meetings. Só cuido da minha vida.

Puxei a cadeira, afastei-me daquele homem indiferente. Estupidez. Imaginar que as letras sempre tinham estado na parede. Inútil conversar com ele. Tenho lido muitos livros em línguas estrangeiras. Habituei-me a entender algumas. Nunca me serviram para falar, mas sei o que há nos livros. Certas personagens de romances familiarizaram-se comigo. Apesar de serem de outras raças, viverem noutros continentes, estão perto de mim, mais perto que aquele homem da minha raça, talvez meu parente, inquilino de um dr. Gouveia, policiado pelos mesmos indivíduos que me policiam. Bebi o resto da aguardente, pensando em coisas sagradas, Deus, pátria, família, coisas distantes. Por cima da armação da bodega havia a litografia de uma santinha bonita. Lembrei-me do Deus antigo que incendiava cidades:

— A humanidade está ficando pulha.

— Hum?

— É cá uma história. Faz o favor de trazer mais aguardente?

O homem cabeludo trouxe a garrafa:

— É o que se aproveita neste mundo.

— Mais ou menos.

Uma pátria dominada por dr. Gouveia, Julião Tavares, o diretor da minha repartição, o amante de d. Mercedes, outros desta marca, era chinfrim. Tudo odioso e estúpido, mais odioso e estúpido que o sujeito cabeludo que despejava aguardente no copo sujo.

Que demora de Marina! D. Adélia chegava à janela. Seu Ramalho, cansado, um ombro alto e outro baixo, entrava sucumbido, assobiando por causa da asma, ia sentar-se à mesa de toalha rasgada, onde a comida esfriava. D. Adélia inventava desculpas: Marina tinha ido ali, tinha ido acolá, não tardava.

Seu Ramalho fungava, enjoado: tudo mentira. Alguns dias depois Marina apareceria com vestidos caros, peles caras que não seriam compradas por ele. Abandonava o prato, detestava a mulher, detestava a filha, descia ao quintal, passeava entre os montes de lixo. Que família! Que miséria! D. Rosália largava os meninos a Antônia, deixava a panela esturrar, ia para a janela ganhar calos nos cotovelos, espionar os vizinhos. D. Mercedes mandava dinheiro ao marido e tinha filha no colégio.

Que demora! D. Albertina não acabaria aquela operação para restabelecer as regras? D. Albertina era terrivelmente criminosa. Rumor de tambores, longe, toques de corneta. O filho de Julião Tavares era necessário ao patriotismo. A água fervendo na caixinha de lata, um frasco cheio de líquido vermelho, a chama do álcool tremendo, Marina com o rosto escondido entre as mãos, deixando-se apalpar pelos dedos hábeis de d. Albertina. Se não fosse isso, dentro de vinte anos a criatura mofina estaria volvendo à direita, volvendo à esquerda, decorando os nomes das peças de um fuzil e passagens gloriosas do Paraguai. Filho de casal direito, com pai rico, faria discursos no Instituto e declamaria versos; mas assim, coitado, nasceria às escondidas e não passaria daquilo — direita, esquerda, ordinário. D. Albertina era criminosa, mas não senti ódio a ela. Sinha Terta não faria semelhante coisa. Sinha Terta não tinha diploma, nem placa, nem anúncio nas folhas, acreditava em pecado e vivia num tempo em que os filhos traziam vantagens aos pais. As mulheres pariam na esteira, e quando surgia dificuldade, sinha Terta empurrava a reza: — "Minha Santa Margarida, não estou prenha nem parida..." Os filhos de Quitéria e os das outras negras da fazenda pertenciam à família do velho Trajano. Onde andaria essa família? Morta, espalhada, esfarelada.

Os toques de corneta e os rufos de tambor cresciam. A minha pátria era a vila perdida no alto da serra, onde a chuva caía numa neblina que escondia tudo. Se eu tivesse ficado ali, ignoraria o resto do mundo. Seu Evaristo, que se enforcou, mestre Antônio Justino, padre Inácio, cabo José da Luz, seriam pessoas notáveis. Tão longe! Pensei no jornal francês lido na véspera e aqui chegado vinte e quatro horas depois de publicado. As notícias dos municípios sertanejos do meu Estado chegam mais atrasadas que um número de jornal europeu.

Como seria a cara de d. Albertina? Imaginei-a magra, pálida, séria, correta. Não havia motivo para Marina esconder os olhos.

— Faça o favor de descobrir o rosto. Não se acanhe. Tão natural!

Depois voltariam as regras.

Dois meses? Perfeitamente. Agora a senhora toma precauções, usa isto, usa aquilo.

Exatamente como se Marina estivesse no consultório de um médico, sarjando um tumor. Nenhum sinal de crime ou de ação proibida. A seringa na água que borbulhava, um frasco sobre a mesa da cabeceira, quadros de anatomia nas paredes, a chama do álcool tremendo, a voz calma de d. Albertina a prescrever medidas de segurança. Uma senhora pálida e franzina, de rosto sereno e boas intenções.

— Não se acanhe. Fique à vontade.

Nenhuma alusão a qualquer espécie de falta. Direita, fria, falando baixinho, empregando termos escolhidos.

Mas por que era que d. Albertina, parteira diplomada, com longa prática, deveria ser assim e não de outra forma? Talvez fosse diferente. Os anúncios não valem nada, papel aguenta tudo, como dizem os matutos. D. Albertina era uma velha gorda e mole, sem diploma nem prática, de óculos ordinários e hálito desagradável, mal-educada, resmungona. Marina estava deitada numa cama nojenta; nas paredes nojentas não havia gravuras de anatomia: havia quadros de santos, retratos coloridos, páginas de revistas. Sem lavar as mãos duras, de unhas compridas e negras, d. Albertina examinava brutalmente o corpo de Marina, arranhando-a, machucando-a, rosnando:

— Era melhor deixar-se de vergonhas e descobrir a cara. Quando andam na pândega, não têm esses luxos. E depois parem bem na bananeira. Feias coisas.

Mostrava os dentes amarelos de selvagem. Seria assim d. Albertina? A cliente mordia as cobertas sujas, continha a respiração, fechava os olhos, apertava as coxas e engolia o choro.

— Abra as pernas, criatura. Donde vêm esses dengues? Assim ninguém pode trabalhar.

O dinheiro do trabalho fora recebido adiantadamente. Marina dera nome falso e endereço errado, temendo a exploração de d. Albertina.

— Não vale a pena a senhora se incomodar. Eu apareço, compreende? Se houver necessidade, eu apareço.

— Quanto devo?

O homem cabeludo deu a conta. Joguei uns níqueis no balcão, disse frases sem sentido, olhando a legenda medonha no muro cortado de listras verdes. Que vida teria d. Albertina? D. Albertina sabia umas coisas, como eu, e como eu usava linguagem diferente da linguagem das outras pessoas. Ordinariamente não é preciso que me digam: — "Faça isto. Escreva assim." Basta que me mostrem ser conveniente fazer isto e escrever assim. Depois os amigos me felicitam, juram que um artigo que ninguém leu foi muito apreciado. Marina provavelmente não dissera o que desejava: falara por meias palavras, aludira a dificuldades de ordem econômica, desavenças de família, etc. D. Albertina riscara um fósforo para desinfetar a seringa na caixinha de lata. A segunda d. Albertina, desleixada, suja, de unhas compridas e pretas que arranhavam o corpo das clientes, sumiu-se. Voltou a outra, delicada e limpa:

— Como não? Perfeitamente. Pode confiar. Sem dúvida.

As mãos finas de unhas polidas, a voz baixa e grave:

— Perfeitamente.

O filho de Julião Tavares rebentaria como um tumor. D. Albertina lavaria as mãos, sorrindo:

— A senhora tem uns lindos cabelos.

E ajeitaria os cabelos desconsertados de Marina. Receberia o envelope indiferente, como se aquilo não tivesse importância:

— Ora essa!

A mulher suja e balofa desaparecera, o quarto sujo desaparecera. Uma senhora decente, parteira diplomada, com longa prática, as mãos brancas e macias, linguagem correta, sorrisos:

— Quando quiser. Perfeitamente.

O filho de Julião Tavares não viria ao mundo penar, cantar na escola o hino do Ipiranga, mover-se no exercício militar, curtir fome nos bancos dos jardins, amolar-se nas repartições, adular nos jornais o governo. E a família de seu Ramalho nada sofreria.

Pensando bem, d. Albertina atentara apenas contra Deus e contra a pátria. Se aquilo fosse julgado pelo júri, o promotor gritaria um discurso patético, e os jurados se arrepiariam com indignação. Se o cura da sé ouvisse um pecado tão grande no confessionário, daria às duas mulheres penitência dura. Mas não haveria discurso, não haveria penitência, que elas não se julgavam culpadas e despediam-se de coração leve, Marina ainda confusa, d. Albertina fingindo acreditar que ela era casada:

— Para que ter filhos, minha senhora? A gente sofre, mas se eles vivessem, podia ser pior, não é verdade? Criar infelizes... Uma responsabilidade, minha senhora, responsabilidade enorme.

A justiça e a religião não tomariam conhecimento do caso. E a família de seu Ramalho continuaria como estava, sem um escândalo para alimentar d. Rosália, sem peso novo no orçamento, uma criatura que seria necessário vestir, calçar, nutrir e mandar à escola. D. Adélia censuraria aquele passo arriscado e teria um suspiro de alívio:

— Que loucura! Pisou na beira da cova.

Seu Ramalho, hostil e distante, perceberia vagamente que a maluca estava criando juízo. Tudo certo. Marina de cabeça erguida, criticando a vida suspeita de Lobisomem; d. Rosália e d. Mercedes falando com ela naturalmente; Julião Tavares, no café, exigindo um governo forte; d. Adélia apertando as mãos, gemendo conselhos:

— Tenha cuidado, minha filha. Não se exponha, não sacrifique a sua vida por causa desses safados. Conserve-se, pode ser que arranje casamento.

Levantei-me:

— Adeus.

Mas não saí: fiquei junto ao balcão, atrapalhado, olhando, à porta da casa fronteira, o rosto de Marina. Por detrás dela os cabelos brancos de d. Albertina agitavam-se. Só se percebiam os cabelos. Vistas de longe, as duas figuras confundiam-se, e tive a impressão de que Marina envelhecera e se purificara depois do trabalho da outra. Inutilizara nas entranhas uma coisa ruim que se atormentaria se vivesse, aguentaria coices por onde andasse: em casa, no quarto de pensão, na rua, no jornal, no quartel, na repartição. Tudo continuaria como anteriormente.

A neta de d. Aurora iria ao cinema com os hóspedes que a convidassem. D. Aurora balançaria os caracóis e as banhas excessivas. Dagoberto se agarraria ao compêndio e ao esqueleto.

Impacientei-me e falei ao bodegueiro, tentando explicar-lhe as letras pretas manchadas de verde. A neta de d. Aurora não era Marina e devia estar madura, talvez senhora honesta, dona de pensão, casada, gorda. E Dagoberto já não era estudante: era médico no Pará ou no Amazonas, um destes lugares. Àquela hora estaria examinando a Marina de uma ruela do Pará:

— Qual foi a parteira que lhe fez isso? Onde andava a senhora com a cabeça?

Gritos, indignação. E a Marina do Pará, compreendendo que havia feito doidice, temeria as doenças de nomes complicados. Mas não denunciaria nenhuma d. Albertina. Dagoberto que lhe desse um remédio, se quisesse. Como estaria Dagoberto, depois de dez anos de separação? Devia estar gordo, encanecido, rico, cheio de filhos, com óculos.

Marina ia sair. Viu que se abria uma janela na vizinhança e retraiu-se. Os cabelos brancos continuavam a agitar-se. Não pude saber a qual dos dois tipos imaginados d. Albertina se assemelhava. Seria talvez uma d. Albertina diferente das minhas.

Fazia minutos que me havia despedido do bodegueiro, mas prosseguia na conversa, decifrando a legenda revolucionária.

Subitamente os cabelos brancos desapareceram e Marina saiu. Findei a exposição capenga:

— Até logo.

Atravessei a rua e cheguei-me a Marina, que se afastava com dificuldade, mergulhando na areia os sapatos vermelhos. Sentia-me perturbado e intimamente armava diálogos que ela não entenderia. Os sapatos velhos, rachados e cambados. A roupa desfiando-se nas costuras. Tão miúda, tão reles! Estava quase a pisar-lhe os calcanhares. Tossi:

— Faz favor?

Continuou a marcha penosa, mais lenta e mais cansada depois que dobrou uma esquina. O suor corria-lhe pela nuca, entre os cabelinhos arrepiados. De quando em quando a mão que enxugava a cara surgia por cima de um ombro e esfregava com o lenço a penugem amarela.

— Faz favor?

Aí ela parou. Em seguida apressou o passo, meteu com vontade os pés na areia frouxa, e a penugem amarela empastou-se, grudou-se à pele e escureceu.

— Deixa disso. Não há motivo para esse orgulho todo. Baixa a pancada. Donde vem uma soberbia tão grande?

Os músculos do pescoço tremeram, os sapatos vermelhos plantaram-se na areia, mexeram-se como se quisessem arrancar-se, ficaram imóveis. Avancei dois metros, fiz meia-volta e achei-me em frente de Marina:

— Boa-tarde. Como vai a saúde? Há que tempo!

Vista de costas, o que nela avultava era a nuca molhada. Agora percebia-se a testa, molhada também e coberta de rugas. Parecia que o resto do corpo se ocultava sob as pálpebras caídas e roxas. O peito cavava-se, a barriga sumia-se. Examinei-lhe brutalmente a barriga, barriga comum, nem grande nem pequena. Uma pessoa modesta andando na rua, encolhendo-se para não dar nas vistas.

— Sim senhora, muito digna. Levanta a cabeça.

Marina estremeceu e olhou de esguelha para os lados, como se procurasse auxílio.

— Levanta a cabeça. Deixa de inocência.

Aqueles modos pudicos, aqueles movimentos quase imperceptíveis das pálpebras roxas que velavam olhos inúteis, irritaram-me. Lembrei-me dos armadores que rangiam, das cantigas, dos banhos ruidosos. E atirei-lhe à cara, com raiva:

— Puta!

Marina ouviu isto sem se revoltar. Apenas ficou mais branca, estirou o beiço quase chorando.

— Me largue, balbuciou.

— Está bem. Ninguém tem nada com isso, não é? Vamos andando. Puta!

Dizia-lhe o insulto, mas estava cheio de piedade. Não sentia cólera, o que sentia era desgosto.

Marina estava como uma defunta em pé. Pensei em Cirilo de Engrácia, visto dias antes em fotografia — um cangaceiro morto, amarrado a uma árvore.

Parecia vivo e era medonho. O que tinha de morto eram os pés, suspensos, com os dedos quase tocando o chão. Os pés de Camilo Pereira da Silva, ossudos, magros, eram assim desgovernados. Os de Marina estavam metidos na areia. E Marina parecia morta.

— Puta!

Teria dito e repetido outra palavra que insistisse em vir-me à boca, dessas coisas que a gente diz à toa e conserva porque vieram espontaneamente e são insubstituíveis e absurdas. Quanto mais olhava Marina menos me inclinava a admitir que ela fosse uma puta. As pálpebras roxas ocultando olhos aguados, o beiço trêmulo, a barriga encolhida, a cara mal pintada, a testa amarela coberta de rugas.

— Vamos caminhando.

Marina pôs-se a andar como um mamulengo.

O homem cabeludo só cuidava da sua vida; a datilógrafa dos olhos de gato copiava um boletim na máquina estragada; d. Albertina guardava os cem mil-réis na gaveta; as crianças que voltavam do grupo escolar soletravam as legendas estiradas nas paredes. O filho de Marina morria, talvez já tivesse morrido. Pensei nos ratos, em d. Mercedes, no quintal cheio de lixo, na mulher que lava garrafas e no homem que enche dornas. Estas lembranças me produziram um aperto no coração. Quase todas me pareceram regulares, mas a ideia dos ratos era extravagante, e isto me enfureceu. Que vinham fazer os ratos ali, àquela hora?

— Puta! exclamei metendo com raiva os pés na areia.

Talvez não me referisse a Marina: referia-me aos ratos, a coisas vagas. A palavra infamante tinha extensão enorme. Nada se fixava no meu espírito. Aberrações, monstruosidades, os uivos compridos de d. Rosália, a respiração ofegante do marido de d. Rosália, Antônia, Berta, a mulher da rua da Lama, a neta de d. Aurora, a banca da redação, o cinema, o teatro. E aparecia-me na rua uma criatura pálida, silenciosa. Mais forte que aquelas ideias indecisas e misturadas, a lembrança dos ratos continuava a atormentar-me.

— Puta!

Os beiços de Marina estavam como os de uma defunta, os olhos procuravam socorro, e eu cravava as unhas nas palmas das mãos, mordia a língua por haver deixado escapar mais uma vez a injúria que nada significava. Deu-me uma tontura, cambaleei. Meses antes Marina ficara nua, a carne arrepiada se cobrira de carocinhos. Quando o marido voltava do interior, d. Rosália soltava uns gritos que não me deixavam dormir. A mulher da rua da Lama ia para o hospital, vinha do hospital, continuava o trabalho enfadonho no quarto sujo, nua e triste. Os dedos cruzavam-se nos joelhos agudos como dedos mortos. — "A água lava tudo, as feridas cicatrizam." Repeti mentalmente esta frase, mas não pude saber de quem era ela.

— Enfim tudo se acabou, não é? perguntei. O filho morreu, boa solução.

Marina estremeceu violentamente e parou, olhando-me pela primeira vez. O rosto contraído esmoreceu num desmaio, o corpo diminuiu. Pareceu-me que ia enterrar-se todo na areia. A voz morria-lhe na garganta, sons roucos e incompreensíveis, mas os olhos apavorados negavam, a cabeça agitava-se desordenadamente, negando.

— Merecia estar na cadeia, resmunguei sentindo uma necessidade urgente de justiça.

Palavras antigas, esquecidas, voltavam-me. — "Os que têm fome de justiça", cantavam os alunos de mestre Antônio Justino. Sede ou fome de justiça? Não me lembrava. Também já não sabia as vantagens que o catecismo reserva aos que têm fome ou sede de justiça.

— Na cadeia, percebe? Comendo bacalhau e dormindo na esteira. Sem-vergonha.

A frase antiga me perseguia, mas, por mais que tentasse reconstruí-la, não havia meio de tê-la completa. — "Bem-aventurados os que têm sede de justiça..." E o resto? Que aconteceria a esses bem-aventurados? O esforço para recordar-me exasperava-me. Insultava Marina. Puta. A justiça havia de agarrá-la, jogá-la para lá das grades pretas que a gente não pode tocar. Vinham-me tiradas incoerentes, que embranqueciam e enegreciam Marina.

— Fez muito bem. Prejuízo pequeno, insignificância. É o que lhe digo. Sem falar nas responsabilidades, nas encrencas.

E logo:

— D. Albertina guarda segredo? Se não guardar, a reputação de Marina dá em ossos de minhoca.

— D. Albertina? perguntou Marina, pálida como flor de algodão.

— Sim, d. Albertina, minha sem-vergonha. Vamos para diante. Marcha!

Continuamos a caminhada, segurei o braço mole de Marina.

— Eu vi a placa na porta. Estava defronte, conversando com o homem da venda.

— Me deixe, pelo amor de Deus, gritou Marina desesperada. Não lhe fiz mal, vou quieta pelo meu caminho. Me deixe. Que é que você quer comigo?

Olhou os quatro cantos. Um soldado de polícia e um soldado do exército passaram, os quepes de banda.

— Atraca-te com um deles. Tu só dás para isso.

Atirei-lhe assim o pior ultraje. Como os pequenos militares são desprezados, julguei demolir Marina apontando-lhe os dois rapazes. Bem-aventurados os que têm sede de justiça. Esta coisa, repetida, dava-me fúrias de cachorro doido. Para que agarrar-me a sombras? Um juiz de direito bocejando, fatigado; o promotor declamando a acusação e afastando-se dos autos, que não tinha lido; o advogado, que poderia ser Julião Tavares, soluçando a defesa e apelando para os sentimentos religiosos dos jurados; oito sujeitos cochilando, chateados e comprometidos a absolver ou condenar a ré. Marina escondia a cara e inspirava compaixão. Todos os jurados tinham as feições de dr. Gouveia. Sacudi os ombros:

— Ande. Que diabo tem você nas pernas que não caminha?

A marcha na areia solta era penosa em extremo.

— Vá-se embora. Me largue, pelo amor de Deus, arquejou Marina. Não lhe fiz mal. Por que não me deixa em paz?

Em paz. Grunhi de novo o desaforo imundo. Em paz. Nenhum caso importante. Não haveria juiz amolado tocando o tímpano, nem advogado pernóstico, nem promotor botando sabedoria em cima de dr. Gouveia multiplicado nas cadeiras. Marina dormiria tranquila, os armadores guardariam silêncio.

— Sem dúvida. Os tempos estão duros. Em frente, ordinário, marche! Tudo isto é uma peste.

Entramos na cidade e separamo-nos. Mas logo me veio a ideia de que ela se ia juntar com o amante.

* * *

Descobri por acaso que Julião Tavares tinha feito nova conquista. Foram duas ou três palavras soltas na rua que me deram a revelação. Pensei numa das filhas de Lobisomem e na datilógrafa dos olhos verdes.

Tudo isto é infantil, mas a verdade é que durante dias me atormentou a ideia de que Julião Tavares havia seduzido a menina dos olhos verdes. Para que lado morava ela? Nunca havia percebido a voz dessa criatura, não conhecia nenhum dos seus gostos, mas tinha certezas esquisitas e andava como um parente cheio de ciúmes ou como um cachorro que perdeu o faro e não sossega.

Por que se tinha escondido a datilógrafa dos olhos verdes? Fugiria da polícia? Ou estaria de cama com a hemorragia produzida pela intervenção de uma d. Albertina? Agora Julião Tavares tomava um caminho, depois tomava outro — e eu imaginava que ela residia em Bebedouro, na Levada, em Jaraguá, no Farol, enfim admitia que nos quatro pontos cardeais existiam datilógrafas doentes. Todas elas estavam grávidas e procuravam os serviços de d. Albertina.

O bodegueiro cabeludo, com os cotovelos pregados no balcão, não via nada, só cuidava da sua vida. E Julião Tavares farejava as datilógrafas como um bode.

Por que andava com tanta pressa quando deixava o café? Entrava num bonde, espalhava-se no banco, feliz, o olho aceso, o charuto aceso. Ia encolher-me num dos últimos lugares, firmava as mãos no encosto do banco fronteiro, apoiava o queixo nas mãos e observava as costas de Julião Tavares. O cachaço gordo e mole como toicinho balançava com o movimento do carro. A mão curta de unhas cor-de--rosa fazia acenos para baixo. Transeuntes sorriam ao dono da mão curta de unhas brunidas. Eu notava com raiva aqueles sorrisos. Por que tanta subserviência nas caras abertas? Julião Tavares, patriota e orador, não prestava para nada. Nenhum favor esperavam dele. Mas sorriam por hábito. Eu também havia sorrido, amolado. Os cabelos de Julião Tavares começavam a escassear no alto da cabeça. Parecia que ele ia adquirindo uma espécie de tonsura. Falava alto, atirava cumprimentos aos conhecidos e era amável em excesso, mas a amabilidade traduzia-se em palavras vãs. O que me aborrecia era saber que essas palavras eram aceitas: tinham tido significação antigamente e continuavam a circular. Eu engulhava, metia a mão no bolso e apertava a corda.

Que fim teria levado seu Ivo? À toa, procurando nas fazendas e nas povoações muitas vezes percorridas alguma coisa ignorada. Bêbedo sempre, cochilando, babando, seu Ivo não encontra sossego. Uns foram para o Amazonas e acabaram-se no beribéri; outros andam pelo sul, em concorrência com o estrangeiro. Seu Ivo, incapaz de fixar-se, índio e cigano, corre fazendas e povoações, pedindo, furtando. Não sabe tomar os objetos que necessita: pede, furta, é um indivíduo inferior. Por isso digo a Vitória quando ele me entra em casa:

— Vitória, preste atenção a seu Ivo. Cuidado para que ele não me abafe um livro.

Inútil. O livro é abafado e oferecido adiante, como a corda que ele me deu.

Apalpava a corda. Mexia-me lentamente, pensava nos cabras que meu avô livrava peitando os jurados ou ameaçando a cadeia da vila. Apareciam no pátio, desarmados, varrendo o chão com chapéus de couro; mas quando tinham empreitada, dormiam na pontaria, passavam semanas por detrás de um pau, o clavinote escorado numa forquilha, algumas rapaduras e farinha de mandioca no bisaco.

Pouco a pouco tudo se transformava, a catinga da minha terra rodava aos solavancos nos trilhos da Nordeste. Escondia-me entre aquela vegetação de passageiros, sobre o encosto do banco apoiava-se um rifle imaginário dirigido às costas de Julião Tavares. Tudo nele me aparecia aumentado e deformado. Lembrava-me das conversas que me estragavam as noites, de palavras ouvidas através da parede da sala de jantar, de frases truncadas percebidas no café. O homem saltava, eu ia saltar um poste adiante e continuava a espreita. Notava as casas onde ele entrava, as caras das pessoas a que se dirigia.

Como consequência da investigação, descobri afinal a nova amante de Julião Tavares. Era uma criaturinha sardenta e engraçada que trabalhava numa loja de miudezas. Dentro de alguns meses estaria de barriga, visitando clandestinamente d. Albertina. Venderia as joias baratas, furtaria dinheiro na caixa para d. Albertina. Ou então haveria um espalhafato. Julião Tavares daria à mocinha sardenta quinhentos mil-réis para ela calar-se e passaria uns tempos aborrecido, ouvindo os sermões de Tavares pai.

* * *

A casa era em Bebedouro, pequena, isolada. Julião Tavares chegava alta noite, entrava, demorava-se duas horas. Afastava-me, para não despertar suspeitas, mas à saída andava por ali e distinguia um vulto que tinha a gola do paletó erguida e evitava os pontos iluminados. Havia raros transeuntes, e a ligação durou pouco, não chegou a dar nas vistas.

Julião Tavares seguia pela rodagem, rente aos jardins dos palacetes adormecidos. Ou acompanhava a estrada de ferro, que atravessa a rua, ganha os fundos das casas. Ali era o silêncio, uma sombra que algumas lâmpadas muito distanciadas e os becos por onde espirra um pouco de luz interrompiam. A água do mangue apresentava manchas baças entre as árvores. Aproximando-me, ouvia perfeitamente os passos do homem nas folhas secas. Por que era que aquele sem-vergonha caminhava como se estivesse em casa, pisando no chão pago?

Em toda a parte era assim. Derramava-se no bonde, e se alguém lhe tocava as pernas, desenroscava-se com lentidão e lançava ao importuno um olhar duro. Eu encolhia-me, reduzia-me e, em caso de necessidade, sentava-me com uma das nádegas. As viagens se tornavam horrivelmente incômodas, mas havia-me habituado a elas, e ainda que o carro estivesse deserto, não poderia espalhar-me como Julião Tavares: receava que me viessem empurrar e tomar, sem pedir licença, algumas polegadas da tábua estreita.

Aqueles modos davam-me a impressão de que tudo em roda era dele. Os passeios públicos eram dele. Certamente ninguém me proibia andar nos jardins, sentar-me, ver as mulheres. Mas as mulheres não reparavam em mim, pessoas conhecidas olhavam-me distraidamente. Demais, enquanto me achava ali, perseguia-me a recordação da vida ordinária, e isto me estragava a hora mesquinha de folga. Os canteiros, o coreto, os globos opalinos, não me serviam para nada. Estimaria que os fios da Nordeste encrencassem e a cidade ficasse às escuras. Mover-me-ia como um cego, esqueceria as mulheres pintadas que imitam d. Mercedes, esqueceria Julião Tavares, que estava em todos os bancos. A treva apagaria aquela exposição desagradável. Mas dar-me-ia a recordação de coisas mais desagradáveis ainda.

A gravata enrolava-se como uma corda sobre a camisa rasgada e suja, das bainhas das calças e dos cotovelos puídos saíam fiapos, manchas de poeira alastravam-se na roupa, a sola dos sapatos estava gasta, os meus olhos se enevoavam por causa da fome e descobriam entre as árvores cenas irreais.

Agora Julião Tavares marchava no escuro, depois de ter abraçado a mocinha sardenta. Ia deitar-se, arrumar talvez uns versos indecentes a respeito de segredos de alcova. Àquela hora não tinha com quem desabafar. O café estava fechado, na praça deserta as luzes cochilavam. Derramaria a vaidade no papel, imprimi-la-ia no dia seguinte, os amigos lhe dariam parabéns e ele andaria como um pavão. Julião Tavares julgava-se superior aos outros homens porque tinha deflorado várias meninas pobres. Pelos modos, imaginava-se dono delas. Contrassenso. Então Marina era dele? Tolice. Era a mesma que eu tinha conhecido um ano antes, vermelha, com os cabelos pegando fogo, entre as roseiras maltratadas. Evidentemente.

Lembrava-me de sinha Germana, de Quitéria, das negras da fazenda. Sinha Germana só tinha conhecido um homem. As pretas não se envergonhavam de conhecer muitos homens. Que diferença! Descendo de sinha Germana, que dormiu meio século numa cama dura e nunca teve desejos. Adquiro ideias novas, mas estas ideias brigam com sentimentos que não me deixam. Sinha Germana dormia no couro de boi com o velho Trajano, e se dormisse de outra forma, não dava certo. Os costumes de sinha Germana eram superiores aos de Quitéria. Por quê? Não havia por quê, e isto me enraivecia. Um sujeito capaz de escrever sobre muitos assuntos entendendo-os mal, ou sem entendê-los, aceitar as opiniões de Camilo Pereira da Silva, de padre Inácio, de d. Rosália! Essas opiniões não tinham pé nem cabeça. Marina valia o que tinha valido antes de engrossar a barriga e procurar d. Albertina. As mesmas pernas bem-feitas, os mesmos braços que mexiam as roseiras do quintal pobre, os mesmos cabelos que pareciam oxigenados, os mesmos olhos traquinas. Mas as pernas não se curvavam para mostrar as nádegas apertadas na saia estreita, os braços moviam- se vagarosamente, pesados, os cabelos amarelos caíam sobre a testa enrugada, os olhos baixavam-se, cheios de culpa, desviando-se dos outros olhos. Esta consciência de inferioridade era contagiosa. Marina tinha descido. Logo me revoltava. Absurdo.

— Como as outras, como as outras. Mais bonita que a maioria das outras.

Repetições inúteis. Não podia evitar a ideia de uma queda. De qualquer forma ela havia diminuído e habituava-se a esgueirar-se, a pedir desculpa a toda a gente.

Seria para o futuro um trapo como d. Adélia:

— A senhora tem razão, d. Rosália. É isso mesmo, d. Rosália.

Os sapatos vermelhos com o verniz rachado e os saltos gastos, roupas ordinárias, as unhas estragadas, a voz esmorecendo numa cantilena de aprovação.

— Como as outras. Estúpido, absolutamente estúpido.

Furores perdidos. Marina permaneceria de vista baixa, esconder-se-ia como um rato e falaria gemendo, concordando com d. Rosália.

* * *

Fui até o fim da linha de bonde e parei, como se me tivesse faltado a corda de repente. Aquelas duas extremidades de trilhos roubaram-me os movimentos e deram-me impressão desagradável. Esfreguei os olhos, senti-me cansado. Até ali não havia experimentado nenhum cansaço. Teria andado léguas se os trilhos avançassem para o interior, mover-me-ia regularmente, como um bonde. Apenas não me deteria diante dos postes cintados de branco. Nessas marchas compridas a que me habituei — um, dois, um, dois — a fadiga adormece e quase não penso. Exatamente como se uma vontade estranha me dirigisse, um sargento invisível que se descuidasse do exercício e fosse pelo campo, embrutecido pela cadência — um, dois, um, dois — esquecido da voz do comando, pensando nos versos de um Julião Tavares ou nos bilhetes de outra Marina. Ando meio adormecido. Se alguém me gritasse: — "À direita, à esquerda", volveria à direita, volveria à esquerda, sem procurar saber donde partia a ordem. Por que à direita? Por que à esquerda? Poderia ser meia-volta. Mas ninguém fala, e vou para a frente, sem perceber que posso voltar, libertar-me da autoridade de um sargento invisível e caminhar naturalmente, parando, observando as casas e as pessoas. De repente os trilhos desaparecem e relaxa-se a corda do boneco. Está bem. Em que ia pensando?

A verdade é que estava com as pernas bambas. Caminhada tão extensa! Mais de uma hora. O mesmo tempo para voltar — um, dois, um, dois — exatamente o mesmo número de minutos gastos na vinda.

— Está bem.

Deviam ser duas horas da madrugada.

— Sem dúvida.

Julião Tavares não tardaria em deixar a casinha que se trepa no morro, junto a uma barreira vermelha. Seguiria pela rodagem? Pela estrada de ferro? Só vendo. Esta necessidade de ver encolerizou-me:

— Besta! Farejando imundícies como um cachorro.

Procurei um cigarro para acalmar-me. Não encontrei cigarros. O que achei foi a corda que seu Ivo me havia oferecido. Desleixado. Conservar no bolso aquele traste e esquecer os cigarros! Olhei os quatro cantos. Nenhuma bodega. Esperei a passagem de alguém que me desse um cigarro. Ninguém. Idiota! Que estava fazendo ali, pisando a ponta do trilho? Farejando imundícies como um cachorro, como um urubu. Que horas seriam? Duas, aproximadamente. Aguardei as pancadas de um relógio. Com certeza Julião Tavares tinha deixado a cama da mocinha sardenta e recolhia-se, leve como um balão, saciado, fumando, a brasa do cigarro esmorecendo e avivando-se. O certo era que eu não podia ficar ali subordinado a um relógio duvidoso ou a um transeunte que talvez não tivesse cigarros. Julião Tavares deixara a mocinha sardenta. Seria a mocinha sardenta a amante dele? Na casa havia outras mulheres. Por que imaginei que havia de ser a mocinha sardenta? Uma garoa que se adensava ia toldando as luzes capiongas. Um, dois — impossível contar os postes de iluminação, que a neblina ocultava. Senti frio. Enquanto marchava, não tinha frio, nem cansaço, nem desejo de fumar. Agora a falta de cigarros me afligia. Levantei a gola, apertou-me a necessidade urgente de voltar. Tinha certeza de que na volta me apareceriam cigarros. Virei-me, pus-me a caminhar desordenadamente. De quando em quando parava, as pernas bambas. Não haveria uma bodega, um transeunte? A marcha regular era impossível. Estava irritado como um bicho e levava a mão ao bolso, num gesto maquinal. Encontrava os anéis da corda. Provavelmente Julião Tavares ia de volta, fumando. Que me importava Julião Tavares? A figura de Cirilo de Engrácia passou-me diante dos olhos, mas desapareceu logo. Por que me achava àquela hora da noite em Bebedouro, andando à toa como uma barata, parando, correndo? Soprava, enxugava o rosto com a manga. Cansado.

Quando me aproximava da casinha encostada ao monte, um vulto pulou na estrada a alguns passos de mim e ganhou os trilhos da Great Western. Adiantei-me para não perdê-lo de vista. A escuridão esbranquiçada feita pela neblina aumentava, escuridão pegajosa em que os postes espaçados abriam clareiras de luz escassa. Passei o lenço no rosto molhado. Um suor frio, as orelhas frias e insensíveis. Nem sabia se aquilo era suor ou orvalho caído dos ramos das árvores.

Uma hora antes caminhava com animação, movia-me executando ordens, tinha os membros amarrados a cordões. Agora podia desviar-me para um lado e para outro, avançar, recuar. Alargaria os passos, encontraria Julião Tavares, passaria por ele, o chapéu embicado. Não me reconheceria na poeira de água. Um sujeito que vinha de uma aventura noturna e tinha pressa de recolher-se. A mocinha ficara num fundo de quintal, em camisa, ao pé do morro. Julião Tavares estremeceria. Um concorrente. Não presumiria que o concorrente era um inimigo aperreado e cheio de veneno. A necessidade de fumar atrapalhava-me os movimentos. Julião Tavares flutuava para a cidade, no ar denso e leitoso. Estaria longe ou perto?

Aparecia vagamente nos pontos iluminados, em seguida o nevoeiro engolia-o, e eu tinha a impressão de que ele ia voar, sumir-se. Um balão colorido em noite de São João, boiando no céu escuro.

As meninas de Teotoninho Sabiá cantavam, à porta da nossa casa estalava uma grande fogueira que meu pai alimentava com tábuas de caixões e aduelas, Rosenda fazia adivinhações consultando uma bacia de água, na sala de seu Batista as moças brincavam de sortes, busca-pés estouravam na rua da Cruz e no Cavalo-Morto. Debaixo de um mamoeiro de folhas torradas, Carcará assava milho verde na fogueira e largava risadas enormes. Meu pai dizia: — "Hi! parece um papa-lagartas." Eu não sabia que espécie de bicho era o papa-lagartas nem por que meu pai se lembrava dele ouvindo as gargalhadas de Carcará. Tudo tão simples! As moças desdobrando os papelinhos das sortes, Rosenda estudando a bacia de água, Teresa e d. Maria cantando para o balão cair. Apenas o estouro dos busca-pés e as risadas de Carcará me incomodavam. Teresa era boa, chupava o dedo mindinho e chorava quando chegavam as redes e os homens amarrados de cordas.

Julião Tavares ia afastar-se, dissipar-se, virar neblina. Apressei-me, pus-me quase a correr. Bem. Continuava invisível, mas as pisadas ouviam-se distintamente.

— Bem.

Dizia isto, e sentia que tudo ia mal, aporrinhava-me por estar perdendo tempo a acompanhar Julião Tavares. Afligia-me pensar que dentro em pouco ele entraria na cidade e dormiria tranquilo. Cirilo de Engrácia, morto, em pé, amarrado a uma árvore, coberto de cartucheiras e punhais, tinha os cabelos compridos e era medonho. Eu não poderia dormir. O caminho encurtava-se. Mas então? Para que seguir o homem odioso que tinha tudo, mulheres, cigarros? Agora estávamos perto um do outro, mas a cidade se aproximava, e em breve estaríamos afastados, ele chupando um cigarro, eu aguentando os roncos do marido de d. Rosália, que tinha chegado na véspera. Pelo resto da noite ouviria os gemidos e os roncos dos vizinhos. O cansaço desaparecera. Desejaria caminhar léguas, até fatigar-me novamente e adormecer. Quantos metros faltariam para desembocarmos na Levada? Quantas horas faltariam para se abrirem os cafés e as bodegas? A ideia de que nos íamos separar me desesperava. Ali era como se ele dependesse de mim. Distinguiam-se perfeitamente os passos; nas luzes que espirravam das travessas a figura surgia, escura e bojuda, com o chapéu desabado e a gola do paletó erguida. De repente senti uma piedade inexplicável, e qualquer coisa me esfriou mais as mãos. Julião Tavares era fraco e andava desprevenido, como uma criança, naquele ermo, sob ramos de árvores dos quintais mudos. Uma hora, meia hora depois, passaria pelo guarda adormecido junto a um poste, seria forte, mas ali, debaixo das árvores, era um ser mesquinho e abandonado. Contraí as mãos frias e molhadas de suor, meti-as nos bolsos para aquecê-las. Para aquecê-las ou levado pelo hábito. A aspereza da corda aumentou-me a frieza das mãos e fez-me parar na estrada, mas a necessidade de fumar deu-me raiva e atirou-me para a frente. Entrei a caminhar depressa, receando que Julião Tavares escapasse. Novamente os passos leves no chão coberto de folhas secas. Distinguia-se agora muito bem a sombra escura na garoa peganhenta. A garoa me entrava no bolso e gelava os dedos, que esfregavam a corda. Por que andava com segurança o homem gordo? Olhos atentos procuravam enxergá-lo, dedos crispados moviam-se em direção a ele. — "Matos têm olhos, paredes têm ouvidos", dizia Quitéria sentada na prensa do quintal. Pareceu-me que as árvores em redor estavam vivas e espiavam Julião Tavares, que os galhos iam enlaçar-lhe o pescoço. E ele andava sossegado como se ali houvesse guardas-civis.

Muitos anos antes os cabras de Cabo Preto haviam-se escondido na capoeira para não assustar sinha Germana. Sinha Germana passara escanchada na sela de campo, e os cabras se amoitavam por detrás dos mandacarus e dos alastrados que vestiam mal a campina. Os cangaceiros eram amigos de Trajano, sinha Germana esquipava no caminho iluminado pelo sol cru. Nenhum ódio. Trajano Pereira de Aquino Cavalcante e Silva tinha umas reses que definhavam e entendia-se perfeitamente com os emissários de Cabo Preto.

O desejo de fumar levava-me ao desespero. O acesso de piedade sumiu-se, o ódio voltou. Se me achasse diante de Julião Tavares, à luz do dia, talvez o ódio não fosse tão grande. Sentir-me-ia miúdo e perturbado, os músculos se relaxariam, a coluna vertebral se inclinaria para a frente, ocupar-me-ia em meter nas calças a camisa entufada na barriga. Afastar-me-ia precipitadamente, como um bicho inferior. Agora tudo mudava. Julião Tavares era uma sombra, sem olhos, sem boca, sem roupa, sombra que se dissipava na poeira de água. A minha raiva crescia, raiva de cangaceiro emboscado. Por que esta comparação? Será que os cangaceiros experimentam a cólera que eu experimentava?

José Baía vinha contar-me histórias no copiar, cantava mostrando os dentes tortos muito brancos. Era bom e ria sempre. Dava-me explicações a respeito de visagens, mencionava as orações mais fortes. Não me ensinou as orações, para não quebrar a virtude delas, mas ofereceu-me conselhos, que esqueci. Tão bom José Baía! O clavinote dele tinha vários riscos na coronha. Ninguém falava alto a José Baía, ninguém lhe mostrava cara feia. E ele ria, exibindo os dentes acavalados, e quando avistava o vigário ou outro hóspede importante, a aba do chapéu de couro varria o pátio da fazenda. Não me seria possível imaginar José Baía atacado de uma crise de ódio como a que me fazia pregar as unhas nas palmas. Provavelmente ele ficava sossegado na capoeira, tirando um trago do cigarro de palha, que apagava logo com saliva e guardava atrás da orelha, para a fumaça não denunciar a emboscada. O ouvido atento a qualquer rumor que viesse do caminho estreito, o joelho no chão, em cima do chapéu de couro, o olho na mira, a arma escorada a uma forquilha, com certeza não pensava, não sentia. Estava ali forçado pela necessidade. No dia seguinte faria com a faca de ponta novo risco na coronha do clavinote e contaria no alpendre histórias de onças.

— Que fim levou, José Baía?

— Por aí, caminhando.

Nenhum remorso. Fora a necessidade. Nenhum pensamento. O patrão, que dera a ordem, devia ter lá as suas razões. As histórias do alpendre eram simples: as onças que armavam ciladas aos bodes não tinham ferocidade. José Baía, bom tipo. Quando passasse pela cruzinha de pau que ia apodrecer numa volta do caminho, rezaria um padre-nosso e uma ave-maria pelo defunto. A fraqueza estirou-me os dedos e retardou-me a caminhada. Tive saudade de José Baía e das conversas infantis do copiar.

— José Baía, meu irmão, onde estarás a esta hora? Terás morrido em tocaia ou mofarás numa cadeia nojenta de grades pretas e gordurosas? Entraste um dia na vila, amarrado de cordas, negro de suor e poeira, cercado por uma tropa de cachimbos. Os teus olhos claros se arregalavam num espanto verdadeiro. Envelheceste e és outro, uma inutilidade feita pela justiça. Os teus ouvidos e a tua vista se estragaram, as tuas mãos tremem, estás sério e esqueceste a criança a quem dizias as virtudes da oração da cabra preta.

Quanto tempo duraram as recordações e o enfraquecimento? Um minuto, ou menos. Novamente as mãos se contraíram e as pernas se estiraram no caminho extenso. Desejei que Julião Tavares fugisse e me livrasse daquele tormento. Se ele corresse pela estrada deserta, estaria tudo acabado. Eu tentaria alcançá-lo. Inutilmente. Pensei em gritar, avisá-lo de que havia perigo, mas o grito morreu-me na garganta. Não grito: habituei-me a falar baixinho na presença dos chefes. Era preciso que alguma coisa prevenisse Julião Tavares e o afastasse dali. Ao mesmo tempo encolerizei-me por ele estar pejando o caminho, a desafiar-me. Então eu não era nada? Não bastavam as humilhações recebidas em público? No relógio oficial, nas ruas, nos cafés, virava-me as costas. Eu era um cachorro, um ninguém.

— "É conveniente escrever um artigo, seu Luís." Eu escrevia. E pronto, nem muito obrigado. Um Julião Tavares me voltava as costas e me ignorava. Nas redações, na repartição, no bonde, eu era um trouxa, um infeliz, amarrado. Mas ali, na estrada deserta, voltar-me as costas como a um cachorro sem dentes! Não. Donde vinha aquela grandeza? Por que aquela segurança? Eu era um homem. Ali era um homem.

— Um homem, percebe? Um homem.

Julião Tavares não ouviu e continuou a andar tranquilamente.

— Corre, peste.

Por que era que o miserável não corria, não se livrava dos meus instintos ruins? Estaria recordando as carícias da mocinha sardenta?

— Isso não vale nada, Julião Tavares. Marina, a mocinha sardenta, a datilógrafa dos olhos de gato, não valem nada. O que vale é a tua vida. Foge.

Julião Tavares parou e acendeu um cigarro. Por que parou naquele momento? Eu queria que ele se afastasse de mim. Pelo menos que seguisse o seu caminho sem ofender-me. Mas assim... Faltavam-me os cigarros, e aquela parada repentina, a luz do fósforo, a brasa esmorecendo e avivando-se na escuridão, endoideciam-me. Fiz um esforço desesperado para readquirir sentimentos humanos:

— José Baía, meu irmão...

José Baía não era meu irmão: era um estranho de cabelos brancos que apodrecia numa cadeia imunda, cumprindo sentença por homicídio. — "Recebeu cópia do libelo?" José Baía não soubera responder. Tinha recebido e não tinha. Que resposta devia dar àquela pergunta incompreensível? O presidente se contentaria se ele dissesse que sim? Ou seria melhor dizer que não? E José Baía balançava a cabeça, indeciso: tinha recebido e não tinha. Afinal que me importava José Baía, estirado numa esteira por detrás das grades negras e pegajosas? Que me importavam as grades negras e pegajosas?

Retirei a corda do bolso e em alguns saltos, silenciosos como os das onças de José Baía, estava ao pé de Julião Tavares. Tudo isto é absurdo, é incrível, mas realizou-se naturalmente. A corda enlaçou o pescoço do homem, e as minhas mãos apertadas afastaram-se. Houve uma luta rápida, um gorgolejo, braços a debater-se. Exatamente o que eu havia imaginado. O corpo de Julião Tavares ora tombava para a frente e ameaçava arrastar-me, ora se inclinava para trás e queria cair em cima de mim. A obsessão ia desaparecer. Tive um deslumbramento. O homenzinho da repartição e do jornal não era eu. Esta convicção afastou qualquer receio de perigo. Uma alegria enorme encheu-me. Pessoas que aparecessem ali seriam figurinhas insignificantes, todos os moradores da cidade eram figurinhas insignificantes. Tinham-me enganado. Em trinta e cinco anos haviam-me convencido de que só me podia mexer pela vontade dos outros. Os mergulhos que meu pai me dava no poço da Pedra, a palmatória de mestre Antônio Justino, os berros do sargento, a grosseria do chefe da revisão, a impertinência macia do diretor, tudo virou fumaça. Julião Tavares estrebuchava. Tanta empáfia, tanta lorota, tanto adjetivo besta em discurso — e estava ali, amunhecando, vencido pelo próprio peso, esmorecendo, escorregando para o chão coberto de folhas secas, amortalhado na neblina. Ao ser alcançado pela corda, tivera um arranco de bicho brabo. Aquietava-se, inclinava-se para a frente, os joelhos dobravam-se, o corpo amolecia. Eu tinha os braços doídos e as mãos cortadas. Enquanto Julião Tavares estivesse com a cabeça erguida, a minha responsabilidade não seria tão grande como depois da queda. Quando bebia demais, seu Ivo tinha aquele jeito de arriar, não havia conversa que o levantasse. A lembrança de seu Ivo enfureceu-me.

— Com os diabos!

E larguei o corpo, que foi bater numa cerca, por baixo de uns galhos de árvore que aumentavam a escuridão.

— Com os diabos!

Sentei-me ao pé da cerca, enxuguei o suor que me corria pela testa. Cansado. A mão direita doía-me horrivelmente, mas continuei a apertar com ela a corda que a circulava. A mão esquerda estava livre. Levei-a ao bolso à procura de cigarros, mas retirei-a logo. A figura de seu Ivo, bêbedo, encostado à parede, voltou. Que horas seriam? As estacas da cerca magoavam-me as costas. Pareceu-me inconveniente permanecer ali, mas não me veio a ideia de que houvesse perigo. Necessário continuar a marcha. Continuar a marcha, evidentemente. Fiquei sentado e mudei de posição, porque as estacas da cerca me feriam os ombros. Como conduzir Julião Tavares, tão pesado? Não compreendi que devia deixá-lo apodrecendo nas folhas, debaixo da árvore. Precisava transportá-lo, isto não me saía da cabeça. Transportá-lo, sem dúvida. Apesar de não sentir medo, percebia que era urgente retirar-me. Agucei o ouvido. Apenas o zum-zum dos mosquitos. A lagoa próxima fervilhava de carapanãs. Como estaria Julião Tavares? Procurei distingui-lo, avancei a cabeça para o lugar onde supunha ter ele ficado. Um vulto quase imperceptível na escuridão leitosa. O rosto encostado à terra, naturalmente. Como estariam os olhos dele? Os de seu Evaristo, que vi de longe, esbugalhavam-se. E a boca se escancarava, mostrando a língua escura e grossa. Provavelmente Julião Tavares tinha também os olhos muito abertos e o queixo desgovernado.

— Mas que diabo estou fazendo aqui?

Necessitava levantar-me, afastar-me depressa, entrar em casa, dormir. Àquela hora o marido de d. Rosália resfolegava, arranhava com a barba o couro amarelo de d. Rosália. O marido de d. Rosália resfolegava como um bicho. E Julião Tavares parado. Minutos antes andava na maciota, o cigarro aceso, o pensamento na cama da mocinha sardenta. Agora ali junto da cerca, estirado. Inconveniente ficar ao lado dele. Inconveniente. As carapanãs zumbiam, voavam perto da minha cara, picavam-me as orelhas e as mãos escalavradas. Inconveniente.

Matos têm olhos, paredes têm ouvidos.

Quitéria, Rosenda e a prensa velha vieram-me à memória. Olhei os arredores, tentei varar a escuridão. Tudo invisível. A lagoa, povoada de carapanãs, invisível. Uma grande fraqueza abateu-me, suor abundante ensopou-me a camisa. Passei a mão na cara molhada, senti na pele a dureza da corda. Se viesse alguém?

— Recebeu cópia do libelo?

Os amigos de Julião Tavares iriam julgar-me. Pimentel e Moisés não eram jurados. Que diriam os jornais? De seu Evaristo não tinham dito nada, dos homens que apareciam mortos nos caminhos não diziam nada. Mas agora falariam muito. Quem foi? Por que foi? Pimentel escreveria artigos horríveis. Pus-me a discutir com Pimentel, gesticulei, uma das mãos bateu no corpo de Julião Tavares. Encolhi-me, o suor aumentou na friagem da noite.

José Baía, velho e manso, dormia na esteira de pipiri, por baixo das cortinas de pucumã. Seu Evaristo balançava, pendurado num galho de carrapateira. Seu Evaristo era tão magro, tão cheio de fome, que um galho de carrapateira podia sustentá-lo. Cirilo de Engrácia, morto, em pé, amarrado a uma árvore, parecia vivo. Os cabelos compridos, caídos para a frente, escureciam-lhe o rosto feroz. Só os pés estavam bem mortos, suspensos, os dedos para baixo. O frio aumentava, comecei a bater os queixos como um caititu. Se alguém surgisse na estrada, eu não teria coragem de fugir. Haveria pessoas ali perto? Julguei perceber um ruído esquisito, mas provavelmente era apenas o eco das pancadas dos meus dentes, que não descansavam. Tive a impressão de que os meus dentes estavam longe, fazendo um barulho que se misturava ao zumbido irritante das carapanãs. Apertei os queixos, mas as castanholas permaneceram, e veio-me a certeza de que me havia tornado velho e impotente.

— Inútil, tudo inútil.

Mordi a manga do paletó. Os dentes continuavam a entrechocar-se, mas produziam um som abafado. Mastiguei o pano, desejei recolher-me. Beberia um copo de cachaça, os dentes se calariam. Os relógios da vizinhança não me deixariam dormir. Certamente Julião Tavares devia ficar ali deitado. Pensei em ocultá-lo, enterrá-lo debaixo de uma camada de folhas. A ideia absurda de levá-lo comigo para a cidade tinha desaparecido. Bem. Pus-me a afastar as folhas e a cavar a terra com as unhas. A tentativa de fazer com os dedos uma cova para enterrar um homem era tão disparatada que me levantei, receoso de tornar-me idiota. Como estaria a cara de Julião Tavares?

A figura que me veio ao espírito foi a de Cirilo de Engrácia, terrível, amarrado a um tronco, os cabelos compridos ensombrando o rosto, os pés suspensos, mortos. Pensei também em seu Evaristo, curvado sob a carrapateira, como se preparasse um salto. Recuei precipitadamente e bati com os ombros na cerca. Julião Tavares podia ficar assim, pendurado a um galho, como um suicida. Acreditariam que ele fosse um suicida? Acreditariam. Não acreditariam. Os jornais fariam escândalo, publicariam o retrato da mocinha sardenta. Um rapaz desvairado, perfeitamente, rapaz desvairado. Desembaracei a mão direita e numa das extremidades da corda fiz um laço. Vinha-me afinal uma resolução. Entrei a mexer-me, com medo de perdê-la. Se os pensamentos se sumissem? Se voltasse aquele marasmo?

— Tudo inútil.

Os dentes já não batiam. Curvei-me, procurando a cabeça de Julião Tavares. Encontrei o chapéu caído, um braço, que soltei arrepiado porque nunca havia tocado em cadáveres. A ideia de que Julião Tavares era um cadáver estarreceu-me. Não tinha pensado nisto. Horrível o corpo imóvel, esfriando. Lá estava a cabeça ainda morna. Enjoado, cuspindo muitas vezes, ergui-a, passei o laço no pescoço. Prendi nos dentes a outra ponta da corda, subi à cerca, trepei-me num galho da árvore. E comecei o trabalho de guindar o morto. A mão direita puxava a corda, que se movia lenta por cima do ramo; do outro lado a mão esquerda aguentava o peso do corpo. Moço desvairado. Duas tarjas grossas, uma no princípio, outra no fim da página. Qualidades, Julião Tavares tinha muitas qualidades. A literatura dele reproduzida nas folhas, em tipo graúdo. Comentários. Por que foi? Como foi? Enterro complicado, automóveis, todos os automóveis da praça, bondes especiais. O discurso no cemitério, discurso empolado. E o túmulo com uma coluna partida. Muitos túmulos com colunas partidas. Colunas de mármore, colunas de cimento. Moço desvairado. Todos os mortos importantes eram colunas partidas. Julião Tavares era uma coluna de mármore, partida. O capitel no chão, esverdinhando-se.

O corpo subia. No princípio o esforço não era grande demais. A cada movimento passavam no galho algumas polegadas da corda. Mas quando a massa obesa se elevou, as dificuldades foram enormes para correrem uns centímetros.

— Mais um pouco, mais um pouco.

Estas palavras não me deixavam. O corpo devia estar todo erguido, e os meus ossos estalavam. O galho curvava-se. Ia quebrar-se, atirar-nos ao chão. Tudo perdido. A polícia, a cadeia. Denunciar-me-ia no primeiro interrogatório. Segurei-me à corda, com o intuito de amarrá-la. Desceria. Livre do meu peso, o galho se elevaria, os pés de Julião Tavares ficariam suspensos como os de Cirilo de Engrácia.

— Bem.

Apareceram vozes na estrada. Vozes? Ou seria que eu estava tresvariando? Alucinação. Não queria acreditar que pessoas normais se avizinhassem de mim sossegadamente. Agarrava-me com desespero à corda.

— Trinta anos de prisão, trinta anos de prisão.

As grades que a gente não pode tocar, tão nojentas são elas, as esteiras, as cortinas de pucumã, os muros grossos, fome, sede, caldo de bacalhau, e nesta miséria José Baía fabricando piteiras, pentes de tartaruga, objetos miúdos de casca de coco.

— Vão-se embora. Vão-se embora. Não venham, que se desgraçam. Um homem perdido não respeita nada.

O homem perdido ofegava apavorado. As vozes cada vez mais distintas, grossas, finas. Machos e fêmeas. Certamente iam para a farra. Mentira, tudo mentira. Eu não tinha trinta e cinco anos: tinha dez e estudava a lição difícil na sala de nossa casa na vila. A sala enchia-se de rumores estranhos que vinham de fora e saíam das paredes. Provavelmente eram os sapos do açude da Penha. Não eram sapos: eram homens e mulheres que se aproximavam. As palavras tornaram-se claras. Alguém dizia:

— Deixa de luxo, minha filha. Será o que Deus quiser.

Não me lembro de outra frase. Risos, falas truncadas. O grupo foi-se chegando, passou por baixo da árvore. Uma pessoa bateu em Julião Tavares e resmungou: — "Desculpe." A corda resvalou, recuou uns dez centímetros, com certeza Julião Tavares curvou-se um pouco na escuridão. Eu repetia baixinho:

— Será o que Deus quiser.

Os meus dedos se imobilizavam, feridos, a corda molhada de suor ameaçava correr sobre o galho, emborcar no chão úmido o corpo de Julião Tavares. Não o poderia levantar outra vez, a polícia encontrá-lo-ia deitado nas folhas e iria farejar-me.

— Trinta anos de prisão. Trinta anos de prisão.

O riso de uma das mulheres que tinham passado sob a árvore estalou a alguns metros de distância. Estaria mangando de mim? mangando dos esforços que eu fazia para recuperar os dez centímetros de corda? Senti que ia fraquejar, que a corda continuaria a escorregar na madeira. Julião Tavares, inclinado para a frente, balançava. Seu Ivo andava assim, zambeta, balançando, os olhos vidrados, sem ver ninguém. Outras gargalhadas, longe. Seria a mulher que tinha rido? Ou viriam outras pessoas falar debaixo da árvore, bater no ombro de Julião Tavares, pedir-lhe desculpa? Não havia perigo, não havia perigo, entrei a repetir baixinho que não havia perigo. Estava em segurança, escondido na folhagem, enrolado no nevoeiro. Podiam passar, parar, tocar em Julião Tavares, que se afastaria duro como uma marionete pesada demais.

— Não há perigo, nenhum perigo.

Não havia outra coisa. E pareceu-me falta de senso comum alguém rir naquele lugar amaldiçoado. Por que amaldiçoado? Tanta importância! Eu e Julião Tavares éramos umas excrescências miseráveis. As risadas zombeteiras extinguiam-se, distantes.

— Luís da Silva, Julião Tavares, isso não vale nada. Sujeitos úteis morrem de morte violenta ou acabam-se nas prisões. Não faz mal que vocês desapareçam. Propriamente, vocês nunca viveram.

Ia adormecer entre as folhas, com os braços estirados, afastando-me da árvore para fazer contrapeso ao corpo de Julião Tavares.

Apoiava-me à curva da perna direita, presa ao galho. De quando em quando soltava a corda e ia pegá-la mais abaixo. A mão esquerda aguentava o peso, os dedos estavam a ponto de quebrar-se. Julião Tavares teria subido, ou a corda mergulhara no pescoço balofo? Qualquer movimento à toa me faria perder o equilíbrio. Abria os olhos desmedidamente, mas tinha medo de virar a cabeça para ver o corpo que se alongava e emagrecia.

— Sobe, Julião Tavares. Para que serve essa resistência atrasada?

Uma lentidão de lesma. Subitamente notei que o corpo subia e balançava. Passei rápido a corda pelo galho. Outra volta, outras voltas, um nó que me levou o resto da energia, e fiquei ali arquejando, desmanchando-me em suor. Desejaria achatar-me, confundir-me com as coisas moles e úmidas que os meus dedos tinham esmagado sobre a casca da árvore. Agora os dedos seguravam mal aquele suporte incômodo e oscilante. Enorme preguiça e enorme sono prendiam-me ao galho. Creio que dormi uns minutos. Seria bom cair: talvez a queda sacudisse o torpor e me restituísse a vontade necessária para entrar em casa e embriagar-me. Embriagar-me, naturalmente. Teria dormido? Meus parentes sertanejos dormiam montados, viajavam assim. Equilibrava-me não sei como. — "Currupaco, papaco. A mulher do macaco..." Vitória sonhava com as moedas escondidas em qualquer parte, depois que os canteiros tinham sido descobertos. Como me seria possível alcançar outro ramo? Passando a outro ramo, estaria em segurança. Se pudesse retirar-me dali... Tive a ideia extravagante de chegar à cidade andando sobre as árvores.

— Em segurança, em segurança.

Evidentemente era preciso descer, mas isto me apavorava. Lá embaixo numerosos inimigos iam perseguir-me. Necessário descer. Soltar-me-ia, tombaria como um macaco ferido. Os dedos inteiriçavam-se. Escancarei os olhos. O que vi foi o corpo de Julião Tavares deformado pela escuridão. Balancei a cabeça, encolhi-me com um arrepio, o receio de na queda tocar o corpo de Julião Tavares. Não caí. Escorreguei na madeira molhada, abracei-me a ela. Uma pancada no joelho, as pernas estrepando-se na cerca de pau a pique, um rasgão nas calças. Dei um salto para trás e caí sentado nas folhas secas. A ideia do perigo assaltou-me com tanta intensidade que me pus a soluçar. Tentei levantar-me, as pernas vergaram. Arrastei-me chorando, apalpando o chão, a procurar qualquer coisa. Procurava o chapéu, caído na luta, mas não sabia o que procurava. As carapanãs esvoaçavam-me em torno da cabeça e picavam-me a carne moída. Encontrei um chapéu, que não dava para mim, era pequeno demais. Atirei para longe, cheio de repugnância, o chapéu de Julião Tavares. Continuei a engatinhar, já agora sabendo perfeitamente que procurava o meu chapéu. Achei-o, mas ficou-me a dúvida de que fosse o mesmo experimentado minutos antes. Não se acomodava bem na minha cabeça. Rastejei ao longo da cerca. Alguns metros que me afastasse representavam uma conquista. Estava aborrecido com Moisés. Que me havia feito Moisés? Não me lembrava de nada, mas era certo que o judeu me pregara uma peça. Pareceu-me que ele rondava por ali, mangando de mim. Rastejando como as cobras! Nova tentativa e consegui levantar-me, lá fui caminhando lentamente, amparado à cerca. Faltou-me de repente o amparo, andei como uma criança que ensaia os primeiros passos. Se pudesse correr... Evidentemente o perigo crescia. Quantos metros teria percorrido? Estava certo de que homens e mulheres me acompanhavam. Tinham passado por baixo da árvore, visto o homem enforcado, iam encontrar-me e denunciar-me. A gargalhada e a frase da mulher atenazavam-me.

— Será o que Deus quiser, sem dúvida.

Um, dois, um, dois. Inútil. Não podia marchar. Um aleijado, um velho. Mais cem metros, e talvez fosse a salvação. Horrível atravessar os espaços iluminados. Se alguém desembocasse de uma travessa e me reconhecesse? Desejava olhar para trás. Impossível. Consegui reunir uns restos de força e correr. Uma carreira bamba e trôpega, a boca aberta, contrações na carne enregelada. Corria e chorava, certo de que o esforço era perdido, porque o meu chapéu tinha ficado à beira do caminho, sobre as moitas. No dia seguinte passaria de mão em mão e chegaria à minha cabeça.

— Trinta anos de cadeia.

Que utilidade tinha aquela carreira desengonçada e trêmula? Se me vissem correndo e chorando ali nos fundos dos quintais? Precisava parar, mas as pernas, levadas pelo medo, não quiseram obedecer. Insuportáveis os zumbidos e as ferroadas das carapanãs. Um chapéu muito pequeno. Dei um tropeção e estaquei. Para que lado me dirigia? Ia para a cidade ou voltava para Bebedouro? Inteiramente desorientado. Teria de passar outra vez pela árvore onde Julião Tavares se balançava? Vagar a noite inteira, como um judeu errante! Continuei a andar. Bem. Se me encaminhasse a Bebedouro, voltaria pela rodagem, entraria em casa antes de amanhecer. Apareceram luzes, as carolinas que enfeitam o canal, os eucaliptos da Levada. Avancei lentamente até o bueiro, sentei-me. Estava ali um vagabundo, que acordou com a minha chegada. Eu ia perseguido por criaturas inexistentes, mas a presença daquele vagabundo não me produziu medo.

— Boa-noite.

A voz saiu-me abafada e incerta. Julião Tavares estava longe. Sacudi a cabeça para esquecê-lo e para afugentar as carapanãs. Exausto. Descansaria, entraria em casa dentro de alguns minutos, beberia aguardente, dormiria. A garrafa tinha ficado quase cheia. Embriagar-me, dormir. Tentei cruzar as mãos sobre os joelhos, mas os dedos feridos endureciam e qualquer contato era extremamente doloroso. Sem nenhum receio, dava as costas ao maloqueiro, escondia a cara instintivamente. As mãos grossas esquecidas nos joelhos pesavam em demasia. Levei-as aos bolsos, senti a ausência dos cigarros e a ausência da corda.

— Faz favor de me dar um cigarro?

O homem remexeu-se:

— Hum!

— Há muitas horas que não fumo. Para quem tem vício... Desculpe. É a peste do cigarro que me faz falta. O senhor terá um por acaso?

Olhei-o com um olho por cima do ombro, vi-o levantar a cabeça e bulir nos molambos.

— Realmente... É isso mesmo. Eu estava dormindo.

Depois de uma busca demorada, grunhiu:

— An! Tome lá.

Estirei a mão ensanguentada e recebi o cigarro de fumo picado que se desmanchava:

— Muito obrigado.

Encontrei a caixa de fósforos, comecei a fumar. A cabeça pesada parecia ter crescido. Tirei o chapéu, examinei-o. Tive um suspiro de alívio: era o meu, todo machucado e sujo de lama. Pus-me a esfregá-lo com a aba do paletó.

— Muito obrigado. Sinto muito dar-lhe incômodo.

— Hem?

Esta exclamação mostrou-me que o homem havia percebido em mim um animal diferente dele. As luzes da Nordeste cochilavam. Olhei a minha roupa. Estava imunda, com um rasgão no joelho, desarranjado. Mas usava palavras de gente bem-vestida. — "Sinto muito dar-lhe incômodo." Para que tapeação? Queria fumar. Bem. Voltariam as forças.

— Dorme aqui sempre?

O homem virou-se e enrolou-se mais nos molambos. Arrependi-me de ter feito a pergunta. Horríveis aqueles modos. Devia muito ao vagabundo. Chegaria a casa facilmente, beberia, dormiria, esqueceria Julião Tavares.

— Não tive intenção de ofendê-lo. Foi uma palavra à toa. O senhor me desculpa. Fazia horas que não fumava. Um grande favor, entende? Muito obrigado.

As minhas frases eram convencionais e não valiam o cigarro que se apagava a cada instante.

— Eu estava dormindo, respondeu o maloqueiro. Não tem de quê. Foi incômodo não. Boa-noite.

Remoeu umas coisas guturais e começou a roncar. Impossível qualquer aproximação. O isolamento em companhia de uma pessoa era mais opressivo que a solidão completa. Parecia-me que aquele homem estava morto. Esta ideia afligiu-me tanto que desejei sacudi-lo, conversar com ele, explicar-me, convencê-lo de que estava agradecido.

— Diabo! murmurei. Eu também fui vagabundo, dormi nos bancos dos jardins e curti fome, mas nunca fui assim grosseiro.

Esqueci o benefício recebido, e novamente me surgiu a ideia de que o homem estava morto. Levantei-me, entrei na rua do Apolo. O rasgão mostrava-me a cabeça do joelho, o colarinho tinha-se desprendido da camisa, a roupa estava preta de limo e terra, as mãos estavam pretas de limo, terra e sangue. Se alguém me visse em semelhante desordem... O cigarro de fumo picado findava, a ponta colava-se aos beiços e queimava-os. Precisava entrar em casa. Aproximava-me, e não tinha certeza disto. As distâncias desapareciam. O galho que sustentava Julião Tavares balançava por cima do bueiro, e Julião Tavares confundia-se com o homem que me havia oferecido o cigarro. Um, dois, um, dois. Agora podia marchar. Com algumas pernadas estaria em casa, mas a casa se afastava sempre. Veio-me um desânimo extraordinário. Quase a chegar, depois de esforços imensos, ia ser descoberto e agarrado. Um transeunte notaria o desarranjo da roupa, a gravata fora do lugar, o rasgão no joelho.

— Onde passou a noite de tal dia?

— Em casa, na redação.

Perceberiam logo a mentira. Em seguida viriam perguntas insignificantes em tom misterioso, e eu me cansaria inutilmente para desviar-me delas. Quando estivesse distraído, jogariam de novo a coisa perversa:

— Mas onde foi que o senhor passou a noite de tal dia?

A testemunha, que me havia encontrado com um rasgão no joelho e o colarinho desabotoado, arrumaria o seu depoimento de cabeça baixa, em poucas palavras para não cair em contradição. Quem seria o advogado? O dr. Fulano, o dr. Sicrano... Esses falavam de papo e tinham recursos para inutilizar o depoimento:

— Que horas eram quando o senhor viu o acusado?

— Três horas.

Quinze minutos depois a mesma pergunta.

— Quatro horas.

O escrivão registraria as duas respostas, a testemunha atordoada não se lembraria de dizer que era impossível saber a hora exata em que via passar uma pessoa na rua, o dr. Fulano ou o dr. Sicrano exploraria a atrapalhação do homem e a defesa levantaria a cabeça. Apenas eu não podia contratar os serviços de um dos advogados hábeis, contentar-me-ia com um bacharel novo, gratuito e desastrado. A acusação ficaria de pé, o interrogatório rolaria uma eternidade na máquina de escrever. Coisas simples, malícia nenhuma. Quando eu menos esperasse, surgiria a intenção ruim — e daí em diante todas as perguntas seriam como cobras enrodilhadas que se preparavam para armar o bote. Um, dois, um, dois. Não apareceria aquela casa amaldiçoada? As luzes da Nordeste subiam e desciam. Olhei os quatro cantos numa ansiedade, certo de que a testemunha ia de repente dobrar a esquina e avançar na rua. Viria com passo firme, de cabeça baixa. Quando passasse por mim, levantaria os olhos — e estaria tudo perdido. Para que então aquele desespero, aquela agonia?

— Será o que Deus quiser. O que tem de ser tem muita força.

Era melhor voltar. Tive a ideia absurda de voltar, sentar-me outra vez no bueiro, conversar com o vagabundo, pedir-lhe outro cigarro. E depois seguir em frente, sempre em frente, parar debaixo da árvore que sustentava Julião Tavares. Quando a polícia chegasse, eu contaria tudo:

— Não me matem de fome nem me deem água de bacalhau. Eu me explico. Foi assim.

Ninguém teria interesse em descobrir incongruências nas minhas palavras. Voltar, esperar tranquilamente as grades úmidas e pegajosas. Embrutecer-me-ia por detrás delas, tornar-me-ia criança, ouviria as histórias ingênuas de algum José Baía, que me diria as virtudes da oração da cabra preta. Teriam encontrado Julião Tavares esticado no caminho escuro? Estariam metendo uma colher na boca de

Julião Tavares? No sertão introduzem uma colher de prata na boca do homem assassinado — e o criminoso que não sabe orações fica preso: desorienta-se e acaba voltando para junto da vítima. Outros homens e outras mulheres tinham passado por baixo do galho, cortado a corda, levado Julião Tavares para uma casa da travessa mais próxima. Estava lá o cadáver emborcado, com uma colher de prata na boca. E eu regressaria, com medo da testemunha, que ia aparecer na esquina. Tudo se sumiu de chofre. A chave rangendo na fechadura, como todos os dias, devagar para não acordar Vitória, o ferrolho corrido por dentro, passos abafados no corredor. Cheguei à sala de jantar às apalpadelas, abri o comutador e fiquei ao pé da mesa, piscando os olhos à luz. Tive um arrepio, os cabelos se levantaram, senti uma dor aguda no couro cabeludo. Tirei o chapéu e pus-me a escová-lo com a manga. Era o meu, sem dúvida. Voltei à sala e fui pendurá-lo ao cabide. Puxei a corrente da lâmpada, olhei-me ao espelho. Diferente, magro, velho, as pálpebras empapuçadas, rugas, terra seca na barba crescida.

— Peste! Andei rolando pelo chão como um porco.

Os olhos, ordinariamente embaciados, tinham um pequeno brilho duro. Apaguei a luz e dirigi-me novamente à sala de jantar. Lembrei-me da garrafa de aguardente, mas quando ia pegá-la, senti a necessidade de lavar as mãos. Estava imundo e receava contaminar os objetos. Tomei um pedaço de papel, segurei com ele o ferrolho e abri a porta do quintal. Fui ao banheiro, meti as mãos no balde de água e lavei-as, muito lentamente porque as feridas começavam a doer em demasia. Deitei fora a água, mergulhei o balde no tanque e recomecei a lavagem. Enxuguei as mãos nos cabelos, voltei para a sala de jantar, bebi um pouco de aguardente. A garrafa estava quase cheia. Bebi outro gole, mas o meu desejo era tornar ao banheiro. Os cabelos estavam sujos e tinham sujado as mãos. Lembrei-me de ter posto na cabeça o chapéu de Julião Tavares. Lembrança intolerável. Fui ao quarto, descalcei-me, despi-me às escuras, deixei a roupa e os sapatos numa trouxa a um canto, agarrei a toalha e voltei, nu, meio atordoado pelo álcool. Achei na borda do tanque um pedaço de sabão ordinário e esfreguei cuidadosamente as mãos e os cabelos. O corpo todo estava sujo, mas o que mais me preocupava eram os cabelos e as mãos. O banho durou uma eternidade. Que horas seriam? Não me viera a ideia de olhar a parede da sala de jantar. A cabeça começou a pesar-me. Bem. Ia dormir como um porco. Certamente... Dormir como um porco. Banhava-me devagar, para não fazer barulho. Se os vizinhos ouvissem as pancadas de água no cimento? Uma culpa grave. Se fosse descoberto, infelicidades me chegariam. Todos os gestos eram culpas graves. Pisava como um gato. Talvez no banheiro próximo estivessem pessoas escondidas. Que horas seriam? A cabeça pesava. Certamente... Sim, certamente era preciso dormir, ajudar a noite que não queria acabar. Tinha topado num buraco enorme, ia caindo nele, mas conseguira escapar agarrando-me às estacas de uma cerca e metendo as mãos na terra fofa. Esfregava os dedos. Para lá daquele buraco escuro havia um nevoeiro. Marina, d. Adélia, seu Ramalho, Julião Tavares, tudo era nevoeiro. Enrolei-me na toalha e voltei à sala de jantar. Em cima do guarda-comidas encontrei cigarros e fósforos. Bem. Agora estava limpo. Acendi um cigarro e bebi mais aguardente. Queria embebedar-me e dormir, mas tive a ideia de que só poderia dormir sentado, encostado à parede. A cama estava suja, tinham-se espojado nela criaturas que se agatanhavam com raiva, babando, uivando. Três pancadas. Olhei a parede, mas não consegui distinguir as letras e os ponteiros. Aproximei-me, estirei o pescoço para o mostrador, fiquei nas pontas dos pés. Pensei em Cirilo de Engrácia e recuei até a mesa sem ver as horas. Com os diabos! Tinha ouvido distintamente três pancadas. Enchi o copo e continuei a beber. Aproximei-me novamente da parede: uma neblina diante do mostrador. Felizmente agora estava fumando, quase tranquilo. Teria ouvido as três pancadas? Então aquilo tinha acontecido de meia-noite a três horas! A marcha ao longo da linha de bonde, a volta, a necessidade de fumar, a escuridão cheia do zum-zum das carapanãs, aquela coisa terrível — tudo de meia-noite a três horas.

Sentei-me, deitei fora o cigarro apagado, acendi outro e pus-me a esgaravatar as unhas com o fósforo. As unhas doídas iam-se entorpecendo. Olhei-as, mas entre os olhos e as mãos havia um nevoeiro que engrossava. As paredes tornaram-se inconsistentes. Fechei os olhos, encostei a cabeça à mesa, remexi os dedos com o fósforo queimado. Um rumor enchia-me os ouvidos, burburinho que ia crescendo e me dava a impressão de que a casa, a cidade, tudo, caía lentamente. As paredes se desmoronavam como pastas de algodão. E no ruído confuso surgiam sons que me arrastavam à realidade: o tique-taque do relógio, o apito do guarda-civil, o canto de um galo, um miar de gato no telhado. Essas notas familiares me exasperavam. Queria deixar-me embalar pelo rumor abafado e dormir. Impossível. Os dedos agitavam-se despedaçando o fósforo. Levantei a cabeça, arregalei os olhos e novamente cheguei a eles os dedos, que desapareciam no nevoeiro. Ergui-me, dei uns passos cambaleantes. O burburinho morreu: o que se ouvia era a respiração de Vitória. Fechei os olhos com força, tornei a abri-los. O nevoeiro adelgaçou-se: as mãos esfoladas e grossas, terra nas unhas. Tomei outro fósforo e recomecei a limpá-las. Em seguida fui ao banheiro lavá-las, livrá-las daquela porcaria. Voltei desanimado, enxuguei as pontas dos dedos tempo sem fim. Provavelmente não conseguiria dormir. Um, dois, um, dois. Eram as pancadas do pêndulo, mas eu pensava em marchas. Olhei a porta aberta. Vi apenas um buraco escuro, mas era como se visse a luz do farol espalhando-se sobre a folhagem da mangueira. Estremeci. Os galhos iluminados de vermelho, de branco. Que loucura ter deixado aquela porta aberta! Se alguém, oculto entre as folhas, me espiasse? Fechei a porta. Estava em segurança. Tentei encaminhar o pensamento para coisas simples e ordinárias, mas estas coisas fugiam, truncavam-se. Em segurança. Quantos dias faltavam para receber o ordenado? Precisava dar uns dinheiros a Moisés. Pimentel tinha-me pedido um artigo sobre... Sobre quê? Lobisomem agora trazia sapatos novos. D. Rosália e o marido estariam dormindo? Tão tarde... O marido de d. Rosália chegara do interior. Dar uns cobres a Moisés, sem dúvida, quando recebesse o ordenado. Um artigo para Pimentel. Os sapatos de Lobisomem. O marido de d. Rosália com certeza estava cansado e dormia. Eu também estava cansado, mas não podia dormir. Enxugava as mãos entorpecidas, lentamente, e quase não sentia as escoriações. Dei uns passos, estaquei. Que ia fazer? Avancei até o corredor. Uma felicidade não pensar, andar assim trôpego como um papagaio. Fui fechar a porta da cozinha, devagar para não acordar Currupaco, que dormia com a cabeça debaixo da asa. De repente estranhei achar-me ali em pé, nu, com a toalha no ombro, enxugando os dedos. Dormir, acabar aquela noite imensa. Bebi o resto da aguardente. O estômago contraiu-se, embrulhado, o pescoço entortou-se, a boca encheu-se de saliva. Senti que ia vomitar, encostei-me à mesa para não cair. Fechei os olhos — e o burburinho recomeçou. Pancadas na porta da frente. Abri os olhos numa agonia. O suor corria-me pela cara, ensopava a toalha, não havia jeito de estancá-lo. Teriam realmente batido na porta? Ia arrastar-me, bambeando, pé aqui, pé acolá, até o quarto, vestiria o pijama aos tombos, engulhando, arrotando. Quem seria?

— Estava lendo, fumando, bebendo. Falta de sono. É costume velho, entende? Não sei nada. Estou aqui há muitas horas assim.

Poderia falar? Quem teria batido? Só se ouviam os roncos de Vitória, o tique-taque do relógio e o chiar dos ratos. O estômago embrulhava-se, o suor corria, a boca era pequena para conter a saliva. Quem estaria lá fora, na calçada? O relógio bateu meia hora e depois quatro. Não me lembro de ter feito nenhum movimento na derradeira meia hora, mas quando veio a primeira pancada eu estava de pé, quando soaram as quatro estava sentado, o queixo encostado à mesa. Levantei-me, dirigi-me ao quarto, firmando-me às paredes, tombei na cama, pesado, como um morto.

* * *

— Ó Vitória, faça o favor de ir ali à esquina, ouviu? Telefone à repartição, diga que não vou ao serviço hoje. Estou doente.

Quando ela saiu, deitei no saco a roupa branca que tinha vestido na véspera. Em seguida escondi o paletó e a calça rasgada debaixo do colchão.

Se dessem busca na casa? Fui remexer o saco, ver se na roupa branca havia sinais que me pudessem comprometer. O paletó e a calça não estavam bem escondidos. Pensei em queimá-los, enterrá-los. Levantei o colchão, tirei-os. Sujos de lama. Não podiam ficar ali. Se fossem descobertos? Atirei-os para trás da mala, apanhei do chão a gravata e fui para a sala de jantar.

— Telefonou, Vitória?

— Telefonei.

— Muito obrigado. É que estou com febre, morrinhento. Que há de novo?

— Um senador que chegou do Rio.

— Está bem.

Bebi uma xícara de café, procurei uma tesourinha e pus-me a cortar as unhas, que ainda tinham terra. Estava com febre e aturdido pela cachaça.

— Ó Vitória, se não estiver muito ocupada, leve a roupa à lavadeira, ouviu? Preciso camisas.

Vitória afastou-se e daí a pouco saiu com uma trouxa de roupa suja. A porta da frente abriu-se e fechou-se. Acabei de cortar as unhas arroxeadas. As mãos engrossavam e deformavam-se, a direita com uma esfoladura na palma, a esquerda cheia de fibras de madeira, que extraí com a ponta da tesoura. A gravata estava enrolada, como uma corda, exatamente igual a todas as gravatas que tenho tido, mas senti a necessidade de destruí-la. Cortei-a em pedacinhos, que desfiei, juntando os fios em cima da coxa. Vitória, arrastando os pés, ficaria muito tempo na rua. Dediquei-me nervosamente a desfiar os pedaços da gravata. Tossia e limpava os olhos, que lacrimejavam. Uma felicidade estar com febre. Os rumores externos eram os mesmos de todos os dias. D. Rosália despropositava com Antônia, d. Adélia cantava no banheiro, o trem passava apitando, automóveis e bondes rolavam longe. Desejei ver seu Ivo, pensei em oferecer qualquer coisa a seu Ivo. Isto me aliviaria. As alfaces no canteiro amarelavam. O homem triste enchia dornas. A mulher magra agitava garrafas e sacolejava-se como se tocasse ganzá. Nenhuma novidade. Moisés e Pimentel me seriam desagradáveis naquele momento, mas a companhia de seu Ivo me daria prazer. Subitamente imaginei que o homem triste e a mulher magra me espionavam. Afastei a cadeira para não ver o homem que enche dornas e a mulher que lava garrafas, continuei a tarefa. Quando a terminasse, ficaria tranquilo. Cortaria depois a calça e o paletó em pedacinhos que seriam desfiados. Ficaria inteiramente tranquilo. Nenhuma novidade. Apenas a viagem de um senador desconhecido. Tranquilo. Deitar-me-ia, descansaria. De minuto a minuto suspendia o trabalho para enxugar os olhos, e a umidade que havia no lenço era quente demais. Respirava com dificuldade, o corpo se derreava na cadeira, bocejos enormes. Compreendia que o exercício a que me entregava era inútil, perigoso talvez. Se alguém entrasse de repente e me visse desfiando pedaços de pano? Mas continuava a desfiá-los à pressa, e escondia o molho de fios entre as pernas. Vitória não chegava. Com certeza a comida ia esturrar. Que esturrasse. Podre de rica, Vitória: prata, libras esterlinas. Tentei pensar nas moedas. Impossível. Não acabaria a destruição da gravata? Sentia um medo horrível e ao mesmo tempo desejava que um grito me anunciasse qualquer acontecimento extraordinário. Aquele silêncio, aqueles rumores comuns, espantavam-me. Seria tudo ilusão? Findei a tarefa, ergui-me, desci os degraus e fui espalhar no quintal os fios da gravata. Seria tudo ilusão? Voltei, atravessei o corredor, cheguei à sala, olhei a rua pelas tabuinhas da rótula. Uma das filhas de Lobisomem mostrou a cabeça arrepiada, Antônia passou com o filho mais novo de d. Rosália pela mão, uma bicicleta rodou no paralelepípedo. Enxuguei os olhos. A cabeça doía-me. Encostei os cotovelos à janela. Entre duas tabuinhas afastadas distinguia a cara amarela, os olhos abotoados e os cabelos ruivos da filha de Lobisomem. Pelas outras tabuinhas só percebia os pés dos transeuntes. Iam e vinham, ocupados. Todos os dias acontecem desgraças. Estava doente, ia piorar, e isto me alegrava. Deitar-me, dormir, o pensamento embaralhar-se longe daquelas porcarias. Senti uma sede horrível. Os beiços secos, queimados, rachavam-se. Evidentemente a sede tinha horas, mas só então me apareceu clara a necessidade de beber água. Quis ver-me ao espelho. Tive preguiça, fiquei pregado à janela, olhando as pernas dos transeuntes. Esfreguei a cara com a mão estragada. Os pelos duros feriram-me a palma em carne viva.

— Todos os dias nasce gente, morre gente. Isso não tem importância.

Repetia frases assim e soprava a palma ferida, mas não prestava atenção ao que dizia, pensava em coisas diferentes, em muitas coisas que se misturavam. Ia haver uma escuridão, uma desordem. Parecia-me que os acontecimentos subiam e desciam numa panela, fervendo.

— Em segurança.

Com os cotovelos presos à janela, olhava a rua e tremia. Morto de sede, não me aventurava a tirar-me dali. As pernas fraquejavam, bambas. As que andavam na rua atravessavam o minguado espaço que a minha vista alcançava, eram bem- vestidas, rotas, nuas — e isto me bastava para adivinhar as caras. Iam lentas ou apressadas, ignoravam a existência de outras que giravam, encostando as pontas dos pés no chão coberto de folhas secas. Duas pernas pararam no meio da rua, voltaram as biqueiras dos sapatos para o meu lado. Olhos atentos, sob a mão em pala na testa, deviam estar observando o número da casa. Isso durou um minuto. As biqueiras avançaram em direção a mim. Descobriram-se os joelhos das calças ordinárias e surradas. Provavelmente era um investigador, um desses homens que frequentam os cafés, escutam conversas e fogem como sombras, olhando por baixo da aba do chapéu embicado. Ia aproximar-se macio, bater palmas discretamente para não atrair a atenção dos vizinhos:

— Ó de casa!

Eu me afastaria da janela, arrastando as pernas que pesavam arrobas, iria abrir a porta. Perguntas sem pé nem cabeça, uma busca na casa; a roupa machucada e rasgada atrás da mala, as minhas mãos feridas, as unhas roxas, provocando suspeitas que se acumulavam e viravam certeza. Eu me atrapalharia logo e diria o que o sujeito quisesse. Não seria preciso me darem água de bacalhau. A garganta ardia-me, passei a língua seca nos beiços gretados. Água de bacalhau, dias de fome, noites em claro, um tipo martelando horas a fio:

— É bom o senhor contar. Para que esconder? Tudo se descobre. Confesse.

Eu arriaria a trouxa com facilidade. Tudo se descobre, sem dúvida. Que papéis haveria nos bolsos da roupa que estava atrás da mala? Bilhetes de dr. Gouveia, correspondência do interior, a carteira vazia, artigos manuscritos, recortes de jornais. Se algum desses papéis tivesse caído na estrada? Perdido, trinta anos de cadeia, a imundície, os trabalhos dos encarcerados: fabricação de pentes, esteiras, objetos miúdos de tartaruga. Faria um livro na prisão. Amarelo, papudo, faria um grande livro, que seria traduzido e circularia em muitos países. Escrevê-lo-ia a lápis, em papel de embrulho, nas margens de jornais velhos. O carcereiro me pediria umas explicações. Eu responderia: — "Isto é assim e assado." Teria consideração, deixar-me-iam escrever o livro. Dormiria numa rede e viveria afastado dos outros presos. A garganta doía-me, os beiços colavam-se. Precisava beber água e pensava no caldo de bacalhau. Confessaria tudo, mostraria a roupa rasgada, os bilhetes, as cartas, os artigos. Os olhos pestanejavam e choravam lágrimas quentes que eu enxugava na manga. Não podia ver bem a rua. As pernas teriam marchado para mim ou estacionariam no paralelepípedo, indecisas? Tanto tempo a ameaçar-me com as biqueiras dos sapatos cambados e as joelheiras das calças ordinárias! As biqueiras volveram à esquerda e sumiram-se. Não era gente da polícia: seria talvez um servente de casa comercial, carregado de embrulhos, distribuindo mercadorias. Provavelmente conduzia troços para d. Mercedes e estava em pé na calçada, batendo palmas. D. Mercedes vinha devagar, cheirosa, o peignoir exibindo o peito maduro. Recebia os pacotes, dava uns níqueis ao carregador, entrava, ia desatar os cordões e examinar as compras. Entre as duas tabuinhas mais afastadas da rótula vi de novo o rosto espantado da filha de Lobisomem. Por que se espantava? Não havia motivo. Tudo em ordem na rua. A barriga e as pernas de um homem passaram na calçada e pararam à porta de d. Rosália. Alguns rapazes dirigiam-se ao colégio Diocesano. Um moleque de tabuleiro deu um grito estridente que me assustou. Evidentemente... A rua sossegada, como nos outros dias. O grito do moleque continuava a furar-me os ouvidos. Evidentemente... Que é que ia dizer? O pensamento partia-se. Ia cair de cama, delirar, morrer. A carne estremecia, os pés dos cabelos doíam-me. De quando em quando levava a mão ao rosto, e o contato da palma com a barba crescida arrancava-me palavrões obscenos grunhidos em voz baixa. Um porco, parecia um porco. Esta comparação não me entristecia. Desejava ser como os bichos e afastar-me dos outros homens. As mãos doíam-me, as pernas doíam-me, os pés dos cabelos doíam-me. Não queria imaginar o que aconteceria lá fora, o que tinha acontecido. Fatos possíveis misturavam-se a coisas absurdas. Evidentemente... Esta palavra solta, repetida, enfurecia-me. Pouco a pouco serenava. Seu Ramalho, no meio das conversas, dizia: — "Eu lhe conto." E não contava nada. D. Adélia censurava a filha com um gemido: — "Hum! hum!" Antônia dava uma risadinha ruim e piscava um olho: — "Safada moda." Agora a rua estava em silêncio. Noutra rua havia lágrimas, desespero e cabelos arrancados. Um médico vestia o avental, chegava-se ao mármore do necrotério. O homem dos caixões de defuntos preparava coroas de flores roxas, muitas coroas de flores roxas com fitas roxas. Onde andaria Vitória? Surda, a cabeça cheia de moedas e navios, arrastando-se pelas bodegas. Uma senhora gorda e mole, com os sovacos molhados, chorava noutra rua. Fui ao quarto, levantei a roupa caída atrás da mala, estendi-a em cima da cama, examinei o joelho rasgado, as bainhas puídas, a gola embranquecida. Machucada, suja de poeira, lama seca e teias de aranha. Cortá-la-ia em pedacinhos, que seriam desfiados e atirados ao monturo. Procurei uma escova e pus-me a limpar os trapos. De momento a momento suspendia o trabalho e soprava a mão ferida. Estupidez deixar aquilo no chão, entre a mala e a parede. Bem. Agora os panos estavam quase decentes. Algumas pancadas na porta gelaram-me o sangue. Caí sentado na cama. Tudo perdido. Lá estava o sujeito da polícia com o chapéu embicado. Olhei o rasgão do joelho, as mãos grossas. Difícil dobrar os dedos. E nas costas da mão direita, a mais estragada, corria um traço largo que escurecia. Ao amanhecer estava vermelho, mas agora ia ficando azulado. Enfim tudo perdido. Era sair, entregar-me, contar a história botando os pontos nos *ii*. Faria um livro na prisão, estudaria, arranjaria camaradagem com dois ou três presos mansos. Habituar-me-ia. A gente se habitua em toda a parte. Dorme à beira das estradas, nos bancos dos jardins. Depois de meia-noite as letras miúdas dançavam na prova molhada, a saleta da revisão enchia-se de fantasmas, a gente lia cochilando, emendava cochilando. Um galego dava ordens aos berros. Nas mesinhas estreitas, forradas com papel de impressão, as vozes esmoreciam, as canetas sujas, nojentas, calavam-se. Vida porca, safada. Agora estava menos porca e mais safada. Adulações, medo de perder o emprego, de voltar às estradas, à caserna, aos bancos dos jardins, à mesa da revisão. O suor molhava-me o pescoço, a vista escurecia, a memória dava saltos, a respiração encurtava-se. Uma lembrança vaga de cavalos perseguia-me. Onde teria eu visto aqueles cavalos? Nunca fui cavaleiro, nunca montei direito. Uma queda nas pedras do Ipanema ia-me desmantelando. Era estranho que aqueles animais viessem perturbar-me. Fazia um minuto que o homem da polícia tinha batido. Sentado na cama, suando, tossindo, as mãos esfoladas, encolhia-me. Os animais aperreavam-me. A princípio não conseguira distingui-los. Era um tropel distante, rumor que se confundia com a cantiga dos sapos do açude da Penha e o zumbido das carapanãs. Agora percebia que eram cavalos correndo. Novas pancadas. Levantei-me, cheguei à porta do quarto, estirei a cabeça.

Um maloqueiro, um vagabundo que pedia esmola. Enfureci-me e gritei:

— Puta que o pariu.

Estar um homem em casa, sossegado, escovando a roupa, e de repente pancadas, amolações, peditórios.

— Isso tem cabimento? Dá o fora, vai para o diabo.

Pus o paletó no encosto de uma cadeira, dobrei a calça, ocultando a parte rasgada, e coloquei-a em cima da mala.

— Onde vamos parar com tantos mendigos? Isso tem jeito?

O quarto estava como nos outros dias. O meu desejo era deitar-me, mas fui à sala de jantar, ainda bastante zangado:

— Canalhas, preguiçosos.

Derreei-me na cadeira, um peso enorme nos braços:

— Safados.

Não me referia apenas aos maloqueiros. De quando em quando passava a manga do pijama nos olhos molhados. E soprava a palma ferida, mas o ar saía quente e a dor não diminuía. Esse movimento de soprar a mão quase encostando-a à boca fez-me pensar nos gatos. Ia adormecer, perder a consciência. As coisas afastavam-se ou aproximavam-se de maneira absurda, as paredes moviam-se. Não ter consciência. Soprava a mão. Ser como um gato que lambe os pés.

Que direito tinha aquele bandido de me vir incomodar quando eu estava ocupado, escovando a roupa? Então não pode um homem pôr em ordem os seus troços sem ser perturbado.

— Isto é casa de puta para qualquer um bater e entrar?

Por que era que o vagabundo me havia enganado fazendo-se passar por gente da polícia? Dentro em pouco outras pancadas me esfriariam o sangue, num segundo rolariam multidões de pavores. Tudo se repetiria — as mesmas caras, as mesmas perguntas, as mesmas ameaças, o julgamento, discursos, a escuridão entre quatro paredes, portas de ferro, fechaduras enormes, ferrolhos enormes. Levantar-me-ia, atravessaria o corredor como se me arrastassem. Outro vagabundo, um vendedor ambulante, qualquer pessoa levada por endereço errado:

— Não é aqui não. Desculpe.

Voltaria para junto da mesa, aguardaria novas pancadas, novas torturas. Por que não se acabava logo aquilo? Bati com a mão na mesa e isto me arrancou um grito que abafei e se transformou em praga imunda. Por que não me vinham buscar os miseráveis da polícia? Por que faziam comigo aquela brincadeira de gato com rato? Eu os acompanharia, mostraria a roupa rasgada, os fios da gravata no monturo, falaria no cigarro oferecido pelo vagabundo. Por que não vinham logo? Muitos anos nas redes sujas, nas esteiras de pipiri. Escreveria um livro. A ideia do livro aparecia com regularidade. Tentei afastá-la, porque realmente era absurdo escrever um livro numa rede, numa esteira, nas pedras cobertas de lama, pus, escarro e sangue. Olhava as telhas, movediças, a garrafa de aguardente, movediça. O livro só poderia ser escrito na prisão, em cima das pedras, na esteira, na rede, sob as cortinas de pucumã. Um livro escrito a lápis, nas margens de jornais velhos. Os objetos deformavam-se. A janela e a porta do quintal, a porta da cozinha e a do corredor estavam cheias de gente. Estirei o pescoço, observei o homem que enche dornas e a mulher que lava garrafas. Retraí-me. Em vez de se entregarem ao trabalho, eles me espionavam. O movimento de estirar o pescoço para vê-los era horrível. O que mais me doía eram os braços, principalmente as mãos. Encolhi o pescoço, tentei metê-lo no corpo. Um, dois, um, dois. Eram as pancadas do pêndulo. Não prestava atenção a elas durante o dia. À noite percebiam-se bem, mas de dia, com o barulho que vinha de fora, não havia relógio. Como Vitória se demorava! O galope dos cavalos não me saía dos ouvidos, crescia, como se avançasse no paralelepípedo. Donde vinham aqueles cavalos? A cabeça tombou num cochilo. Aprumei-me, bocejei, estirei os braços doloridos. Recostei-me na cadeira e cerrei os olhos. Passei a língua seca como língua de papagaio pelos beiços gretados e cobertos de películas. Arrastei-me até a moringa, bebi alguns copos de água. Tantas horas com a garganta pegando fogo, suportando aquilo inutilmente. Com certeza a febre ia crescer. O corpo morrinhento pedia cama. O rumor das carapanãs misturava-se ao tropel dos cavalos. Achei-me sentado, murmurando palavras desconexas. O suor corria entre os pelos da barba. Passei o lenço na cara e no pescoço, mas retirei logo a mão.

— Sou uma pessoa muito hábil.

Os cavalos tinham agora um trote macio que não se distinguia da música das carapanãs. Aborrecia-me saber que os cavalos não existiam, as carapanãs não existiam, os indivíduos que atravancavam as portas não existiam.

— Uma pessoa muito hábil.

A roupa molhada colava-se ao corpo. A sede voltou, bebi outro copo de água. Pensei em fumar e isto me produziu um estremecimento. Mas então? Um sujeito hábil, sem dúvida. Tudo muito direito. Na casa de d. Rosália as crianças gritavam e Antônia lavava a louça. Na casa de seu Ramalho d. Adélia varria a sala de jantar. Ouvia-se o chiar da vassoura. Pancadas de pratos, gritos de crianças, risos, pragas.

— Um sujeito hábil.

Que burrice repetir isso! Estirei a cabeça cautelosamente. A mulher magra e o homem triste dedicavam-se às suas ocupações e não me viam. Uma criatura ordinária, um funcionário que faltava à repartição. Vitória voltou, mas isto não teve importância. As carapanãs e os cavalos preocupavam-me demais para prestar atenção a Vitória. Um funcionário. Pus-me a rir como um idiota. Continuaria a escrever informações, a bater no teclado da máquina, a redigir artigos bestas. — "Perfeitamente." O sorriso sem-vergonha concordando com tudo. —"Perfeitamente." Não tinha praticado nenhuma façanha, não tinha conversado com o vagabundo, na véspera. Eu? No quarto pequeno junto à escada, o cheiro do gás era insuportável. Andavam percevejos no papel da parede, manchado e descolado. Aborrecia-me o estudo cacete de Dagoberto. Mas quando ele empurrava a porta, jogava na cama a cesta e o compêndio, acovardava-me, sorria, abria o livro ou pegava o osso e começava a amolação. — "Perfeitamente, Dagoberto." Para que diabo me servia conhecer as vértebras e o frontal? Não ia ser médico. Mas lia, para não desgostar o rapaz. Olhei a garrafa de aguardente, vazia, pensei em seu Ivo, em seu Evaristo e em Cirilo de Engrácia. Com os braços esmorecidos sobre a mesa, via as paredes afastarem-se, as telhas subirem e descerem. Ia dormir, descansar, tresvariar. Levantei-me de chofre. Um rebuliço na casa de seu Ramalho. Fui encostar-me à parede. Gritos, o cabo da vassoura batendo no chão, risos nervosos e a fala morna de d. Adélia:

— Quem faz neste mundo paga é aqui mesmo. Quando Deus tarda, vem em caminho.

Olhei os quatro cantos. Não tinha nada com aquilo. Ia trancar-me, enrolar-me nos lençóis, tremer, ranger os dentes como um caititu. Não tinha nada com aquilo. A garrafa de aguardente estava vazia. As carapanãs zumbiam. O vagabundo me dera um cigarro. A mulher tinha dito: — "Deixa de luxo, minha filha. Será o que Deus quiser." Eu ficava afastado de tudo. Afastei-me da parede e arregalei os olhos para a mulher que lava garrafas e o homem que enche dornas. Não tinha nada com aquilo. — "Um artigo, seu Luís." Seu Luís escrevia. — "Perfeitamente, Dagoberto." Eu? As telhas dançavam, era extraordinário que se pudessem equilibrar, não viessem espatifar-se no chão, bater-me na cabeça.

— Não fui eu, gritei recuando e tropeçando na cadeira.

Os cabelos arrepiavam-se, um frio agudo entrou-me na carne, os dentes tocaram castanholas. Nada havia acontecido comigo. Senti-me vítima de uma grande injustiça e tive desejo de chorar. Vieram-me lágrimas, que esmaguei. Eu estava de parte, ouvindo o zum-zum das carapanãs.

— Não fui eu. Escrevo, invento mentiras sem dificuldade. Mas as minhas mãos são fracas, e nunca realizo o que imagino.

Olhei as mãos. Pareceram mais curtas e mais largas que as mãos ordinárias que escreviam artigos elogiando o governo. Os dedos inchados eram mais curtos e mais grossos. Necessário fechar as portas. Outro vagabundo viria bater e confundir-se com o homem da polícia. Os braços doíam-me, as mãos penduradas doíam-me. Cruzei os braços, fui à cozinha. Vitória cortava carne em cima da mesa preta.

— Vitória, estou sem fome, ouviu?

A mesa preta do necrotério. O médico, de avental. Numa rua afastada, uma mulher chorando. As minhas mãos em carne viva.

— Estou muito doente, Vitória. Não quero almoçar. Dê a boia a algum maloqueiro que aparecer por aí. E feche as portas depois. Vou deitar-me, não me aguento nas pernas.

* * *

A réstia descia a parede, viajava em cima da cama, saltava no tijolo — e era por aí que se via que o tempo passava. Mas no tempo não havia horas. O relógio da sala de jantar tinha parado. Certamente fazia semanas que eu me estirava no colchão duro, longe de tudo. Nos rumores que vinham de fora as pancadas dos relógios da vizinhança morriam durante o dia. E o dia estava dividido em quatro partes desiguais: uma parede, uma cama estreita, alguns metros de tijolo, outra parede. Depois, a escuridão cheia de pancadas, que às vezes não se podiam contar porque batiam vários relógios simultaneamente, gritos de crianças, a voz arreliada de d. Rosália, o barulho dos ratos no armário dos livros, ranger de armadores, silêncios compridos. Eu escorregava nesses silêncios, boiava nesses silêncios como numa água pesada. Mergulhava neles, subia, descia ao fundo, voltava à superfície, tentava segurar-me a um galho. Estava um galho por cima de mim, e era-me impossível alcançá-lo. Ia mergulhar outra vez, mergulhar para sempre, fugir das bocas da treva que me queriam morder, dos braços da treva que me queriam agarrar. O som de uma vitrola coava-se nos meus ouvidos, acariciava-me, e eu diminuía, embalado nos lençóis, que se transformavam numa rede. Minha mãe me embalava cantando aquela cantiga sem palavras. A cantiga morria e se avivava. Uma criancinha dormindo um sono curto, cheio de estremecimentos. Em alguns minutos a criança crescia, ganhava cabelos brancos e rugas. Não era minha mãe a cantar: era uma vitrola distante, tão distante que eu tinha a ilusão de que sobre o disco passeavam pernas de aranha. Um disco a rodar sem interrupção a noite inteira. Não. Estávamos na segunda parede, e eu subia a parede, acompanhava a réstia como uma lagartixa. Marasmo de muitas horas, solução de continuidade que se ia repetir. Cairia da parede, como uma lagartixa desprecatada, ficaria no chão, moído da queda. Quem teria entrado no quarto durante a inconsciência prolongada? Moisés e Pimentel teriam vindo? Seu Ivo teria vindo? Lembrava-me de figuras curvadas sobre a cama. Não eram os meus amigos. Eram tipos de caras esquisitas, todos iguais, de bocas negras, línguas enormes, grossas e escuras. Quantos dias ali no colchão áspero, como um defunto? Um homem sem rosto, sentado na cadeira onde tinha ficado o paletó, falava muito. Que dizia ele? Esforçava-me por entendê-lo, mas tinha a impressão que o visitante usava língua estrangeira. Era como se me achasse num cinema. Apenas compreendia de longe em longe algumas palavras. Cansava-me e desejava que o homem se fosse embora. Não percebia que me importunava, que me obrigava a esforços enormes para entender uma língua estranha? O desconhecido continuava a falar. Eu subia a parede novamente e corria atrás da réstia. Cairia no tijolo outra vez, achatar-me-ia ouvindo o monólogo incompreensível. Receava que o homem sem rosto me julgasse estúpido. Queria dormir, arregalava os olhos e abria os ouvidos. Certamente dizia coisas sem nexo, e o desconhecido me chamava imbecil, com palavras inglesas. Um buraco ao pé de uma cerca. Eu tombava no buraco, ia descendo lentamente. E, enquanto descia, encontrava no caminho muitas flores que desciam também, sem peso, como flocos de algodão. Subia, era como se o meu corpo se transformasse em nevoeiro. Tornava a descer, tornava a subir, as flores caíam sempre numa chuva silenciosa. As flores não me davam nenhum prazer. Desejava livrar-me delas, interromper aquelas viagens para cima e para baixo, andar na terra. Escancarava os olhos. O homem sem rosto havia desaparecido, e eu tinha agora um livro aberto sobre o colchão. Não sabia quem me trouxera o livro, se ele surgira antes ou depois da visita. As letras saíam dos lugares, deixavam espaços em branco, espalhavam-se numa chuva silenciosa. Apertando as pálpebras, esfregando-as, aproximando e afastando o papel, conseguia conter a dispersão. Impossível adivinhar o sentido de uma palavra. Língua estrangeira, tão estrangeira como o solilóquio monótono. Sem memória, um idiota. Chorava, batia com a cabeça no ferro da cama, puxava os cabelos. Olhava as mãos. As unhas crescidas e sujas, a escoriação da palma secando e cicatrizando, os dedos compridos, escuros, com uns nós muito grossos. Sem memória. Que teria acontecido antes? A confusão se dissipava, a réstia avançava no tijolo, trepava na cadeira onde o homem se tinha sentado, ganhava o paletó estendido no encosto. O paletó me espiava com um olho amarelo que mudava de lugar. A calça continuava dobrada sobre a mala coberta de poeira. A sentinela cochilava no portão do palácio, encostada ao fuzil; André Laerte andava como um gato; Amaro vaqueiro, aboiando, laçava a novilha careta; cabo José da Luz caminhava para a cadeia pública, todo pachola; Dagoberto punha na minha cama a cesta de ossos e o compêndio de anatomia. Eu pegava o livro que estava aberto em cima do colchão. Tinham deixado ali aquele volume inútil. Lia-o pensando em ossos. Provavelmente fora Moisés que o trouxera para me distrair. As palavras iam-se tornando claras, mas não se reuniam. Bom camarada, Moisés. Dera-me um livro para me distrair. A réstia descia a cadeira, atravessava os tijolos e ganhava a parede. O cego dos bilhetes de loteria apregoava o número, batendo com o cajado no chão do café; a mulher da rua da Lama cruzava os dedos magros nos joelhos; Lobisomem parecia um velho decrépito. Essas figuras vinham sem nitidez, confundiam-se. Antônia arrastava os chinelos, mostrava as pernas cobertas de marcas de feridas e cantava uma cantiga vagabunda. Mas a cantiga se transformava: — "Assentei praça. Na polícia eu vivo..." E Antônia era o cabo José da Luz. Em pé, defronte da prensa de farinha, oferecia-me uma xícara de café. Antônia, cabo José da Luz, Rosenda — uma pessoa só. Às vezes apareciam três corpos juntos com rostos iguais, outras vezes era um corpo com três cabeças. Afinal surgia um vivente que tinha três nomes. Agarrava-me ao livro, compreendia vagamente o que estava escrito, mas ficava-me a certeza de que havia ali vários trabalhos, feitos por muitos indivíduos. Chineses. Uns chineses brigões, revoltados. Lembrava-me dos chineses que lavam roupa, fabricam ventarolas, vendem bagatelas, juntam-se às caboclas. Muitos livros arrumados, formando um livro incompreensível. Fernando Inguitai andava pela rua do Comércio, o braço carregado de voltas de contas, o cigarro babado no beiço que se arregaçava, descobrindo os dentes enormes num sorriso parado. O som da vitrola ia quase desaparecendo, a lagartixa subia a parede. Amaro vaqueiro, agitando o laço, mastigava o cigarro de palha e mostrava os dentes pretos num sorriso parado. A cadeira suja de poeira, a mala suja de poeira. A roupa havia desaparecido. Seria bom levantar-me, procurar qualquer coisa para me vestir. Pouco tempo antes a roupa estava ali, no encosto da cadeira e em cima da mala. De repente um sumiço. Quem me tinha dito aquele nome estranho? Fernando Inguitai, a lagartixa, a réstia, Amaro vaqueiro. A vitrola cantava baixinho: — "Fernando Inguitai." Tentava sentar-me. Se isto me fosse possível, procuraria a roupa. Virava-me com dificuldade. Por que não entrava logo a pessoa que estava na sala? — "Obrigado, Vitória. Não quero comer. Traga um copo de água." Vitória afastava-se arrastando os pés, levando a bandeja com a comida que me dava engulhos. Minutos depois, lá vinha, chap, chap, resmungando, a cara fechada, e entregava-me o copo. Eu bebia, molhando as cobertas. — "Obrigado, Rosenda." Ficava suando e arquejando, a vista escurecia, estirava-me na prensa de farinha, junto ao muro. O barulho do descaroçador de algodão não me deixava dormir, os passos de Vitória morriam no corredor. Meu pai estava deitado, muito comprido, envolto num pano que se dobrava entre as pernas e tinha no lugar da cara uma nódoa vermelha cheia de moscas. As moscas não se mexiam, mas faziam um zumbido horrível de carapanãs. O olho de vidro de padre Inácio estava parado, suspenso no ar, fora do corpo. A batina de padre Inácio, o capote do velho

Acrísio, a farda de cabo José da Luz e o vestido vermelho de Rosenda estavam parados, suspensos no ar, sem corpos. As carapanãs zumbiam. Os pés de Camilo Pereira da Silva, escuros, ossudos, saíam por uma das pontas do marquesão, medonhos. Eu atravessava o corredor, ia à sala, voltava a deitar-me na prensa, abria o livro que tinha chineses revoltados. Mas as pálpebras cerravam-se, as carapanãs e o descaroçador enchiam-me a cabeça. Que motivo tinha Fernando Inguitai para rir-se? Empurrava os travesseiros e tentava abrir os olhos. Se pudesse levantar-me, tudo aquilo desapareceria. Iria conversar com o homem que me esperava na sala. — "Não há chinês chamado Fernando." Onde tinha ouvido aquele nome de Inguitai? Se Vitória me trouxesse um copo de água... Ali com sede, morrendo, sem um diabo que me desse uma xícara de café, um copo de água! Embalava-me com isto: — "Sozinho, sozinho, morrendo à mingua, com sede." Era bom que todos estivessem longe. O contínuo da repartição, tão magro, tão velho, tão triste, movia-se trôpego. D. Adélia dançara como carrapeta, e agora era aquilo que se via, mole, acabada, uma lástima. Albertina de tal, parteira diplomada. Quando eu entrava na repartição, apressado e fora da hora, o contínuo velho tinha um sorriso doce e alguma informação útil. Os meus olhos abriam-se, fechavam-se, tornavam a abrir-se. Os caibros engrossavam, torciam-se, alvacentos e repugnantes como cobras descascadas. "Greve no caso de reação." Alguns letreiros estavam raspados, outros desapareciam sob as manchas que as águas da chuva tinham produzido. Mas havia letreiros novos. As crianças das escolas olhavam para eles. O homem cabeludo que vendia aguardente só cuidava da sua vida. Albertina de tal, parteira diplomada. Onde estava a minha roupa? Queria vestir-me, sair pela rua, ler os jornais. Que diziam os jornais? Subir o morro do Farol, entrar nas bodegas, beber cachaça. Seu Ivo me visitara, acocorara-se junto à parede. — "Leve a roupa, seu Ivo." Seu Ivo tinha vestido a calça rasgada e o paletó sujo. Talvez não tivesse vestido aquela imundície, talvez fosse tudo um sonho. Um homem na sala esperava com paciência que me restabelecesse.

Sair, entrar no café, viajar nos bondes. Onde estava a minha roupa? A cadeira perto da cama, o livro fechado sobre a palha. — "Leve isso daí, seu Ivo. A calça está rasgada. Cosa o rasgão com uma corda." Albertina de tal, parteira diplomada. Escuridão. Um estremecimento, uma queda. Ia cair da cama, o chão se abriria, eu rolaria pelos séculos dos séculos fora disto. O espírito de Deus boiava sobre as águas. Livrava-me do susto, pouco a pouco ia resvalando no entorpecimento. Os caibros faziam voltas, as telhas se equilibravam por milagre. Algumas dobras daquelas coisas brancas e moles desciam, aproximavam-se da minha boca, davam-me náuseas. A vitrola dizia: — "Fernando Inguitai." Os reisados cantavam defronte da casa de seu Batista. Os mateus gritavam: — "Abra a porta, ioiô." E as figuras todas: — "Aqui estou na vossa porta como um feixinho de lenha." Seu Batista não abria: esperava a cantiga que fazia as janelas se escancararem. E as figuras, o embaixador, o rei, a burrinha, os mateus, ficavam na calçada como um feixinho de lenha, fedendo a suor, gemendo os versos, até que seu Batista, importante, abria a sala, surgia vistoso, baixinho, vestido em robe de chambre. O feixinho de lenha entrava e cantava, seu Batista recolhia os capacetes dos mateus, a coroa do rei, a espada do embaixador, os lenços das figuras, punha uns níqueis em tudo isso. O zumbido das carapanãs era insuportável. — "Um copo de água, Vitória." Vitória não ouvia, e a leseira recomeçava. Não havia escuridão, a réstia subia a parede. — "Leve a roupa, seu Ivo." Seu Ivo se acocorara a um canto, silencioso, babando-se. Pimentel não aparecia. Devia ter aparecido, mas não me lembrava dele. Com certeza viera num momento em que a febre era muito forte. Que doidices teria eu dito na presença de Pimentel? Um, dois, um, dois. Marchava — e não podia levantar-me da cama. Quatro paredes. As quatro paredes da repartição esmagavam-me. Algumas horas depois da função, o feixinho de lenha, composto de mateus, figuras, burrinha, rei, embaixador, suaria arrastando a enxada no eito. — "Parem essa vitrola." Fernando Inguitai, o braço carregado de voltas de contas, andava pela rua do Comércio, fumando, sorrindo.

Haveria alguém neste mundo que se chamasse Inguitai? As cascavéis e as jararacas tomavam banho com a gente no poço da Pedra. Uma delas se enroscara no pescoço de meu avô. Trajano Pereira de Aquino Cavalcante e Silva sapateava no chão de terra batida, uma alpercata saltava-lhe do pé. Instituto Histórico e Geográfico do Espírito Santo, Instituto Histórico e Geográfico do Rio Grande do Sul. Ria-me como um idiota. Provavelmente havia institutos históricos e geográficos por esses lugares. Certas pessoas empurravam outras nas escadas e diziam: — "Desculpe." O cego dos bilhetes de loteria cantava o número, batendo com o cajado no cimento do café. Virava-me para o espelho. Por detrás das letras brancas, rostos medonhos arreganhavam os dentes e piscavam os olhos. As letras torciam-se, os caibros torciam-se, baixavam, brancos, moles, como cobras descascadas. 16.384. O cajado batendo no cimento, avançando para mim, ameaçando-me com uma tira de papel, que engrossava e queria morder-me. Moisés aproximava-se, comprava a tira de papel, que se enrolava nos dedos dele, e lia em voz alta uma infinidade de vezes: — "16.384." Eu ia fugir, mas Fernando Inguitai estava na calçada, esperando-me para vender uma volta de contas. — "Vai-te embora, Moisés." Não queria voltas de contas nem queria ouvir a leitura daquele número. Não era número: eram palavras incompreensíveis, histórias da China. Moisés virava a página, que ficava mexendo-se. A cadeira mexia-se. Afastava-me, com medo da cadeira. No dia seguinte, quando viesse varrer o quarto, Vitória a poria no lugar do costume, junto à mala, mas durante uma noite inteira o móvel caprichoso não me deixaria descansar. Eu tremia e receava que Moisés se fosse embora. Voltaria o silêncio, a cadeira se chegaria mais à cama. — "Continue, Moisés. É isso mesmo." Não o entendia, mas aprovava-o com a cabeça e com palavras assim. A voz rolava, lenta e monótona, o dedo comprido virava a página e gesticulava diante da minha cara. Passavam chineses armados. E o dedo enrolava-se, dava um nó. A leitura era um zumbido, um enxame de carapanãs lia o livro difícil. Estava a balançar-se numa rede, ia acima e vinha abaixo. E quando subia, abria os olhos, via o dedo perto das minhas ventas; quando descia, ouvia o arranhar da vitrola. Os ratos do armário dos livros roíam o disco da vitrola, e a vitrola dizia baixinho: — "Fernando Inguitai." A réstia sumia-se. Moisés levantava-se, puxava a correntinha da lâmpada, tornava a sentar-se. — "Obrigado, Moisés." Ali perdendo tempo, lendo para me distrair. Excelente camarada. — "É preciso que dr. Gouveia mande limpar estas paredes." Caía em mim, arrependia-me de ter falado. Certamente as paredes necessitavam limpeza, zangar-me-ia se alguém me dissesse que não, mas a necessidade exigia explicação, e não me poderia fazer compreender. Ao mesmo tempo temia que o judeu mangasse de mim por eu haver interrompido a leitura com uma frase besta. Íamos discutir. Receava encolerizar-me e ser grosseiro com um visitante. Se ele concordasse comigo, seria por eu estar doente. Não me conformava com isto. Preciso da condescendência dos outros? Sou alguma criança? Por que tinha ele suspendido a leitura e esbugalhava para mim aqueles olhos de mal-assombrado? Seria melhor destampar logo e declarar francamente que as paredes não necessitavam limpeza. De qualquer modo seria fácil um rompimento entre nós. Cada qual para o seu lado, cada qual com as suas ideias. Moisés levantava-se, despedia-se. Eu escondia as mãos nas cobertas, enrolava o pano debaixo do queixo e tremia, pedia-lhe com os olhos que não me deixasse só entre aquelas paredes horríveis. Agora Moisés me havia abandonado, e eu batia os dentes como um caititu. As paredes cobriam-se de letreiros incendiários, de lágrimas pretas de piche. As letras moviam-se, deixavam espaços que eram preenchidos. Estava ali um tipógrafo emendando composição. E o piche corria, derramava-se no tijolo. Ameaças de greves, pedaços da Internacional. Um, dois... Impossível contar as legendas subversivas. Havia umas enormes, que iam de um ao outro lado do quarto; umas pequeninas, que se torciam como cobras, arregalavam os olhinhos de cobras, mostravam a língua e chocalhavam a cauda. As letras tinham cara de gente e arregaçavam os beiços com ferocidade. A mulher que lava garrafas e o homem que enche dornas agitavam-se na parede como borboletas espetadas e formavam letreiros com outras pessoas que lavavam garrafas, enchiam dornas e faziam coisas diferentes. A datilógrafa dos olhos agateados tossia, as filhas de Lobisomem encolhiam-se por detrás das outras letras, Antônia arrastava as pernas grossas cobertas de marcas de feridas, a mulher da rua da Lama cruzava as mãos sobre o joelho magro e curvava-se para esconder as pelancas da barriga escura. Um choro longo subia e descia: — "Que será de mim? Valha-me Nossa Senhora." Um moleque morria devagar, mutilado, porque havia arrancado os tampos da filha do patrão. Fazia um gorgolejo medonho e vertia piche das chagas. 16.384. O cego dos bilhetes batia com o cajado na parede. — "Afastem esta cadeira." Seu Ivo estava de cócoras, misturado às outras letras. A calça rasgada e o paletó sujo eram cor de piche. Cirilo de Engrácia, carregado de cartucheiras e punhais, encostava-se a uma árvore, amarrado, os cabelos cobrindo o rosto, os pés com os dedos para baixo. A sentinela cochilava no portão do palácio. Um ventre enorme crescia na parede, uma criatura malvestida passava arrastando a filha pequena, um brilho de ódio no olho único. Sinha Terta gemia: — "Minha santa Margarida..." O dono da bodega, triste, fincava os cotovelos no balcão engordurado. As crianças faziam voltas em redor da barca de terra e varas. A rapariga pintada de vermelho espalhava um cheiro esquisito. O engraxate escutava histórias de capoeiras. O homem acaboclado cruzava os braços, mostrando bíceps enormes. O mendigo estirava a perna entrapada e ensanguentada. As moscas dormiam, e o mendigo, com a muleta esquecida, bebia cachaça e ria. Passos na calçada. Quem ia entrar? Quem tinha negócio comigo àquela hora? Necessário Vitória fechar as portas e despedir o hóspede incômodo que não se arredava da sala. Mas Vitória contava moedas, na parede, resmungava a entrada e a saída dos navios. A placa azul de d. Albertina escondia-se a um canto, suja de piche. Todo aquele pessoal entendia-se perfeitamente. O homem cabeludo que só cuidava da sua vida, a mulher que trazia uma garrafa pendurada ao dedo por um cordão, Rosenda, cabo José da Luz, Amaro vaqueiro, as figuras do reisado, um vagabundo que dormia nos bancos dos jardins, outro vagabundo que dormia debaixo das árvores, tudo estava na parede, fazendo um zumbido de carapanãs, um burburinho que ia crescendo e se transformava em grande clamor. José Baía acenava-me de longe, sorrindo, mostrando as gengivas banguelas e agitando os cabelos brancos. — "José Baía, meu irmão, estás também aí?" José Baía, trôpego, rompia a marcha. Um, dois, um, dois... A multidão que fervilhava na parede acompanhava José Baía e vinha deitar-se na minha cama. Quitéria, sinha Terta, o cego dos bilhetes, o contínuo da repartição, os cangaceiros e os vagabundos, vinham deitar-se na minha cama. Cirilo de Engrácia, esticado, amarrado, marchando nas pontas dos pés mortos que não tocavam o chão, vinha deitar-se na minha cama. Fernando Inguitai, com o braço carregado de voltas de contas, vinha deitar-se na minha cama. As riscas de piche cruzavam-se, formavam grades. — "José Baía, meu irmão, há que tempo!" As crianças corriam em torno da barca. — "José Baía, meu irmão, estamos tão velhos!" Acomodavam-se todos. 16.384. Um colchão de paina. Milhares de figurinhas insignificantes. Eu era uma figurinha insignificante e mexia-me com cuidado para não molestar as outras. 16.384. Íamos descansar. Um colchão de paina.

ANGÚSTIA: ENTRE A REMINISCÊNCIA E A OBSESSÃO

Jean Pierre Chauvin[1]

Mas [o] nada, que efeito tem? Faz nascer a angústia.
(Søren Kierkegaard)

Angústia foi o terceiro romance[2] publicado por Graciliano Ramos (1892-1953). O escritor chegou a fazer ressalvas à obra devido ao fato de o livro não ter recebido maior acabamento, por conta de um evento dramático que o impediu de efetuar recortes e implementar outros ajustes ao texto. Em carta enviada a Antonio Candido, agradecendo-lhe pela leitura crítica de sua obra, o escritor revelou ter sido preso — por suspeita de subversão — no mesmo dia em que entregara os últimos manuscritos para a datilógrafa que os transcrevia em letra redonda.[3]

---

[1] Professor livre-docente da Escola de Comunicações e Artes da USP, onde pesquisa e leciona Cultura e Literatura Brasileira.

[2] A primeira edição do romance foi publicada em 1936 pela Livraria José Olympio Editora, Rio de Janeiro, com capa do célebre ilustrador Tomás Santa Rosa.

[3] "Forjei o livro em tempo de perturbações, mudanças, encrencas de todo o gênero, abandonando-o com ódio, retomando-o sem entusiasmo. Matei Julião Tavares em vinte e sete dias; o último capítulo, um delírio enorme, foi arranjado numa noite. Naturalmente seria indispensável recompor tudo, suprimir excrescências, cortar pelo menos a quarta parte da narrativa. A cadeia impediu-me essa operação. A 3 de março de 1936 dei o manuscrito à datilógrafa e no mesmo dia fui preso" (RAMOS *Apud* CANDIDO, 2006, p. 11).

Certamente, Graciliano terá sido o juiz mais severo daquilo que escreveu, o que provoca espanto no leitor, pois se apercebe de imediato estar diante de uma história de altíssima qualidade. No "Posfácio" à centésima vigésima edição do livro, Silviano Santiago (2018, p. 227) argumentava que não se trata de uma narrativa permeada de "excessos", como sugerira Antonio Candido. Pelo contrário, a seu ver:

> O romance é excepcional porque recebeu a composição justa. A superabundância dos detalhes foi alimentada pela imaginação enraivecida do apaixonado. A compulsão à repetição foi impulsionada pela escrita do paranoico obsessivo. Marina e o assassinato de Julião, o crime e a autopunição — eis os pontos fulcrais da experiência de vida de Luís da Silva em Maceió, narrada por ele próprio. Composto de outra forma, Angústia não teria sido tão exitoso.

O fato é que, da primeira à última linha somos impactados pela dicção convulsa do narrador-personagem Luís Pereira da Silva, cujo relato funde amores e ódios do presente à nostalgia e aos ressentimentos experimentados durante a infância. Em parte, a matéria de que o enredo é feito justificaria o fato de a narrativa ter resultado numa espécie de monobloco textual, escorado no constante fluxo de consciência do protagonista:

> Impossível trabalhar. Dão-me um ofício, um relatório, para datilografar, na repartição. Até dez linhas vou bem. Daí em diante a cara balofa de Julião Tavares aparece em cima do original, e os meus dedos encontram no teclado uma resistência mole de carne gorda. E lá vem o erro.

Luís da Silva é um homem de modestas posses que se encontra endividado. Dentre as criaturas que o obsedam, cruzamos com personagens centrais em sua acidentada trajetória: a ex-noiva Marina, o rival Julião Tavares, a criada Vitória e o Dr. Gouveia. Do início ao fim, o tom geral do enunciado é de humilhação e revolta, como sugere este retrato nada elogioso sobre o proprietário da casa em que o narrador reside:

> Dr. Gouveia é um monstro. Compôs, no quinto ano, duas colunas que publicou por dinheiro na seção livre de um jornal ordinário. Meteu esse trabalhinho num caixilho dourado e pregou-o na parede, por cima do bureau. Está cheio de erros e pastéis. Mas dr. Gouveia não os sente.

Como percebeu Antonio Candido (2006, p. 27), a contraposição entre presente e passado é um dos eixos constitutivos do enredo:

> [...] o devaneio chegará em *Angústia* ao crispado monólogo interior, onde à evocação do passado vem juntar-se uma força de introjeção que atira o acontecimento no moinho da dúvida, da deformação mental, subvertendo o mundo exterior pela criação de um mundo paroxístico e tenebroso, que, de dentro, rói o espírito e as coisas.

Irrequieto, aflito, e por vezes transtornado, a personagem central projeta cenas impactantes em que o amor cede ao ódio e a vida sem sentido o estimula a antever a própria morte e as disputas mesquinhas em torno do seu cargo na repartição pública:

> Penso no meu cadáver, magríssimo, com os dentes arreganhados, os olhos como duas jabuticabas sem casca, os dedos pretos do cigarro cruzados no peito fundo.
>
> Os conhecidos dirão que eu era um bom tipo e conduzirão para o cemitério, num caixão barato, a minha carcaça meio bichada. Enquanto pegarem e soltarem as alças, revezando-se no mister piedoso e cacete de carregar defunto pobre, procurarão saber quem será o meu substituto na diretoria da fazenda.

Durante a maior parte do tempo, Luís Pereira da Silva recrimina e condena a mediocridade intelectual das pessoas de seu convívio, sugerindo que a falta de sensibilidade e a parca inteligência combinam-se à maneira como aqueles seres afetam superioridade. Sendo um habitante que bem conhece as regiões, bairros, ruas e desvãos de Maceió, ele descreve impiedosamente o modo como as assimetrias sociais se manifestam na arquitetura contrastante e nos hábitos da gente rica:

> À medida que o carro se afasta do centro sinto que me vou desanuviando. Tenho a sensação de que viajo para muito longe e não voltarei nunca. Do lado esquerdo são as casas da gente rica, dos homens que me amedrontam, das mulheres que usam peles de contos de réis.

Frequentemente o romance flerta com o diário e a crônica, especialmente quando o narrador estabelece pontos de contato entre as coisas que vê, as ações medíocres que testemunha e as marcas do que ressente, enquanto percorre as ruas da cidade. Luís da Silva não mascara o que sente de mais negativo; tampouco enfeita o cotidiano, dividido entre seu trabalho no Tesouro e as noites mal dormidas na casa alugada.

> O carro passa pelos fundos do tesouro. É ali que trabalho. Ocupação estúpida e quinhentos mil-réis de ordenado. Rua do Comércio. Lá estão os grupos que me desgostam. Conto as pessoas conhecidas: quase sempre até os Martírios encontro umas vinte. Distraio-me, esqueço Marina, que algumas ruas apenas separam de mim.

A arquitetura do romance demonstra a engenhosidade do autor. Graciliano estruturou a narrativa de modo que a instabilidade do protagonista contagia não apenas o modo como ele enxerga as pessoas, mas também interfere na maneira como o narrador percebe o ambiente, a paisagem, incluindo os fenômenos da natureza:

> Uma chuvinha renitente açoita as folhas da mangueira que ensombra o fundo do meu quintal, a água empapa o chão, mole como terra de cemitério, qualquer coisa desagradável persegue-me sem se fixar claramente no meu espírito. Sinto-me aborrecido, aperreado.

Em diversas passagens, os conflitos internos do protagonista[4] reforçam o título dado ao livro.[5] Páginas à frente, ele volta a retratar a chuva persistente a repercutir sobre o telhado apelando à imagem de uma "peneira ranzinza". As dicotomias do narrador são francamente admitidas por ele. O autoexame permite a Luís da Silva reconhecer que "todo o desarranjo é interior. Por fora devo ser um cidadão como os outros, um diminuto cidadão que vai para o trabalho maçador, um Luís da Silva qualquer. Mexo-me, atravesso a rua a grandes pernadas".

De certa forma, o trânsito pela cidade dialoga com o vai-e-vem de seus afetos e pensamentos. O relato de Luís da Silva não deixa dúvida sobre a forma nada otimista ou complacente como enxerga os demais. Decorre daí o julgamento severo dos tipos que alardeiam sua insignificante presença:

> Perto um capitalista fala muito alto, e os cotovelos sobre o mármore dão-lhe na sala estreita espaço excessivo. No grupo da justiça as palavras tombam medidas, pesadas, e os gestos são lentos. Além dois políticos cochicham e olham para os lados.

---

[4] "[...] recorremos à etimologia na tentativa de buscar um sentido originário para a angústia e encontramos no vocábulo grego *angor* e no latim *angere*, que significa estreitamento, aperto, diminuição. Tal significado parece indicar que, na presença da angústia, vivenciamos sensações de sufocamento acompanhado de desconforto e desolamento. Agonia (*Agon*) também se encontra na raiz etimológica da angústia, referindo-se a uma luta, combate, intensa dor da mente e do corpo (SILVA; BARRETO, 2020, p. 220).

[5] "Ao contrário do temor e de outros estados análogos, que sempre se referem a algo determinado, a Angústia não se refere a nada preciso: é o sentimento puro da possibilidade. O homem no mundo vive de possibilidade, uma vez que a possibilidade é a dimensão do futuro, e o homem vive continuamente debruçado sobre o futuro. Mas as possibilidades que se apresentam ao homem não têm nenhuma garantia de realização" (ABBAGNANO, 2007, p. 63).

Vitória, que trabalha como criada na casa em que ele reside, é uma das raras criaturas que apresenta com menor animosidade:

> Nunca embarcou, sempre viveu em Maceió, mas tem o espírito cheio de barcos. Dá-me frequentemente notícias deste gênero:
>
> — O Pedro II chega amanhã. O Aratimbó vem com atraso. Terá havido desastre?
>
> Não sei como se pode capacitar de que a comunicação me interessa.

Em alguma medida, Luís da Silva parece se solidarizar com Ramalho, pai de Marina, devido à sua postura frágil e apequenada. O sujeito "Falava de cabeça baixa, os olhos no chão, os músculos da cara imóveis, a boca entreaberta, a voz branda, provavelmente pelo hábito de obedecer". O contraste com D. Adélia, esposa desse homem manso e subserviente, parece prever o embate entre o narrador e a filha do casal.

Poderíamos afirmar que o motor que impulsiona a narrativa é abastecido com a combinação das reminiscências e obsessões do protagonista. Como notou Antonio Candido (2006, p. 47), "É um livro fuliginoso e opaco. O leitor chega a respirar mal no clima opressivo em que a força criadora do romancista fez medrar o personagem mais dramático da moderna ficção brasileira — Luís da Silva. Raras vezes encontraremos na nossa literatura estudo tão completo de frustração".

As dicotomias atravessam o protagonista, forjam seu caráter e se irradiam naquilo que o magoa e enraivece, ao revisitar determinados episódios. Se o nome e a imagem de Marina persistem, como fruto de um capítulo amoroso intenso e mal resolvido, Julião Tavares seria a fusão de todos os males. Em seu relato ranzinza e amargurado, Luís da Silva atribui ao sujeito o desvio de rota que conduzira sua ex-noiva à desgraça. O retrato de Julião é o mais duro e implacável que se pode colher do seu depoimento:

Foi por aquele tempo que Julião Tavares deu para aparecer aqui em casa. Lembram-se dele. Os jornais andaram a elogiá-lo, mas disseram mentira. Julião Tavares não tinha nenhuma das qualidades que lhe atribuíram. Era um sujeito gordo, vermelho, risonho, patriota, falador e escrevedor. No relógio oficial, nos cafés e noutros lugares frequentados cumprimentava-me de longe, fingindo superioridade:

— Como vai, Silva?

Mas Luís da Silva mantém boa interlocução com alguns amigos, cujos encontros estimulam-no a refletir e problematizar acontecimentos relativos à política nacional. Não se esqueça de que o romance foi escrito às vésperas do Estado Novo, logo após o golpe que derrubou Washington Luís e alçou Getúlio Vargas ao seu primeiro mandato, como presidente da república.

— História! Esta porcaria não endireita. Revolução no Brasil! Conversa! Quem vai fazer revolução? Os operários? Espere por isso. Estão encolhidos, homem. E os camponeses votam com o governo, gostam do vigário.

O que eu queria era convencer-me de que não tinha razão.

A consciência de que as coisas iam mal no país evidencia que as preocupações do enunciador extrapolam a esfera individual. Em contrapartida, alguns desses lances menos centralizados no protagonista são alternados com episódios do passado, refundidos ao presente graças à solda do ressentimento:

— É o diabo, Marina. Ninguém tem culpa. Foi uma topada. E agora é continuar. Qualquer dia a gente casa. É verdade, precisamos tratar disso. Você que acha?

Concordou passivamente, numa sílaba:

— É.

O diálogo entre os noivos fornece pistas ao leitor mais atento, que possivelmente passaram despercebidas ao narrador, apesar de ele protagonizar a própria história. O desenlace do casal é sugerido pelo teor do que um e outro verbalizam, a começar pelo fato de Luís avaliar a relação sexual como "uma topada" que demandaria "tratar disso". A resposta monossilábica de Marina indicia que eles não pareciam tão dispostos a se unir matrimonialmente. A resistência ao casamento é sugerida em diversas reflexões do narrador. As formalidades relativas ao matrimônio lhe parecem descabidas e sem sentido:

> Necessário entender-me com seu Ramalho, pedir o consentimento dele, dizer besteiras. Ia escrever-lhe uma carta com laços sagrados, felicidade conjugal, himeneu. Infâmia. Só a ideia de escrever isto me dava náuseas. Intenções puras. E era preciso comprar móveis, trastes de cozinha, cortinas para janelas, almofadas. Intenções puras. Domingo, na missa, o padre leria: — "Querem casar-se Luís Pereira da Silva, com trinta e cinco anos, etc., etc., e Marina Ramalho, etc., etc." Luís Pereira da Silva, com trinta e cinco anos, estava longe da igreja e dos banhos. Que necessidade tinha Luís Pereira da Silva daquela verbiagem?

É nesse movimento, entre avanços e recuos, após recordar os preparativos para o casamento (em vias de ser malogrado), que Luís da Silva recoloca Julião Tavares no tablado. Ele flerta com Marina, que retribui o olhar. A descrição abjeta do rival completa-se com a sua desfaçatez:

> Ao chegar à rua do Macena recebi um choque tremendo. Foi a decepção maior que já experimentei. À janela da minha casa, caído para fora, vermelho, papudo, Julião Tavares pregava os olhos em Marina, que, da casa vizinha, se derretia para ele, tão embebida que não percebeu a minha chegada. Empurrei a porta brutalmente, o coração estalando de raiva, e fiquei em pé diante de Julião Tavares, sentindo um

desejo enorme de apertar-lhe as goelas. O homem perturbou-se, sorriu amarelo, esgueirou-se para o sofá, onde se abateu.

— Tem negócio comigo?

De maneira geral, Luís da Silva concebe os outros como "tipos bestas". Sempre que possível, ele evita o contato com aquela gente limitada e menor, que compensava as baixezas comportamentais e as falhas de caráter com fórmulas discursivas e trejeitos fajutos — ainda assim, sancionados pela mediania social. O contraste entre protagonista e coadjuvantes talvez reflita as contradições do modo de produção que elegeu o capital como valor supremo e único:

> O pano de fundo é a sociedade burguesa, onde triunfam os espertos e os medíocres, e por isso cheia de desigualdades humanas, imoralidades e injustiças [...]. Na ânsia de libertar-se das barreiras asfixiantes, ele é dominado pela ideia fixa da vingança e mata o rival, o inimigo tangível, símbolo de tudo o que ele odeia. O relato ocorre numa atmosfera de opressão criada com requintes de minúcias, capaz de envolver o próprio leitor no torvelinho caótico que é o mundo interior do protagonista (PINTO, 1967, p. 34-35).

Recuando para bem longe dos ambientes e encontrado maior coerência em si mesmo, o narrador vislumbra uma existência alternativa, pois almeja viver exclusivamente dos artigos literários e políticos que escrevia sob encomenda dos jornais:

> O meu desejo era desligar-me daquela gente, passar calado, carrancudo, as mãos nos bolsos, o chapéu embicado. Esforçava-me por me dedicar às minhas ocupações cacetes: escrever elogios ao governo, ler romances e arranjar uma opinião sobre eles. Não há maçada pior. A princípio a gente lê por gosto. Mas quando aquilo se torna obrigação e é preciso o sujeito dizer se a coisa é boa ou não é e por quê, não há livro que não seja um estrupício.

Os tumultos que desestabilizam a personagem agitam a enunciação e aceleram o ritmo da narrativa, desnorteando a maneira como o leitor processa os pensamentos difusos e as histórias fragmentárias, recontadas aos pedaços pelo protagonista. Como a fala de Luís da Silva flui e reflui, refletindo e sendo refletida por sua instabilidade emocional, as ações corriqueiras do cotidiano se intercalam com os projetos pessoais mais violentos e sombrios, estimulados pelo destino incerto de Marina — grávida do homem que, segundo Luís da Silva, precisaria ser extirpado:

> Era evidente que Julião Tavares devia morrer. Não procurei investigar as razões desta necessidade. Ela se impunha, entrava-me na cabeça como um prego. Um prego me atravessava os miolos. É estúpido, mas eu tinha realmente a impressão de que um objeto agudo me penetrava a cabeça. Dor terrível, uma ideia que inutilizava as outras ideias. Julião Tavares devia morrer.

Atente-se ao modo como Graciliano materializa os sintomas da histeria na fala da personagem: a sequência de frases curtas sugere emoção incontida, o fôlego entrecortado; a repetição do desejo impublicável do narrador ("Julião Tavares devia morrer", "Tavares devia morrer") reverberam o caráter obsessivo de seus pensamentos. O discurso de Luís da Silva soa redundante, persistente como uma ideia fixa. Nessa passagem, a perturbação do narrador é realçada pelo emprego da anadiplose:[6] "Ela se impunha, entrava-me na cabeça como **um prego**. **Um prego** me atravessava os miolos".

Sugestivamente, um dos poucos refúgios contra o tormento vivenciado pelo protagonista consiste no hábito de ler. Seu relato reitera a franca indisposição para lidar com as convenções sociais, os códigos de sociabilidade:

---

[6] "Nome dado à figura que resulta quando se repete no começo de um verso a palavra ou frase final do verso anterior" (CAMPOS, 1978, p. 21).

> Certas personagens de romances familiarizaram-se comigo. Apesar de serem de outras raças, viverem noutros continentes, estão perto de mim, mais perto que aquele homem da minha raça, talvez meu parente, inquilino de um dr. Gouveia, policiado pelos mesmos indivíduos que me policiam. Bebi o resto da aguardente, pensando em coisas sagradas, Deus, pátria, família, coisas distantes. Por cima da armação da bodega havia a litografia de uma santinha bonita. Lembrei-me do Deus antigo que incendiava cidades [...]

Luís da Silva submete quase tudo o que não lhe interessa ou convém ao escrutínio de sua personalidade enérgica, afeita à criticidade ininterrupta. Se, de um lado, brinda o leitor com uma bela imagem sobre a relação com os livros, de outro, permite que ela rapidamente ceda lugar ao devaneio provocado pela bebida, levando-o a refletir sobre as "coisas sagradas" — modo absolutamente irônico com que destrona os conceitos de "Deus, pátria família", discurso que integra pseudoargumentos dos tipos mais conservadores e reacionários.

No que se refere aos principais temas que embasam o enredo, *Angústia* também poderia ser considerado como um "romance de formação" [*Bildungroman*] às avessas,[7] pois não pretende apresentar um herói edificante, cercado por valores fundantes desde a tenra idade; mas de descrever realisticamente um anti-herói que atravessa violenta crise, na metade de sua existência. Luís da Silva resume a experiência escolar a poucos parágrafos; fraciona os retratos de sua família aristocrática decadente; evidencia que não há nada de nobre ou nobilitante em seu trabalho no Tesouro; demonstra que sua vida social se restringe ao contato espúrio com raros amigos.

---

[7] De acordo com Marcus Vinícius Mazzari (2020, p. 14), "o pioneirismo na cunhagem dessa designação de gênero coube a Karl Morgenstern (1770-1852), que numa série de conferências proferidas na Universidade de Dorpat — atualmente Tartu, capital da Estônia — ressaltou o significado crucial da ideia de 'formação' [...]: 'Ele deverá se chamar *romance de formação*, em primeiro lugar por causa do seu assunto, porque ele representa a formação do herói em seu começo e em seu desenvolvimento, até um certo estágio de aperfeiçoamento; mas, em segundo lugar, também porque, exatamente através dessa representação, ele fomenta a formação do leitor, numa medida mais ampla do que qualquer outra espécie de romance.'"

O afluxo de sentimentos opostos reforça o caráter conflitante do protagonista e explicita o estágio angustiante em que vive. Também diz respeito à forma cindida como ele diagnostica o passado e planeja um futuro melhor. Dentre outras coisas, esse narrador desconfia que os moralistas costumam pensar, discursar e agir hipocritamente. Também nesse sentido, *Angústia* escapa à temática e à estética redutora com que certa crítica rotulou o chamado "romance de 30". De certo modo, a leitura do romance permitira atualizar certas questões que vigoravam no tempo em que foi escrito. Como assinalou Silviano Santiago (2018, p. 224),

> O Brasil descrito pelas micronarrativas é o da República Velha (1889-1930). Ali estão plantadas as raízes sentimentais de Luís. Ele não é um citadino. Transplantara-se do campo para a capital, transformando-se em representante típico da juventude tenentista, isto é, "molambo que a cidade puiu demais e sujou". Nas comunidades rurais alagoanas, o relacionamento entre os humanos é rude e áspero. São todos dominados pela vontade férrea do coronel, que toma assento no topo da pirâmide político-familiar. O comportamento dos membros do clã e dos animais é dado sem solução de continuidade. São sobreviventes num mundo que está ruindo. Revoltado contra o estado das coisas e entusiasmado pela transformação revolucionária da sociedade, Luís tinha se desligado da vida familiar e rural para assumir "vida de cigano". As viagens pelo país complementam o relato da experiência infantil e juvenil no campo.

Perto de completar noventa anos, *Angústia* continua a descrever incertos comportamentos da sociedade brasileira. A título de registro, seria o caso de recordarmos que a exploração pelo trabalho, a manutenção da violenta desigualdade social e a reinvestida dos variados preconceitos são pautas reacionárias defendidas, ainda hoje, por sujeitos que se intitulam "patriotas" (como faria Julião Tavares), "libertários", ou "cidadãos de bem" — caricaturas de carne e osso que evocam os tipos cínicos e de má-fé que povoam essa e outras obras de Graciliano.

REFERÊNCIAS

ABBAGNANO, Nicola. "Angústia". In: _____. *Dicionário de Filosofia*. 5ª ed. Coord. Da Trad. Alfredo Bosi. São Paulo: Martins Fontes, 2007, p. 63-64.

CAMPOS, Geir. *Pequeno Dicionário de Arte Poética*. 3ª ed. São Paulo: Cultrix, 1978.

CANDIDO, Antonio. *Ficção Confissão: ensaios sobre Graciliano Ramos*. 3ª ed. Rio de Janeiro: Ouro sobre Azul, 2006.

KIERKEGAARD, Søren. *Conceito de Angústia*. Trad. Álvaro Luiz Montenegro Valls. 3ª ed. Petrópolis: Vozes, 2015.

MAZZARI, Marcus Vinícius. "Prefácio" In: _____; MARKS, Maria Cecília (orgs.). *Romance de Formação: caminhos e descaminhos do herói*. Cotia: Ateliê Editorial, 2020, p. 13-19.

PINTO, Rolando Morel. "Angústia". In: PAES, José Paulo; MOISÉS, Massaud (orgs.). *Pequeno Dicionário de Literatura Brasileira*. São Paulo: Cultrix, 1967, p. 34-35.

RAMOS, Gamos. *Angústia*. 120ª ed. Rio de Janeiro: Record, 2013.

SANTIAGO, Silviano. "Posfácio". In: RAMOS, Gamos. *Angústia*. 120ª ed. Rio de Janeiro: Record, 2013, p. 223-232.

SILVA, Ellen F. G.; BARRETO, Carmem. Angústia como Constitutiva da Existência: ressonâncias para a clínica psicológica. *Phenomenological Studies — Revista da Abordagem Gestáltica*, V. XXVI-2, 220-231, 2020.

DIREÇÃO
Martin Claret

PRODUÇÃO EDITORIAL
Carolina Marani Lima
Mayara Zucheli
Giovana Quadrotti

CAPA
Zansky

REVISÃO
Yara Camillo

IMPRESSÃO
Bartira Gráfica

Dados Internacionais de Catalogação na Publicação (CIP)
(Câmara Brasileira do Livro, SP, Brasil)

Ramos, Graciliano, 1892-1953.
Angústia / Graciliano Ramos. São Paulo: Martin Claret, 2024.

I. Ficção brasileiro I. Título

ISBN: 978-65-5910-288-4

24-192753 CDD-B869.3

Índices para catálogo sistemático:
1. Ficção: Literatura brasileira B869.3
Cibele Maria Dias Bibliotecária CRB-8/9427

EDITORA MARTIN CLARET LTDA.
Rua Alegrete, 62 CEP: 01254-010 São Paulo, SP
Tel.: (11) 3672-8144
Impresso em 2024

CONTINUE COM A GENTE!

Editora Martin Claret

editoramartinclaret

@EdMartinClaret

www.martinclaret.com.br

Impressão e Acabamento
Bartiragráfica
(011) 4393-2911